Echeverría

Martín Caparrós

Echeverría

EDITORIAL ANAGRAMA

BARCELONA

Ilustración: © Ariel Mlynarzewicz

Primera edición: abril 2016

Diseño de la colección: Julio Vivas y Estudio A
© Martín Caparrós, 2016
© EDITORIAL ANAGRAMA, S. A., 2016
  Pedró de la Creu, 58
  08034 Barcelona

ISBN: 978-84-339-9811-8
Depósito Legal: B. 5149-2016

Printed in Spain

Reinbook Imprès, sl, Passeig Sanllehy, 23
08213 Polinyà

Para Marta, este día,
las noches,
estos años

Esta gloriosa batalla, sin ruido, sin sangre, emprendida casi con la certeza de la derrota o de lo infructuoso del triunfo, que consumió la existencia de Echeverría...

JUAN MARÍA GUTIÉRREZ, 1871

El Suicidio
1823

1

Se pregunta si realmente lo está haciendo.

Está perdido. O quién sabe extrañado: lejos de alguna parte. Está perdido o quién sabe extrañado y se pregunta si realmente lo está haciendo: hay momentos en que lo que le pasa es eso. Hay momentos en que querría saber si de verdad está haciendo eso que hace; saber, también, si hace lo que hace porque decide hacerlo o porque cae, como quien cae, como quien se desliza. Está perdido, sorprendido: siente en la mano la pistola, la mira, la aprieta en la mano derecha vuelta puño. Se pregunta si realmente, de verdad.

La pistola es así: la empuñadura de madera oscura con una incrustación de bronce muy gastada; el gatillo también de bronce y, justo encima, el martillo como el pico de un pájaro sin pájaro listo para caerle al pedernal y producir la chispa que haga volar la bala única; y, por fin, el cañón, sobre su cuña de madera: el cañón es de bronce y está picado, ennegrecido. Lo mira, piensa que quizá no funcione, no sabe qué pensar.

Siempre se preguntó por qué su padre había dejado esa pistola. Sobre su padre no tiene respuestas. Por suerte, piensa, cada vez tiene menos preguntas. Llegará un día, piensa, en que no quiera saber nada.

Un día en que no quiera saber nada.

Echeverría está sentado en el borde de una cama de hierro, malpintada de blanco, una colcha de lana color marrón dejado, la camisa desabrochada hasta mitad del pecho, los pelos negros enredados, la pistola en la mano, y ya lleva dos horas de tormentos: he sufrido en dos horas tormentos infernales, dirá después, y que una especie de vértigo se amparó de sus sentidos y ofuscó su razón, dirá: que ofuscó su razón. Para decir que lo había poseído la idea de la muerte: la idea de la muerte se enseñoreó, dirá, de todas mis potencias. Dirá que la idea de la muerte se enseñoreó de todas sus potencias y que en vano forcejeaba por desasirse de ella: en vano yo forcejeaba por desasirme de ella, dirá, y que con mano poderosa lo apremiaba, lo arrastraba hasta el borde, dirá: con mano poderosa ella me apremiaba, me arrastraba hasta el borde de la tumba y señalándome el abismo me decía: dirá que señalándole el abismo le decía pusilánime, aquí está tu reposo, dirá: aquí está tu reposo, un golpe solo y serás feliz, dirá: feliz.

Echeverría mira la pistola como quien mira un insecto que no tendría que estar ahí, que no va a irse.

Es un crío, sólo que no lo sabe –porque los críos nunca saben. Echeverría, esta noche, no ha cumplido dieciocho años.

Matarse, en esos tiempos, es matarse. El suicidio siempre es un gesto terminante: acabar con lo que hay, con –casi–

todo lo que hay. Para quien no imagina ninguna forma de vida más allá de esta vida, para quien cree que la muerte es el final sin fin, el suicidio sólo adelanta lo que, de todos modos, no puede más que suceder: una cuestión de tiempo. En cambio, para quienes consiguen seguir creyendo que su dios les garantiza más cosas más allá, matarse es matarse: acabar con cualquier esperanza de una vida larga y venturosa en la otra vida.

Para la superstición más difundida de ese tiempo, matarse es matar y, como tal, un pecado mortal. No matarás es una orden general, que excluye a los enemigos de la Patria o de la Fe pero no a la propia persona: se puede matar infieles o invasores, no a uno mismo.

Así que quien se mata se mata: condena a su alma a arder en el infierno por un tiempo tan largo que algunos sólo saben llamarlo eternidad. De algún modo, matarse fue la primera manera de matar a Dios. Nadie que creyera en su existencia podía elegir esa muerte que le abría las puertas del infierno; matarse, entonces, es decirle al dios que no te temo –pero el único modo de no temerle es que no exista. Filósofos defendieron, en esos años, la elección de matarse; Johann Wolfgang von Goethe era un joven abogado de familia rica cuando publicó, 1774, una novela que tituló *Las penas del joven Werther:* penas de amor, soledades de amor, suicidio por amor. El amor irrumpía en la conciencia de Occidente, el amor se hacía necesidad en Occidente y Werther fue furor, la moda Werther fue furor: por toda Europa los jóvenes ricos se vestían à la Werther, hablaban à la Werther; miles se suicidaron à la Werther. La primera gran rebeldía juvenil consistió en no dejar nunca de ser joven: negarse por la vía radical a envejecer.

Echeverría mira la pistola –ese animal extraño, tan fuera de lugar en su mano apretada– y no piensa en amor:

15

piensa en las culpas que el amor produce. En su madre, muerta el año pasado. En su certeza de que su madre se murió por su culpa. La suya, piensa, la mía, por mi estupidez y mi desidia y mi lascivia y mi crueldad, piensa: por mí, por mi culpa grandísima.

Un ojo por un ojo, dicen, piensa: un hijo por su madre, yo.

2

Toda persona tiene derecho a creerse, de algún modo, con razones mejores o peores, con mayores o menores condiciones, única. Si cuando empieza a intentarlo, a sus siete u ocho años, se encuentra con que lo asedian tres hermanas y hermanos mayores y —ya entonces— cuatro hermanas y hermanos menores, la tarea se le complica mucho. José Estevan Antonio Echeverría —Echeverría— había nacido en un pueblo del confín del imperio español, Buenos Aires, el 2 de septiembre de 1805, cuarto hijo de José Domingo, un inmigrante vasco, y Martina Espinosa, nacida y criada en esa misma aldea.

La aprieta, la mira, se sorprende.
La aprieta, como si su mano no esperara que él la guíe.

Nadie sabe quién será cuando pasen dos siglos. Nadie, nada, es la respuesta más probable —pero unas pocas veces se equivoca. Si don José Domingo Echeverría no hubiera engendrado, entre sus ocho o nueve hijos conocidos, a José Estevan, su nombre se habría perdido —como se pierden casi todos— en las arrugas de la historia. Aun así, nadie sabe —casi— nada de él. Suponemos que era vanidoso: sus cuatro

17

hijos varones se llamaron, como él, José –y después algo más.
Aunque quizá, más que a la vanidad, su persistencia respondiera a la falta de imaginación, al convencimiento de que debía mantener la única tradición que podía recordar de su familia y sus tierras lejanas, a una superstición que, como suele pasar con las supersticiones, no quedó registrada.

Echeverría tampoco supo mucho de su padre. En algún momento de su vida le pareció importante saber en qué año había llegado a Buenos Aires. Para entonces, su madre ya había muerto y él mismo estaba exiliado en Montevideo: no podía preguntarlo. Así que, reconstruyendo, extrapolando a partir de los pocos indicios que tenía, supuso que habría desembarcado en 1786. Sabía que podría haber sido 84, 87, 85, incluso 89; prefirió tomar una decisión, arrogarse un derecho: su padre había llegado al puerto de Buenos Aires en el invierno de 1786. Alguna vez su madre le había dicho que la primera sorpresa de su padre fue que el puerto de Buenos Aires no tuviera puerto y el barco lo dejara río adentro y debiera bajar con el agua a las rodillas y que un carretero le pidiera fortunas para llevarlo hasta la orilla y terminara llegando a hombros de un marinero fortachón, un mestizo que lo transportó por mucho menos. Después le dijo que su segunda había sido el frío: que nunca se le había ocurrido que en estas tierras pudiera haber invierno y que, para más inri, el invierno sucediera en medio del verano, julio, agosto.

Sí llegó a saber –su madre se lo había contado– que su padre había salido de un pueblito de Vizcaya con veinte años poco más o menos y que había decidido venir a Buenos Aires porque hacia allí partía el primer barco que se encontró en el puerto de ¿Guecho? Durante muchos años, Echeverría se avergonzó de que su origen pudiera ser algo tan confuso: sus amigos sabían qué habían hecho sus padres, sus abuelos; sus amigos cargaban sus ancestros como estandartes, como escudos. Con el tiempo, según fue haciéndose mayor, la sorpresa reemplazó a la vergüenza: no era posible que la vida de un hombre se disolviera tan fácil en la nada, se decía, para decirse que sí, que era posible. Entonces, a veces, la sorpresa dejaba su lugar a la desesperanza más extrema.

Pero no sabe siquiera si la pistola –que sigue apretando, el puño blanco del esfuerzo sobre la cacha de madera oscura– era de su padre. Piensa que quizá fuera de su padrastro. Qué curiosa, piensa, la palabra padrastro. Qué curioso que de una palabra tan entera, la palabra padre, puedan surgir palabras tan extremas, tan extremadamente opuestas como patria y padrastro. Y la pistola, qué pena no saber.

Sí sabe que la historia de su padre es la historia de un fracaso. Se pregunta qué historia no es la historia de un fracaso. Se sonríe de sí mismo pensando en el fracaso de su padre con la mano apretada en la pistola: la historia de un fracaso. Que llegó a Buenos Aires porque en su Vizcaya, donde su familia comía salteado, donde no veía ninguna posibilidad de prosperar, había oído hablar de esa ciudad –de ese poblacho– al sur del sur donde algunos paisanos suyos se habían hecho ricos. Y que nada más llegar se regodeó con las historias de un Juan Esteban de Anchorena, por ejemplo, que todos le contaban: uno que había llegado, como muchos, con una mano atrás y otra adelante y montado una pulpería modesta casi suburbana pero había ahorrado día tras día y después ampliado sus operaciones y, cuando ya tenía juntado algún dinero, se había casado con la hija pobre de un señor de apellido y que ahora formaba parte del Cabildo y la buena sociedad y que sí se podía; no contaban –no solían contar– las historias de las docenas que no lo consiguieron.

19

Su padre, sabe –supone– Echeverría, llegó con veinte años cargado de apetitos y entusiasmo y unas monedas que usó para comprar unos aperos que vendió por más, y más aperos y más y así, dos años después, pudo instalar una especie de pulpería en el barrio del Alto donde vendía vino, aguardiente, yerba, sal, tabaco, aceite, legumbres, dulces, alguna ropa basta, herramientas menores, más aperos. Era un cuarto a la calle con una ventana y un alero y unas rejas, y el barrio del Alto era difícil: empezaba donde acababa la ciudad, al sur, más allá del Zanjón del Hospital, camino al Riachuelo, donde paraban las carretas que llegaban del campo; en sus calles de barro, entre sus casitas de ladrillos de adobe, pisos de tierra, techos de tejas o de pajas, vivían trabajadores del puerto, pequeños artesanos, vendedores de chucherías ambulantes, unas pocas familias desterradas del centro y negros y mulatos y mestizos varios; en sus calles de barro abundaban cuchillos. Pero el joven José Domingo, se diría, supo acomodarse y palmo a palmo fue creciendo. Su destino parecía encaminado, y tanto que, poco antes de cumplir los treinta, el señor José Juan Espinosa, funcionario de Correos con ínfulas de linaje y bastantes apuros y casa derrengada en la calle de San Francisco, no dudó en entregarle a su hija Martina en matrimonio.

Echeverría sabe –su madre se lo había dicho– que el vasco solía decir que lo que más le gustaba era no deberle nada a nadie. Y que después lo había traducido en una frase alambicada –que quizás había leído o escuchado: que su emigración, su llegada a ese puerto sin puerto lo habían convertido en un artífice de su propio destino. También sabe –por su madre, de nuevo– que disfrutaba tanto de comer carne, mucha carne, todos los días: tanto el poder de esos mordiscos, la carne entre las manos, el despilfarro de tirar trozos enteros: qué dirían en mi pueblo si me vieran, solía decir, contaba ella: no lo podrían creer, qué pensarían. Y eso que eran una familia casi pobre: la casita, la pulpería, tres o cuatro caballos y solamente dos esclavos, Jacinta la cocinera y su hija, una nena gritona que no servía para nada.

La mira, la aprieta, piensa en dejarla sobre la colcha de lana mal teñida: le habría gustado que la pistola fuera de su padre.

Echeverría se pregunta por él, cómo sería: qué querría, además de ganar dinero y pasearse los domingos por la tarde del brazo de una señora respetable y cuatro o cinco chicos; que si habría pensado alguna vez en volver a su caserío en las montañas vascas, que si se preguntaría también qué había sido de su padre o sus hermanos, que si peleó cuando invadieron los ingleses o le daría lo mismo, que si, cuando llegó la revolución, se habría sentido desvalido o asustado o alborozado o interesado en quién sabe qué supuestas oportunidades de negocio, que qué pensaría de sus hijos: que qué, por supuesto, de él, ese chiquito que no tenía más de diez años cuando don José Domingo, que ni siquiera era un señor mayor, a quien sólo los más pobres trataban de don, se murió de un día para el otro.

Eso sí se lo había contado su madre muchas veces. Echeverría detestaba escuchar a su madre contarle la muerte de su padre: cada vez que ella empezaba, cada vez que respiraba hondo, cada vez que se mordía el labio inferior con sus dientes amarillos, cada vez que le mostraba, con demasiados gestos, que estaba tratando de no hablar, Echeverría pensaba decirle mama, cállese o, incluso, irse, pero, por supuesto, no lo hacía: no habría sabido hacerlo. Entonces ella, cada vez, inevitablemente, hablaba: le contaba la muerte de su padre y el tono era de reprimenda, de advertencia, le pasó a él pero te va a pasar a ti si no te cuidas.

Padre, piensa: encerrado en una vida que parecía recompensa y se le fue transformando en cacerola. Padre, piensa: sin poder salir, sabiendo que no podría salir, intentando dos o tres noches por semana esos escapes sin salida que lo devuelven al lugar de siempre. Padre, piensa: tan incapaz de una salida verdadera.

Era, solía empezar su madre, una noche de noviembre, tranquila, calurosa, y yo estaba afuera, bajo el alero, cosiendo una camisa y esperando su vuelta. O, mejor dicho, ya no lo esperaba: sabía que podía llegar a cualquier hora porque tu padre llegaba a cualquier hora, se iba cuando cerraba la tienda y nunca me decía adónde iba ni cuándo volvía pero yo sabía que se iba, como tú, por esos andurriales, seguramente por la Recoleta, a jugar, a beber, a quién sabe qué más; que yo no lo esperaba, te digo, pero a veces llegaba, me sorprendía y llegaba. Aquella vez me sorprendió: llegó no muy tarde —quizás eran las nueve, quién sabe ya las diez–, un poco tambaleante. Yo me levanté para ayudarlo, porque a veces todavía, no sé por qué, yo pensaba que tenía que ayudarlo, y él me dijo mujer, ten cuidado: me gritó, casi, mujer, ten cuidado. Yo le dije pero hombre, qué te pasa, ¿no ves que estoy tratando de ayudarte? Tu padre podía ser tan brusco. Y entonces me dijo que sí pero que tuviera cuidado porque lo había mordido un perro, en una pierna lo había mordido un perro. Yo me asusté: tú sabes cómo son esas cosas de los perros. Pero él me dijo mujer, no te preocupes, ahora me lavo y mañana estoy bien. Así que se lavó la pierna y se fue a dormir la mona. Y tú ya sabes cómo terminó: en mitad de la noche se levantó con ese dolor, las babas, el ardor, todo eso de la rabia, y yo mandé a tu hermano a buscar a un médico pero no encontró, era esa época en que todos se habían ido con el ejército de San Martín, no había ni uno y los que había no quisieron venir hasta el Alto a esas horas de la noche pero bueno, todo eso tú lo sabes, y más que nada sabes que esa mañana muy temprano se murió, decía su madre, los ojos secos, los ojos con el odio de quien no quiere perdonar. Y Echeverría, algunas veces, que trataba de decirle que no se pusiera así, que cualquiera tiene un accidente, y entonces ella, amarga, desolada, que un cuerno un accidente:

–Tomaba. Cómo tomaba. Esa noche, si no hubiera tomado, jamás lo habría agarrado el perro ese.

Y siempre, casi siempre, su relato terminaba con su madre acariciándole la cabeza, el pelo negro con sus manos gastadas, ásperas de gastadas, y diciéndole que se parecía tanto a él. Su madre le decía que se parecía a su padre, a José Domingo; se lo decía con una mezcla de nostalgia y reproche y, ahora, mientras aprieta con los nudillos blancos, Echeverría piensa que habría querido preguntarle por qué la parte de nostalgia: que entender esa nostalgia lo tranquilizaría.

Su madre nunca le había parecido dada a la nostalgia: la veía como una persona entera, sin dobleces, uniforme –y la nostalgia le hacía pensar irremediablemente en pliegues, en un cuerpo que se retuerce para vivir al mismo tiempo tiempos diferentes. Después, mucho después, empezaría a preguntarse si no es casi una obligación ver en las madres seres simples, enteros, sin dobleces. Si se puede crecer viéndolas de otra manera: como si fueran cuerpos, entes que se tuercen.

Pero su madre ha muerto. Ya lleva un año muerta: un año muerta. Echeverría se pregunta si eso la hace más muerta o menos muerta, si la muerte aumenta con el tiempo, disminuye.

23

Su madre –ahora lo sabía– había crecido con la promesa de otra vida. Semejante, quizás, en muchas de sus circunstancias: una vida hecha de obedecer, parir, cuidar esposo e hijos, alimentar esposo e hijos, preparar a las hijas para cuidar esposo e hijos, adorar a su dios y temer a sus curas, hablar con sus amigas pero nunca muy claro, coser, tejer, decidir las comidas, mandar a seis o siete esclavos, socorrer a los pobres, vestirse para su esposo –para sus amigas–, parir, obedecer, educar en la obediencia a sus hijas e hijos, escuchar a su esposo si alguna vez su esposo quería hablarle, apoyar a su esposo si le pedía su apoyo, recibir a su esposo cuando quisiera entrarle, obedecer, parir, rezar, regar, regir la casa, educarse cada día en la aceptación de su destino. Pero lo que no estaba en el diseño de su vida era la falta, aquellas apreturas: que su esposo, primero, no hubiera sido lo que debía y prometía –por el juego, por el alcohol, por la cólera fácil, por sus errores también seguramente– y, después, que se le hubiera muerto así de fácil, dejándola tan desguarnecida.

Pero él sabía que, por más desastres que hubiera hecho su padre, era él, Echeverría, quien había terminado por matarla.

Por eso esta noche, marzo del 23, sus diecisiete años, en su cuarto de suelo de ladrillos, a la luz incierta de una vela, agarra su pistola y se la apoya contra la sien derecha, tembloroso: que agarra su pistola y que se la aplica al cerebro, dirá: tomé mi pistola, apliquémela al cerebro, dirá, con la mano hecha un puño, blanca, casi pétrea, dirá, el dedo firme en el gatillo, dispuesto a hacer lo suyo en el gatillo.

3

La había matado él. Su madre estaba un año muerta, la había matado él. Matar la madre es una paradoja rara. O, piensa, espantado: como cerrar un círculo perfecto.

Se pregunta cómo será el estallido: la cabeza estallando, el estallido. Se pregunta si le va a doler mucho, cómo le va a doler; no puede pensar una respuesta. Oye unas voces en la calle, dos borrachos peleándose. Las voces se van precisando: se pelean por una mujer. Se siente humillado: que en el momento decisivo de su vida lo interrumpan un par de idiotas de la calle.

Alcanza a preguntarse si realmente, de verdad.

A lo largo de ese año muchas veces Echeverría se descubrió diciéndose que Dios –él no creía en un dios o no sabía si creía en algún dios, que es una forma de no creer en ningún dios– había sido piadoso con su madre. Que era cierto que su enfermedad fue feroz y cobarde –cobarde, se decía– y que, durante, él lo había insultado muchas veces, le había gritado que no entendía su crueldad con una persona que lo quería y respetaba tanto. Que era cierto que todos los tratamientos fracasaron, que las sanguijuelas del principio no consiguieron nada, que los dolores seguían y aumentaban, que el opio y los rezos del final no consiguieron nada, que el médico ya no hablaba de enfermedad sino de melancolía y le decía que su madre se moriría de no querer vivir, que él mismo pensó más de una vez en llamar a un despenador que conocía para acabar con sus miserias, que se horrorizó de haberlo siquiera imaginado, que sobre todo no quería entender por qué su madre se dejaba morir y se lo reprochaba a ella por no reprochárselo a sí mismo y se lo reprochaba más que nada a ese dios que la abandonaba sin reparos. Pero que era cierto que por lo menos su dios le evitó la angustia final: que se la llevó justo antes de que el ministro Rivadavia prohibiera los enterramientos en iglesias y que, para reemplazarlos, inaugurara el nuevo cementerio de la Recoleta –justo en la Recoleta, el escenario de su caída, de todas sus desgracias– y se enfrentara a la resistencia de toda la gente de bien de la ciudad: por supuesto que los porteños, acostumbrados a imaginar sus despojos atrincherados para la eternidad en los pasillos de una iglesia, hollados, orados, olidos para la eternidad por sus deudos en los pasillos de una iglesia, no querían aceptar ese destierro. Y los deudos, acostumbrados a pagar para que sus cadáveres ocuparan los mejores lugares sin mezclarse con los cadáveres con los que no debían mezclarse, acostumbrados a caminar por sus cadáveres, acostumbrados a oler en las naves de los templos el olor de la putrefacción de sus cadáveres, se rebelaron contra la posibilidad de ese destierro. Más aún cuando supieron que los mandaban al vecindario del convento de los Recoletos, lugar de perdición, y más cuando, ya abierto el nuevo cementerio, sus dos primeros enterrados fueron un joven negro Juan Benito y una puta oriental María Maciel.

Pero entonces, a lo largo de ese año, muchas veces Echeverría se descubrió diciéndose que no podía echarle a Dios la culpa de lo que era su culpa. Que sí, que él la había matado.

Sabía, lo sabía: si hubiera sido un hijo bueno, un hombre bueno, su madre estaría viva.

Primero pareció que sí sería. O pareció, por lo menos, que no importaría demasiado. Era, al fin y al cabo, un hermano entre nueve, alguien sin demasiado peso en la ecuación de su familia. La muerte de tres –sarampión, viruela, unos ahogos– antes de que Echeverría cumpliera once años lo aumentó pero, aun así, seguía siendo uno entre seis. Aunque tres de esos seis eran mujeres; los hombres eran su hermano José María, su mayor, y su hermanito José Félix.

Parecía que sí: que el tercero de los Echeverría era un chico obediente, cumplidor, incluso buen alumno. Recién empezó a ir a clase a sus diez años, poco después de la muerte de su padre; más tarde, ya adolescente, muchas veces estuvo a punto de preguntarle a su madre si, vivo, su padre no quería –y por qué.

En la escuela de San Telmo el maestro Juan Guaus le enseñaba a leer, a escribir, a rezar y ni siquiera le pegaba mucho. Tuvo suerte: empezó su educación justo después del escándalo que hizo Guadalupe Cuenca, la viuda de Mariano Moreno, porque a su hijo Marianito le pegaron de más por no saber contestar unas preguntas. *La Gazeta* publicó la noticia, hubo debates y desaires y los maestros se cuidaban. El maestro Guaus, además, se quejaba a menudo: él y su ayudante tenían que ocuparse de demasiados chicos y así no se podía educar en serio a nadie.

Echeverría disfrutaba de las clases: aprendía fácil, se divertía, el maestro a veces lo elogiaba. En esa escuela –el suelo de ladrillo, la pared encalada, las dos ventanas muy chiquitas, casi doscientos chicos entre siete y trece, sus bancos desparejos–, Echeverría sintió, por primera vez, que había algo que hacía mejor que otros. Se asustó: durante semanas no volvió a hacer preguntas, a contestar las del maestro. Una mañana el viejo Guaus lo llevó al patio y le preguntó qué le pasaba; nada, maestro, nada, le contestó, y al día siguiente le trajo una especie de composición sobre los esclavitos: su hermano le había contado que dos años antes el gobierno había decidido que los niños que nacieran de esclavas de ahí en más ya no serían esclavos y que si no le parecía tan raro que su amigo Benito sí era esclavo pero su hermanito de un año no lo era. Echeverría entendió que era algo que no debía gustarle pero no terminó de entender por qué y lo contó enrevesado; el maestro pensó en llamarle la atención y explicarle el asunto pero era complicado y prefirió no hacerlo. Lo felicitó frente a los otros y le regaló un soldadito de plomo: muchos años después, ya en el destierro, Echeverría seguía llevando el soldadito en el bolsillo.

En una mesa larga y estrecha, de madera de quebracho sin barniz, comen cinco chicos entre catorce y cuatro años; a la cabeza, una señora de pelo negro con sus canas, arrugas marcadas en la cara altiva, vigila que terminen sus platos de puchero –carne hervida, papas hervidas, media mazorca cada uno–; en el medio hay un pan, una jarra de barro con agua casi clara, un trapo para todos. Uno de ellos, nueve o diez años, pelo revuelto, la mirada huidiza, intenta levantarse:

–Estevan, siéntate.

–Pero, mama, ya está.

–No está nada. Que te sientes.

–Mama...

–Estevan, que te sientes.

En la calle, más tarde, su hermano José María le dice que no debe contestarle a su madre: que cuando ella dice algo lo haga sin más vueltas. Echeverría le dice que sí, claro, que solamente quería salir a jugar un rato.

–¿No lo viste a Bartolo?

–No, van dos o tres días que no lo veo.

Ha llovido: la calle es un arroyo correntoso. Un muchacho de pelo renegrido atado en una cola lanza su caballo al agua para cruzar la esquina; el caballo trastabilla, nada; el muchacho le grita.

–Niños, ni se les ocurra cruzar por ahí, que se me ahogan.

Les dice un hombre negro que camina apoyado en dos muletas toscas; le falta la pierna izquierda, transpira, se para junto a ellos. Lleva un pantalón raído, una camisa que fue blanca, el sombrero de paja con agujeros.

–No se preocupe, Justo.

–Yo no me preocupo, criaturas. Yo me preocupo de otras cosas.

Dice, y Echeverría le pregunta cómo sigue su pierna. Justo le dice que no sabe, que si no sabe dónde está cómo quiere que sepa cómo sigue.

–Si yo hubiera sabido lo que era eso de la patria...

Echeverría lo mira sin entender, su hermano sale al quite:

–Justo, la cosa no es con nosotros. Mejor siga su camino, vaya.

El negro retoma sus saltitos, se tropieza en los pozos; más hombres y mujeres, sentados o parados a las puertas de sus casas, lo miran pasar o no lo miran. Hace calor, el sol aprieta. Más cerca de la esquina, una banda de caranchos se entretiene con los restos de un ternero; chillan, lo picotean. Bartolo llega enarbolando su lanza de caña con una cinta azul celeste y otra blanca, los ataca; Echeverría esquiva el golpe y grita.

–¿No te alcanza con la guerra en serio?

Bartolo es muy flaco, un dejo de bozo sobre el labio, el

pantalón azul a media pierna, la camisa abierta sobre el pecho lampiño, el pelo renegrido. Abraza a los hermanos; José María le pregunta qué sabe de su padre.

–¿Y qué querés que sepa? Está en la guerra, eso es lo que sé. Pronto vos y yo vamos a estar también.

Dice Bartolo, y José María le sonríe.

–¿Te parece?

–Bueno, vos no sé. A mí seguro que me mandan porque soy pobre. Y a éste, por cobarde.

Echeverría traga saliva, calla.

No hace mucho que va a la escuela, agosto de 1816. Una mañana de invierno todavía, el maestro Guaus les dice que los argentinos hemos declarado nuestra independencia. Los chicos le preguntan qué es eso, y el maestro trata de explicarles: que ya no hay rey, que somos libres. Y qué es libres, le preguntan los chicos.

Hay noches en que no puede dormir: intenta imaginar la guerra. Muchos de sus vecinos, algunos de sus amigos más grandes se han ido a la guerra: el ejército de San Martín necesitaba hombres, siempre necesita hombres, y no era cosa de remolonear. En su barrio algunos dicen que solamente mandan a los pobres pero él sabe que no es verdad; él no es tan pobre y sabe que lo van a mandar: en cuanto cumpla quince años, calcula, lo reclutan; la patria, ha oído tantas veces, nos necesita a todos. Le da tremendo orgullo, miedo: no sabe si será capaz de pelear una guerra. Tiene miedo de pelear una guerra; tiene miedo de no ser capaz de pelear una guerra. A veces piensa que una guerra es como una de esas canciones que cantan en la escuela: decidida, recia, llena de palabras que nunca había escuchado. Otras veces piensa que es mugrienta, llena de gritos, enredada como las mañanas en el matadero.

30

Nunca pasan tres días, cuatro, sin que lleguen hasta el matadero. El matadero son manzanas y manzanas de caos y de gritos; está a pocas cuadras de su cuadra pero les parece el más allá, otro mundo. Van asustados, casi en puntas de pie, arrepentidos de querer, queriendo, como quien cumple con una orden, con un vicio. Van él, José María, Bartolo y otros chicos del barrio: se pasan las horas mirando a los matarifes que campean como reyes con sus facas y sus hachas y sus gritos y la corte de chupamedias que siempre los rodea por si precisan algo y las busconas que se pelean por una cabeza de vaca o unas varas de tripa y se tiran de los pelos para sacarse lo que manotearon y se quedan en pelotas a fuerza de zarandearse y revolcarse y los muchachos que se ríen y las alientan a los gritos y los muchachos que se pintan la cara con sangre y se tiran bolas de bosta y pedazos de carne y se ríen y se tiran cuchilladas y se ríen y los gritos de los animales cuando los degüellan y los perros rechonchos que se pelean por sus cachos a mordiscos y ladran y rebufan y las gaviotas y las ratas que se pelean por los suyos y se matan por los suyos y los muchachos que cuidan los caballos y los caballos asustados que rompen sus sogas y arrancan al galope y los muchachos que los persiguen con más gritos y el barro siempre el barro, el barro hasta los tobillos hasta las rodillas, el barro lleno de sangre y de bosta y de cachos de carne, el barro sobre todo, más que nada: el barro. Echeverría y sus amigos se pasan horas mirando todo, fascinados; después, en una esquina un poco más allá, ya fuera del influjo, practican con cuchillos de madera la esgrima que miraron, los mandobles, los tajos, los esquives.

Aprendieron. De un planazo, Bartolo le parte la boca al hermano mayor, José María. Le sale sangre: mucha sangre que le mancha la cara, la camisa, que no para. Echeverría pregunta si se va a morir; los otros se le ríen. Bartolo es un experto –su padre fue carnicero, dice, y soldado, dice, o ladrón, dicen otros– y le enseñó y él les enseña sin dejar de gozar de su saber, de su poder: les enseña humillándolos a tajo limpio de madera, a sablazo sin cortes, y se ríe cuando su víctima se queja o gruñe del dolor. Echeverría lo mira arrobado, encandilado: piensa que ojalá cuando crezca llegue a ser como él –pero duda que pueda.

La guerra en la ciudad es un rumor que insiste, pura ausencia: hombres que faltan, médicos que faltan, mercaderías que faltan, mutilados, baldados, una espera constante, la ansiedad por que lleguen las noticias, la certeza de que su destino –el destino de la ciudad, el de sus habitantes– se juega en otra parte. La guerra es algo que no está y, sin embargo, todos saben que la patria, sea lo que sea, se viene haciendo en esa guerra que suena como un eco, que a menudo se olvida, que una mañana inesperada estalla como una bomba de palabras:

–¡El general perdió, dicen Cancha Rayada! ¡Desastre, desastre, qué va a ser de nosotros, el general va derrotado!

Y los debates y conjeturas agoreras y pronósticos trémulos, temores, los arrepentimientos: los peligros de vivir en guerra.

Está a punto de ponerse a pensar, otra vez, como si fuera noche llena, cómo será eso de que lo maten, cuando Bartolo pega un grito:

–¡El último es cola de perro!

Y corre disparado. Corría, entonces, disparado cada vez que esos chicos gritaban, cada vez que creía que esa carrera lo iba a alejar de pensar en su muerte, su guerra, sus pavores –recuerda ahora, piensa, la pistola en la mano.

Matarse, a esa edad –sus diecisiete años–, es matarse. El suicidio siempre es un gesto terminante: acabar con lo que hay, con —casi— todo lo que hay. Pero el gesto es más brutal, más decisivo, cuando lo ejerce un chico que todavía no sabe que se va a morir de todas formas: cuando sigue en esa edad venturosa en que un hombre —una mujer— no conoce de la muerte más que los relatos, no sabe que es su camino ineludible. El suicidio es un alud cuando el que se mata cree que elige. No que adelanta o anticipa, elige: en lugar de vivir para siempre va y se mata.

Pasarán años: los años de la infancia no se pasan nunca y son, al mismo tiempo, avaros de situaciones singulares, materia de recuerdos. Si alguien supiera, pensará Echeverría años después, qué cosas entre todas las que hace le importará recordar —y pudiera, entonces, hacer sólo lo que está dispuesto a conservar. Si alguien quisiera, pensará entonces, hacer sólo lo que esté dispuesto a recordar.

Pasarán años: varios años, enredados, gastados en las calles del barrio, en esos barros. Varios años, solía decir su madre, dedicados a crecer, a hacerse hombre.

¿Qué dirán sobre mí?, piensa, se pregunta: qué dirán sobre mí, cuando se enteren de que me salté la tapa de los sesos qué dirán sobre mí. ¿Que fui un hombre, que me hice cargo de lo que hice como un hombre? ¿Que fui un cobarde que no pudo hacer frente a su vida como un hombre? ¿Que fui un idiota que no merece siquiera que hablemos de su tontería? ¿Será que en el infierno adonde vaya voy a saber qué fue lo que dijeron?

33

4

Echeverría ya la había visto, por supuesto, tantas veces, pero esa tarde fue como si nunca antes. Esa tarde fue el choque, el despertar, la conciencia de que había algo más y la rara convicción de que él podría alcanzarlo: un cruce de miradas, un tinte en las mejillas, un destello en los dientes, las miradas que ya no son las mismas. Sonaba aquel minué, las parejas bailaban, velas, dos candelabros, pasteles, tortas fritas y un vino muy aguado, las señoras con abanicos hablaban de sus cosas –vestidos y los hijos–, los hombres de las suyas –la patria y sus negocios–, él la miraba como no había mirado nunca. Sabía que la quería como nada, sabía –creía, se había convencido– que la conseguiría.

El poder –descubrirse un poder– es el momento sin retorno.

Ahora, pocos años después, la pistola apretada en un puño, el puño blanco, dice, se dice, gimotea:

«Si por lo menos no me hubiese querido tan sin condiciones, si no se me hubiera entregado mareada de confianza, si hubiese tenido el tino de resistirse y yo, entonces, la obligación de tomar la decisión consciente, notoria de arrastrarla.

Si por lo menos cuando se supo condenada no hubiera intentado consolarme, insistir en que la culpa era suya y que yo no tenía que preocuparme, que tenía que seguir con mi vida, que ella ya se las arreglaría y que mejor que no volviera a verla porque no sería bueno para mí.

Si no hubiese sido conmigo como una madre comprensiva con un niño levemente lento.

Si por lo menos hubiera gritado rabiado llenado de odio la mirada para decirme que le había arruinado la vida por egoísta malnacido desalmado.

Si por lo menos hubiese tratado de arañarme.

Si por lo menos hubiera llorado por su suerte: por el fin de su suerte.

Si por lo menos no hubiese aceptado como un cordero herido las decisiones de su pobre madre, si no se hubiese dejado llevar a ese campo en medio del desierto mientras durara su escozor.

Si por lo menos antes de irse me hubiera pedido algo, un recuerdo, una flor aunque sea, una canción.

Si por lo menos alguna vez me hubiera pedido algo.

Si por lo menos no hubiese tenido esas pecas, esa carita de muñeca rota.

Si por lo menos no hubiera tenido trece años»,

dice, se dice, gimotea,

con la diestra hecha un puño en la pistola.

Consiguió verla a solas: al fin y al cabo eran primos hermanos. La primera vez se encontraron en el establo abandonado del tercer patio de la casa de ella; allí él le agarró las dos manos con las suyas y le dijo que no podía vivir sin ella y que la amaba y que si alguna vez ella sentía algo aunque más no fuera parecido a esa furia que le estallaba el pecho él sería el hombre más feliz del mundo: había leído unos poemas de Cadalso y supo transformarlos en palabras que parecieron suyas. Ella abrió la cara en una sonrisa que él nunca habría siquiera imaginado y le dijo que lo que le pasaba no era nada al lado de ese mareo que la añublaba cuando lo veía. Y entonces él abrió los brazos y ella se lanzó a ellos y se apretaron prietos, se sintieron los cuerpos a través de la ropa, se pegaron mejilla con mejilla, boca contra boca, y Echeverría sintió que se ponía muy duro y se apartó. Tuvo vergüenza, pensó que no debía tenerla. Hablaron, en susurros, de cosas que no les importaban, y él estaba extrañado de que también se llamara Martina, como su madre, hasta que se lo dijo y ella le recordó que se llamaba Martina por su madre de él, su tía de ella.

Aquella tarde se despidieron como si se murieran; tres veces más, en semanas siguientes –siempre los jueves, cuando la madre se iba a rezar a San Francisco–, se vieron en el tercer patio y, por fin, en el ranchito suburbano –camino de Flores– de la nodriza de Martina, una esclava de su familia que había comprado, poco antes, por fin su libertad. Echeverría se juraría, después, durante años, que él no lo había pensado ni intentado: que la primera vez sucedió como así, sin querer, y que después –un después que no llegó a durar dos meses– sí se transformó en una costumbre, en el motor de los encuentros, en la melancolía de toda la semana: cuerpos muy jóvenes, muy nuevos, sobre la paja ruda de un rincón del rancho, cuerpos vehementes, ávidos. Sabía que ella estaba haciendo algo que no debía, algo que alguna vez le costaría muy caro, y sabía que lo hacía por él, por las palabras de él, por las miradas de él, por sus ojos oscuros, su pelo negro que le caía sobre los ojos, sus brazos flacos fuertes: por todo él, lo hacía, y esa conciencia de su poder recién inaugurado lo llenaba de gozo, de energía.

Estaba, por fin, pensó, siendo el que sería.

«Si por lo menos hubiera actuado como un hombre. Si por lo menos hubiera sabido qué era, cómo era ser un hombre. Si hubiera sabido, por lo menos, hacer algo. Si por lo menos hubiera podido alguna vez, una vez sola, llamarla por su nombre.»

Su madre siempre le decía que si para beber agua tenía que dejarla reposar hasta que las basuras se asentaran en el fondo, por qué no hacía lo mismo con sus sentimientos, sus impulsos. Que los dejara sin mover hasta que sus basuras se asentaran y pudiera ver alguna transparencia: no del todo, porque ni el agua ni los sentimientos pueden ser realmente transparentes, pero alguna, aunque sea.

O bien, le decía Echeverría, tendríamos que ser ricos y tener nuestro propio aljibe y entonces el agua no sería tan mala, le decía, y se enorgullecía: una metáfora, una de las primeras. Si tuvieran dinero, tanto como para tener su propio aljibe, él podría limpiar sus basuras a golpes de monedas. Si tuviéramos nuestro propio aljibe tú no serías tú ni yo sería yo, le solía contestar su madre.

«Si por lo menos hubiese podido, alguna vez, sentirme atacado o engañado.

Si por lo menos los recuerdos no estuvieran tan llenos de cariño, de reconocimiento.

Si por lo menos consiguiera reprocharle algo.»

Después, mucho tiempo después, pensó que en realidad le gustaba –lo enloquecía– esa distancia entre ese cuerpo preparado para cualquier placer y esa mente que ni siquiera sabía imaginarlos. Que eso también era la patria, tan reciente: un cuerpo listo que no sabe, que se deja guiar por sus instintos –y ya sabemos dónde nos llevan los instintos, pensó, mucho después, alguna noche del destierro en la otra orilla. Después pensó que esa comparación era una tontería, si no una canallada.

«Si por lo menos mi madre no se hubiera enterado. Si por lo menos la muy idiota de su madre hubiera conseguido mantenerlo todo lo bastante secreto como para que mi madre no supiera.

Si por lo menos su padre hubiera estado ahí para asustarme, para impedirme hacer lo que nunca debí hacer o para obligarme a hacerme responsable de lo que hice.

Si por lo menos pudiera creerme cuando digo que nunca más lo voy a hacer.»

El padre de Martina Espinosa –el hermano de Martina Espinosa, la madre de Echeverría–, el capitán Juan Antonio Espinosa, llevaba varios años de campaña con el general San Martín y, en esos meses, estaba más lejos que nunca, en el Perú. Su esposa, doña Angelita, llevaba todos esos años viviendo como viuda, sacando adelante con penurias su partida de cuatro hijas y dos hijos. Cuando descubrió que su hija estaba embarazada, doña Angelita no perdió ni un minuto: con cuatro cachetadas descubrió quién era el culpable, con cinco más castigó esa identidad imperdonable y, dadas las siete, le dijo a su hija que juntara su ropa, que se iba al rancho de su hermano Juan Luis, más allá de Mercedes, y no saldría de allí hasta que diera a luz. Y que entonces verían qué podrían hacer con esa pobre criatura. Martina lloró, pataleó, le pidió que la dejara hablar con él por lo menos una última vez, pero no hubo ningún caso.

«Si por lo menos me hubiera dolido su partida.
Si por lo menos me hubiera destrozado.»

Echeverría se extrañó cuando supo que Martina se había ido: le pareció, primero, un caprichito intolerable, una traición; después –enseguida después– entendió que había sucedido algo terrible, pero pasaron meses hasta que quiso entender qué. Lo entendió porque supo que se hablaba de él. Tenía dieciséis años: todavía no sabía que Buenos Aires era un pueblo chico, donde todo se sabe –o que eso debería importarle. Después, mucho después, pensaría que tener dieciséis es, más que nada, suponer que los actos no tienen consecuencias: que la única diferencia entre un alfeñique de dieciséis y un pesado de cuarenta y cinco es que el pesado sabe que todo tiene precio: que la vida es aprender que todo tiene precio, pensaría mucho después, ya sabiendo que nunca podría pagar los precios de las cosas.

Se perdía, se hundía todo lo posible: en lugar de apenarse se regodeaba en ese juego de decepcionar a los pocos que esperaban algo de él, esa forma de convertirse en todo lo contrario. A su madre no le importó que fuera jugador –que fuera de tanto en tanto a los ranchos de la Recoleta a perder a la taba o los billares un dinero que nadie sabía dónde conseguía, para demostrar a quien quisiera saberlo que la gente bien nacida no se preocupa por la plata. Ni le importó que bebiera de ese aguardiente enfermo que servían en esos ranchos de la Recoleta; que, a veces, bebiera de ellos mucho más que lo decente. Ni le importó que pasara más tiempo rasgueando su guitarra que estudiando sus lecciones. Ni que una noche de ésas, en una pelea que empezó como si no fuera a empezar, con unas bromas un poco más pesadas, le clavara un cuchillo a un hombre, un vendedor de velas que se rió de él, que lo llamó poco hombre, pero el color de la sangre que corría, el olor de la sangre que corrió. Su madre consiguió que no le importaran esas cosas, pero no que no le importara que preñase a su prima, que arruinase la vida de su prima –y la suya con ella, la suya, la de su propia madre, le decía–, que nunca se recuperó de ese disgusto.

«Si por lo menos me hubiera hundido en el dolor y la vergüenza para siempre.»

Echeverría sentía sobre todo cierto alivio: tenía dieciséis años, le habían sacado el problema de encima, lo agradecía. No quería saber, no preguntó, nadie le dijo nada sobre la criatura; por el silencio supuso que había muerto. Después –unos meses después– supo que sí había muerto pero también Martina, su amante, su víctima, su prima, en ese parto en medio de la pampa.

Seguramente la habría llorado pero no: la noticia afectó tanto a su madre que sólo pudo odiarla. Martina Espinosa viuda de Echeverría se declaró enferma; quizá ya lo estuviera, quizá no. Meses languideció en la cama sin ganas de vivir, sin voluntad, y consiguió apagarse pese a los revoloteos de un médico y un curandero que nunca encontraron el modo de impedirlo. Primero la trataron con tisanas y unas sanguijuelas porque le dolía mucho la cabeza. Al final los dolores eran insoportables y le daban opio: decía cosas raras.

«Si por lo menos hubiera sido un hombre.»

Por eso esa noche, 1823, sus diecisiete años, en su cuarto de suelo de ladrillos, a la luz incierta de un velón, Echeverría agarró su pistola y se la apoyó contra la sien derecha, tembloroso: que agarró su pistola y que se la aplicó al cerebro, dirá: tomé mi pistola, apliquémela al cerebro, dirá, con la mano hecha un puño, blanca, casi pétrea, cuando una voz exclamó, como bajando del cielo, dirá: que entonces una voz que bajaba del cielo le gritó detente y que el arma mortífera se cayó de su mano y que su cuerpo desmayado también cayó con ella en la tierra, dirá: mi cuerpo desmayado dio con ella sobre la tierra y entonces, amigo, la eternidad se desplegó ante los ojos de mi fantasía, dirá: ante los ojos de su fantasía.

Y que allí en el cielo legiones infinitas de espíritus celestes y de justos entonaban en coro el hosanna eterno en alabanza de las glorias de Jehová y que allí, en medio de toda esa armonía, vio a su madre. Dirá que vio a su madre: que ella lo miró con sonrisa dulce y cariñosa y le dijo, dirá, que el don precioso de su existencia no le fue otorgado para que dispusiera de él a su antojo, dirá, le dijo su madre y por fin: vive, hijo, como has vivido y hallarás algún día la felicidad, le dijo su madre, dirá Echeverría: hallarás algún día la felicidad, si no en la tierra en la morada de los justos, dirá, le dijo su madre, como quien condena.

Su madre llevaba muerta un año:
que hallarás
algún día
la felicidad
–le dijo, condenó.

amanece. Echeverría agarra una pluma –pato, seguramente, ganso–, la afila con un cuchillo de mango de hueso, la moja en un tintero no muy lleno; sobre la mesa tiene un papel mal recortado. Empieza a escribir, pero no escribe el nombre del destinatario. Querido amigo, dice: sólo querido amigo. Hay veces en que un nombre puede ser superfluo o, incluso, muy poco menos que ofensivo. Escribe, Echeverría: «He sufrido en dos horas tormentos infernales. Una especie de vértigo se amparó de mis sentidos y ofuscó mi razón. La idea de la muerte se enseñoreó de todas mis potencias: en vano yo forcejeaba por desasirme de ella: con mano poderosa, ella me apremiaba, me arrastraba hasta el borde de la tumba y señalándome su abismo me decía: pusilánime, aquí está tu reposo, un golpe sólo y serás feliz. »Tomé mi pistola, apliquémela al cerebro; y ya iba... cuando una voz esclamó como bajando del cielo: "detente". El arma mortífera cayó de mi mano y mi cuerpo desmayado dio con ella sobre la tierra. Entonces, amigo, la eternidad se desplegó ante los ojos de mi fantasía... El cielo... y allí, allí legiones infinitas de espíritus celestes y de justos entonaban en coro el hosanna eterno de alabanza de las glorias de Jehová, con voces que resonaban aún en los ámbitos más recónditos del universo y con armonías que hacían retemblar y saltar de júbilo a las esferas. Allí estaba mi madre: mirome con sonrisa dulce y cariñosa y me dijo: la vida terrestre es un peregrinaje penoso y corto para la virtud; pero la vida celeste es la eterna recompensa de sus trabajos y tribulaciones. El don precioso de la existencia no te fue otorgado para que dispusieses de él a tu antojo...»

La carta sigue, y está fechada el 3 de febrero de 1823.

Tras aquella noche en que no pudo o no supo o no quiso suicidarse, Echeverría decidió dar un giro radical a su vida. Quiso volverse una persona de provecho; tenía dieciocho años, mala fama, pocos fondos y ciertas inquietudes: entró al Colegio de Ciencias Morales, un intento nuevo de establecer una institución educativa de cierta excelencia; allí aprendió latines, filosofía, gramática, gramática francesa, algo de física y de matemáticas, un poco de gimnasia y de dibujo junto con los muchachos más distinguidos de la Aldea –y eran más las horas de clase que pasaban fuera que dentro de las aulas. En la más concurrida, la del doctor Fernández de Agüero, se enseñaba a los alumnos a dudar de dios, y algunos se quejaron. Aquel Colegio era, pese a la pacatería circundante, una escuela de debates y planteos. Pero eso tampoco le duró: al año siguiente Echeverría debió salir a ganar algún dinero. Le quedaban todavía, gracias a la familia de su madre, ciertos contactos. Los hermanos Sebastián y Faustino Lezica, dueños de una de las empresas de importación y exportación más ricas de la Aldea, le dieron trabajo como dependiente de aduanas. Aprendió rudimentos de contabilidad: los Lezica exportaban cueros –un millón de cueros de vaca cada año–, crines, plumas de ñandú, plata, carne salada, pieles de nutria y de chinchilla, e importaban casi todas las manufacturas que los vecinos ricos consumían. En sus horas libres, que no eran pocas, sentado

43

sobre fardos de telas y vajillas, Echeverría estudiaba francés con libros que le habían prestado. A veces envidiaba a sus amigos que seguían en el Colegio –y que, en esos días, se habían rebelado contra los malos tratos que sufrían y peleado en la calle con la policía–; a veces se sentía más hombre, uno que se ganaba la vida con su propio trabajo, y los menospreciaba. Por las noches escribía cartas, tocaba la guitarra, intentaba canciones y trataba de enamorar a la hermana quinceañera de un amigo, que veía todas las semanas en la tertulia que organizaba su familia. Lo hacía, faltaba más, con prudencia y decoro. Con miedo, más que nada. De tanto en tanto alguien hablaba de la pobre Martina y el pesar por lo que había y no había hecho lo aplastaba de nuevo; nunca, en toda su vida, dejaría de sentir, más intenso o más tenue, el miedo de volver a equivocarse.

Problemas I

¿Cómo saber si estuvo a punto del suicidio? ¿Cómo, si jugueteó con la pistola sólo para sentir el vértigo o pasó dos minutos diez minutos esa noche convencido de que no tenía otra salida? ¿Si coqueteó con ella para acercarse a esa imagen tan seductora del héroe trágico que se entrega a su desesperación porque sus sentimientos son tan grandes tan hondos? ¿Si de verdad oía al coro de demonios que le gritaba que así no podía vivir ni una hora más? ¿Si tensó el dedo en el gatillo, le dio presión a ese gatillo, lo apretó como para apretarlo de verdad, se decidió a volarse la cabeza? ¿Si hubo un momento en que lo hacía? ¿Si algo en ese último punto lo retuvo, el rumor de su madre, la razón, la sinrazón, el miedo? ¿Si de verdad creyó o sólo lo escribió?

¿Cómo saber, si nadie sabe, si nadie nada nunca?

Y, sobre todo: ¿a quién le importa?

Es sorprendente la cantidad de cosas que podemos ignorar, refugiados en nuestra facilidad para ignorar incluso que las ignoramos. Vivimos en la información. Creemos sobre todo en la información, en la acumulación de información, en la conservación de información; todavía no sa-

45

bemos cómo se perderá esa información en las próximas décadas y, por eso, solemos creer que no se perderá –la ignorancia otra vez al rescate. Lo propio de la información es disiparse. Cualquiera que intente conocer asuntos de hace cien, ciento cincuenta años descubrirá enseguida que casi todo aquello se ha perdido. Es sorprendente la cantidad, la calidad de lo que no sabemos sobre alguien que vivió hace menos de dos siglos: alguien que era, entonces, un señor conocido, de quien se guardan cartas, testimonios, artículos impresos en periódicos, libros, cuatro o cinco retratos. Pero no datos tan primarios como de qué murió o de qué vivía o con quién tuvo, si es que la tuvo, su única hija.

No sabemos; callamos o escribimos.

Así, el pasado se vuelve a convertir en el lugar donde asentamos las certezas: por mera falta de comprobación, por pereza, por miedo, las certezas. El pasado es escritura pura: nada resulta más variable. Para creer que no lo es –que no lo fue–, para no aceptar el desarraigo de aceptar que lo que ya sucedió es infinitamente convertible, muchos recurren a la novela histórica. Los novelistas de novelas históricas creen que pueden decidir sobre la historia –cuando lo más interesante de la historia es que es indecidible, que ofrece todas las lecturas, que depende, como cualquier otro texto, del lector. Pero los novelistas de novelas históricas no soportan la ambigüedad, la duda, y definen los hechos, los pensamientos, las razones. Consiguen que el pasado se vuelva tan tonta, tan inútilmente previsible como cualquier futuro.

Yo también, supongo: enunciar el error no es evitarlo.

En el mercado vacilante de la letra, las novelas históricas son el refugio más canalla: libros que se venden porque te dicen que al leerlos no estás perdiendo el tiempo; que estás haciendo algo útil, que vas a aprender algo. Libros que aprovechan esa última cualidad que atribuimos a los libros –el supuesto saber, el prestigio de la letra impresa– para vender a muchos sus cositas.

Y te ofrecen, para tranquilizarte, la supuesta verdad: te cuento cosas ciertas. Esto no es un invento, son hechos de la historia, esto pasó.

Para armar un personaje, para armar un relato, ¿qué diferencia entre contar siete u ocho historias –todas digamos ciertas, comprobadas– cuidadosamente seleccionadas para que construyan la figura que un autor pretende, y contar siete u ocho historias –algunas más comprobadas que otras– cuidadosamente producidas para que construyan la figura que un autor pretende? ¿No es, en los dos casos, un escritor creando un personaje? ¿Lo es menos cuando lo crea a partir de la elección de historias comprobadas que cuando se inventa alguna que parece apropiada?

La superstición del documento es muy útil para esconder el hecho de que toda escritura es un invento. La superstición de la verdad es muy útil para esconder todo lo que se tercie.

El mito de los hechos,
hechos mito.

Superstición es lo que dura. En latín, *superstes* es lo que queda después de la batalla, permanece. En todos los idiomas, superstición es una voz precisa: cualquier creencia que no sea la mía.

La de la patria, por ejemplo.

47

La Vuelta
1830

1

Su padre lo había hecho quizá cuarenta, cuarenta y tantos años antes: lo mismo, igual, lo propio. Echeverría baja en medio del río, frente al Fuerte, del barco que lo trae de Francia, para subirse a una carreta que lo lleve a la orilla. Trata de no pensar en los muelles de piedra de Le Havre ni en su padre y piensa –por primera vez piensa– que no debe pensar en su país como el lugar donde todo resulta siempre igual, penosamente igual y, sobre todo, que si quiere aprovechar sus años de París debe tratar de no pensar en ellos: no comparar con ellos. Pero enseguida la pregunta insidiosa: que si volver es no pensar; que si volver es cerrar aquel espacio y las ideas de ese espacio. Se moja los pies, hunde los pies en el barro del río de la Plata y siente –trata de no pensar– que ahí hay algo que es como si fuera él: penosamente él, ahí en el barro.

–Estoy. Ya estoy aquí.

Se dice: estoy, ya estoy aquí. Y se pregunta si no debería decir más bien estoy acá.

–Estoy acá.

Se dice, y se pregunta si no debería decir algo que no pudiera decir cualquier persona en todo momento, en todo lugar.

–No estoy aquí.

Se dice, y otra vez.

Había salido hacia París cinco años antes. El gobierno de Bernardino Rivadavia daba becas para que jóvenes argentinos se formaran en Francia e Inglaterra –y Echeverría los envidió en silencio: él había dejado su carrera para ganarse el pan y no tenía derecho. Pero debía salir de Buenos Aires: la Aldea –la Gran Aldea– lo aplastaba, lo asfixiaba: en ella ya había matado a su madre y ahora estaba matándose a sí mismo, desperdiciándose entre fardos de telas mal tejidas en Manchester o Lyon, cueros pampeanos. Tenía que irse pero no tenía cómo –hasta que la piedad de los Lezica le ofreció una salida.

Los hermanos Lezica, sus patrones, amigos del presidente Rivadavia, que estaban extendiendo sus negocios por Europa, le ofrecieron nombrarlo su representante –una especie de representante– en París y dejarle, allí, mucho tiempo libre para sus estudios. Echeverría, primero, quiso saber por qué lo hacían; le dijeron que porque creían en él y esas cosas que se dicen para no decir nada; supo que nunca sabría de verdad y aceptó alborozado: por fin podría dejar la Aldea, conocer el mundo, sin siquiera pelear en una guerra. Durante años había creído que la única manera de dejar Buenos Aires sería partir hacia una guerra –y las guerras americanas se habían terminado y él, por supuesto, dudaba tanto de saber pelear en una guerra.

Necesita irse, piensa, se repite, necesita escaparse: saber cómo será el futuro. Irse a París, para él, en esos días, es viajar en el tiempo.

Los Lezica le dan dinero para que se prepare y él anota los gastos: compra un baúl y un par de cuerdas, un candado, una frazada, media docena de camisas, cinco pares de medias de lana, una camiseta, una corbata, un levitón de paño, cuatro libras de chocolate, media de té, un manual de aritmética, uno de derecho y *La Lira Argentina,* antología de versos patrióticos. No anota, en cambio, lo que gasta en tabaco.

Le fascina fumar, fuma con fruición, y no le gustan las naranjas. A menudo, cuando las huele, tan limpias, tan fragantes, se pregunta por qué no le gustan las naranjas y no sabe.

No le gustan.

El mar, tampoco.

Son horas y más horas, días y más días de la nada en azul que precipitan, de pronto precipitan, cuando el bergantín francés que lo llevaba, *La Jeune Mathilde,* está por naufragar frente a las costas brasileñas. ¿Qué es un viaje en barco sin la amenaza, la perspectiva del naufragio? ¿Qué es un viaje sin la perspectiva del naufragio? ¿A qué llamamos un naufragio? –se habría preguntado, todo retórica, el joven pasajero Echeverría si su barco no se hubiera vuelto de pronto la hoja en la tempestad, su mundo la más pura zozobra: damos por sentado que nada es estable salvo el suelo que pisamos, hasta que el suelo que pisamos deja de ser estable y entonces, por fin, nada. Echeverría pensará en eso después, mucho después: en esos días –en esos tres días que podrían haber sido veinte o treinta o unas horas– sólo pudo agarrarse a cualquier cosa que pareciera sólida, que pareciera fija: agarrarse a un trozo de madera y saber que el trozo de madera es tan incierto como la mano que lo agarra y sentir esa mano resbalando del trozo de madera, mojado, mohoso, casi podrido por el agua que lo agarra todo. Y tratar de contener el movimiento que lo agarra todo y tratar de contener el mundo que se escapa y tratar de contener el esfuerzo de su cuerpo por vaciarse, la confusión de su cuerpo que parecía creer que vaciándose podría ponerse a tono con un mundo que parecía vaciarse, deshacerse.

El mar, apenas, sobre todo.

Un barco, entonces, era un espacio muy pequeño, muy distinto de cualquier otro acostumbrado: tablones de madera mal pulidos y mal encajados, lamidos todo el tiempo por el agua y el viento, tan evidentemente frágiles, intrusos en el mar: tan extranjeros en el mar, tan fáciles. Un barco, entonces, para un viajero en la tormenta, amenazado de naufragio, no era siquiera esa cáscara de nuez proverbial en medio de las olas: Echeverría, encerrado en un camarote muy cerrado bajo la cubierta, las ventanas cerradas, las velas vacilando, el olor de sus vómitos y su mierda y su miedo, el olor sin aroma. Ahí abajo el viajero no participa del combate; sólo sufre. Ahí abajo el viajero entiende lo que vale la palabra destino: lo que no valen las palabras.

Si alguna vez creyó que un cuerpo era algo frágil, ahora entiende que no lo es más que casi todo el resto.

A estas aguas, al fondo de estas aguas, echaron el cadáver de Moreno. Son aguas que no pueden estar calmas, se dice —y enseguida se reprocha la fuerza de sus supersticiones. Pero dios no se le quita de los labios: reza, dice dios, le pide cosas, le promete cosas; en la tormenta reza y promete y pide y dice dios, ay dios, oh dios, por favor dios. No cree pero cree; es débil; sabe que es débil. Lo supo cuando no pudo resistir las tentaciones e hizo daño. Lo sabe ahora, cuando las olas le demuestran que no es nada. Es débil, tiene miedo; el agua, el viento, el inútil combate.

Tres días y tres noches; el espanto, tres días con sus noches. Es un combate tonto por tópico, uno que gana y pierde el otro y de repente no: un barco navegando sobre el agua es un triunfo de la civilización; un barco zarandeado por el agua es un triunfo de la naturaleza. Un barco navegando, otra vez navegando: la cultura.

Lleva semanas sin ver a una mujer, por semanas no verá a ninguna: Echeverría siente esa calma rara de los mundos de hombres. El mar, la guerra: los peligros son otros, comprensibles.

La Jeune Mathilde llegó por fin a Pernambuco desarbolada, desairada, a punto del desastre, impedida de seguir más adelante, noviembre de 1825. Echeverría temió por su viaje, tan recién iniciado; pasaron casi dos meses hasta que consiguió otro barco y el dinero necesario para retomarlo. Mientras tanto, Brasil y Argentina se declararon la guerra. Echeverría temió por su libertad en ese puerto brasileño; cuando quedó claro que nadie lo molestaría, se preocupó por su fuga, su abandono: su país iba a luchar y él no era capaz de cambiar sus planes para ocupar su puesto. Se dijo, para justificarse, que no tenía ningún puesto. Se dijo que soldados había muchos, que lo que su país necesitaba eran personas educadas. Se dijo que no tenía por qué decirse nada.

No pregunta, trata de no saber, no se contesta.

Cinco años en París no se agotan en un abrir y cerrar de ojos. Echeverría estudia física, química, matemáticas, geografía, historia, filosofía, derecho, letras francesas pero también, por su cuenta, con libros que consigue, retórica y gramática española y se pregunta por frases como ésta: abrir y cerrar de ojos. Los abre y los cierra, más veloz, más lento, intenta captar lo que sucede en ese lapso: un hombre tratando de entender. Se pasa días: abrir y cerrar de ojos –hasta que entiende que son palabras, nada más que palabras. Por una vez le parece que entendió algo, cierra fuerte los ojos, no los abre.

Que su padre también había llegado pero sin saber dónde, qué encontraría, a qué venía, piensa, y que por qué ceder a la comparación, a la falsa memoria. Yo soy un argentino, piensa –pese a todo.

Y está de vuelta, los pies hundidos en el barro. Llega a la orilla, entra en la Aduana, un funcionario lo interroga para llenar su ficha. El funcionario tiene su edad: parece un hombre. Echeverría lo mira, se extraña de que un muchacho de su edad parezca un hombre, lo siente próximo, le amaga una sonrisa, piensa: yo podría ser él si no me hubiera ido. Piensa: yo no soy él, yo soy el que se fue. El funcionario le pregunta su profesión, Echeverría duda un momento. Al irse dijo comerciante; ha dejado de ser un comerciante, no ha comerciado suficiente –ni quiere comerciar. Pero su opción es un deseo. Duda, se le escapa una risa nerviosa, carraspea: literato, dice. El hombre de su edad lo mira, frunce el ceño –como quien pregunta sin atreverse a las palabras. Literato no es una respuesta, le dice. Es mi respuesta, dice Echeverría. Quiero decir que no es una profesión. Claro que no es, dice, pero es mi profesión. Disculpe, señor, le dice el hombre de su edad –y anota, con su pluma de punta mal tallada en su libro de registros: literato. Echeverría suspira.

Se ha dado una misión pero no sabe.

En sus años de Buenos Aires –al final pasará, entre su vuelta y su destierro, ocho años en Buenos Aires– casi no

56

hablará sobre sus años de París. Será, para sus compatriotas, el que vivió en París —pero nadie sabrá detalles de esos años. Suele decirse —argumentar ante sí mismo— que prefiere no abundar para no abusar de esa supuesta superioridad que le prestan esos años franceses: que mejor no revolver la llaga. Pero sí utiliza esa ventaja —la utiliza de tantas formas, voluntarias y no— que se ha convertido en la base de su identidad, y a veces sospecha que calla porque hay, en esos años, algo que lo avergüenza. Quizá no haber sido un estudiante como los otros, los becarios, los que seguían cursos formales en la universidad formal, sino un muchacho que se buscaba la vida trabajando para un exportador de cueros importador de telas —y aprendía lo que podía, aquí y allá, leyendo y escuchando, desesperando por no perderse nada, recogiendo las sobras, mendigando.

O, si acaso, calla:

— por el recuerdo de la humillación, el encandilamiento del principio, cuando llegó a una de las capitales del planeta, la explosión de un millón de personas siempre en movimiento que le hacían ver su ciudad como un pueblo lejano y desdichado, una posta en la pampa, y lo aplastaban con esa sensación de que por más esfuerzos que hiciera —en su ciudad, por su ciudad, por su país— nunca sería nada siquiera semejante.

— o por el recuerdo de la humillación, el encandilamiento de los meses siguientes, cuando fue entendiendo más la lengua y encontrando espacios donde aprender y descubrió que las distancias que al principio no sabía precisar se hacían precisas y mayores, el flujo de ideas y el debate constantes, los libros infinitos, los museos, la potencia de siglos de cultura, la potencia de las máquinas nuevas, la tontería de comprarse un monóculo —por recomendación de un condiscípulo: cómpratelo y vas a ver lo que verás; no, yo no lo necesito, Benoît; sí que lo necesitas, claro— y encontrar que de pronto veía todo diferente, con una precisión que no sabía que existiera, y el esfuerzo por no hacer de esa transformación una metáfora.

– o por el recuerdo de la humillación –en el sentido más estricto, aquello que te vuelve más humilde, te pone en tu lugar– que sintió cuando empezó a leer los versos de Lamartine, del viejo Chateaubriand, del gran Victor Hugo: la sensación tan bruta de que él tendría que haber podido imaginar todo eso pero no lo estaba imaginando y sólo pensaba que quería copiarlo, todo lo que pudiera, imitarlo, retomarlo, hacerlo suyo aunque siempre sabría que no lo era.

– o por el recuerdo de la vergüenza que le daba parecer exótico: ser exótico. Y la conciencia de que ser exótico era su carta de presentación, que su exotismo de sudamericano más o menos letrado le abrió las pocas puertas que se le abrieron en esos años –la tertulia de M. du Tertre, las reuniones en el Café des Élégants– porque la Vieja Europa había resucitado aquella idea colombina de que América era una tierra virgen donde los nuevos regímenes no tendrían que pagar el precio de los viejos, donde toda utopía era posible, donde la libertad podría instalarse sin más lastres –y él, Echeverría, que sabía que eso era una tontería de franceses, se cuidaba mucho de decirlo y se cuidaba, también, de tocar la guitarra: temía que un sudamericano con guitarra se pareciera demasiado a un buen salvaje, aborigen melódico, y por eso en esos años la guitarra se convirtió en su lengua privada, su idioma para hablar consigo, en el mayor de sus secretos, solo, cuando su soledad se le volvía tan bruta que su única salida era tragársela.

– o por el recuerdo, que sólo a veces parecía romántico, del hambre y las penurias, que se volvía tan vulgar, tan gris cuando intentaba no contar cuántas veces, cuántos cientos de veces había tenido que rebuscar un céntimo para comer

58

en Au Hasard de la Fourchette, donde el azar del tenedor consistía en hundirlo —una vez, solamente una vez— en una olla donde hervían en un caldo impenetrable cachos de tripa, bofe, las carnes más dudosas, y pinchar y comerte lo que ese azar te deparaba con un pan, chorreando.

— o por el recuerdo de la mezcla de orgullo triste, de pobreza y de molicie que lo llevaron a hacerle cierto caso a la señora Marie-Louise des Thoucqueaux, viuda de un comerciante francés que vivió dos o tres años en Buenos Aires hacia 1815, para quien doña Mariquita Sánchez le dio unas cartas y un regalo y que, tras conocerlo, lo invitaba a su casa con frecuencia so pretexto de interesarse por su educación y por su lira y él, que sabía demasiado bien —que, por una vez, sabía demasiado bien— qué pretendía la viuda, se dejaba querer, al menos hasta cierto punto, y se abrumaba por la duda de dónde estaba el punto cierto.

— o por el recuerdo de la desilusión, que preferiría no haber sentido nunca, que lo paralizó cuando terminó de entender —en la práctica, en los hechos y las noticias día tras día— que Francia era una monarquía de lo más absoluta y que aquella revolución que tantos en el mundo habían seguido o perseguido sólo los llevó, al fin y al cabo, a ese presente tan cerca del pasado, tan atrás, y si sería que de verdad no hay esperanza, que sólo queda empezar una y otra vez, sísifos tristes, como si alguna forma del mal y la barbarie siempre tuviese que imponerse.

— o porque le daba vergüenza cierta vulgaridad: rimar Francia con distancia, un suponer, con elegancia.

Echeverría no sabe. Sabe que no lo sabe porque se lo ha preguntado muchas veces y nunca dio con la respuesta que lo satisficiera. Entonces decidió quedarse con su historia como duda, que era una forma de olvidarla, pero la fórmula le insiste en la memoria: la historia como duda.

Porque hay tantas otras posibilidades que se completan, se solapan, se desmienten. Quizá su vida parisina –la historia de su vida parisina– lo incomoda porque, pese a todo, lo avergüenza presentar como elección lo que no había sido sino fuga, y porque extraña más que nada, entre todo lo que podría extrañar, los ratos que pasaba en una esquina cerca de su pensión escuchando cómo alguien –siempre imaginó que una mujer joven, delicada, casi tísica– repetía una y otra vez sonatas de Beethoven en un piano y sabía –creía saber– que eso no le sucedería en Buenos Aires porque le estaría sucediendo en Buenos Aires, o sea: que no importaba lo que te sucediera en París porque lo importante era que te sucedía en París, porque París era la cuna de la libertad igualdad fraternidad, el templo de las Luces, el campo de batalla de las nuevas letras, el faro de cultura que los jóvenes bárbaros entusiastas del Plata precisaban para desgarrar las tinieblas españolas. Y porque ir a París era pasar la iniciación, el rito de pasaje, y convertirse en sacerdote.

– o porque sabía, sin querer decírselo, que le gustaba tanto estar en París pero a menudo sospechaba que más le gustaba pensar que estaba en París y, en esa misma línea, por el recuerdo de cómo, en lo mejor del mejor lugar donde podría alguna vez estar –creía que París era el mejor lugar donde podría alguna vez estar–, extrañaba la Argentina, Buenos Aires. Y cómo la extrañó más todavía cuando recibió las noticias de que Juan Manuel de Rosas se había apoderado del gobierno y que la noticia no lo preocupó tanto como el hecho de que había tardado un mes y medio en enterarse, o sea: que durante un mes y medio había vivido en un mundo donde los liberales todavía gobernaban Buenos Aires, sólo que ese mundo ya no existía –y que esa sensación de vivir tan errado, tan afuera, se le hizo poco a poco insoportable. «Si alguna vez pudiéramos saber lo que pasa cuando pasa, viviríamos todos en un solo mundo: la humanidad sería una y unida, habríamos dado un enorme paso hacia delante», escribió en esos días.

– o porque, tan banal, no soporta recordar París porque detesta y teme la posición subalterna de pensar que aquello era lo bueno pero no sabe recordarlo de otro modo y entonces mejor no, mejor borrarlo todo lo posible. Aunque a veces se pregunte si evitar el recuerdo –intentar evitar el recuerdo– no es la mejor manera de fijarlo: que si lo recordara lo iría gastando, modificando, convirtiendo en un relato inocuo, manejable.

– o porque le debe demasiado: porque llegó tan tierno, un lechuguino con ambiciones vagas, y allá entendió lo que, en su pueblo, nadie le había dicho. Para empezar, que no se puede ser escritor sin interesarse por los asuntos públicos, que la poesía, como decía Lamartine, será razón cantada y que la pluma del poeta puede construir tanto como la espada del soldado. Y, sobre todo, que un país sin sus letras no tiene identidad o sea: no es un país –y que era su tarea contribuir a que el suyo fuera uno. Su misión, se dice.

– o quizá, más que nada, lo molestaba el recuerdo de esa extraña sensación, confusa, de estar pero no estar, saber y no saber: tres, cuatro años en París y era como si nunca hubiera vivido en otra parte, como si hubiese llegado un par de noches antes. Quería recordar cómo era –cómo era él, Echeverría– cuando no lo conocía, cuando lo imaginaba, y no podía: no hay nada más difícil para el conocimiento que volver al momento en que uno no sabía, volver a ser Adán antes de la manzana. Y entonces, en última instancia, una certeza rara: que si el de antes era él, éste no era, o viceversa y entonces, preocupado, perdido: quién carajo era él, Echeverría.

– o porque, fuera quien fuera, sabía que no había vuelto por nostalgia o sentido del deber o amor por su lugar sino porque no soportó más vivir tan pobre, tan ignorado, tan afuera.

2

Buenos Aires es tan modesto que no tiene origen. Buenos Aires no cuenta sus principios, o lo que cuenta es pura pérdida: una gran hueste de españoles que llegó a estas costas cargada de esperanzas y vacas y herramientas y en unos meses las perdieron todas, y cómo se enfermaron se pelearon se murieron y cómo se comieron los unos a los otros, cómo huyeron. Y cómo después, tras años de abandono, décadas de abandono, otros, sin destino, volvieron a intentarlo. No hay mito, no hay dos mellizos mamando de una loba, un cuervo que se posa en el lugar preciso, un semidiós que derrota a los bárbaros; el principio son seis docenas de descorazonados lo bastante pobres para querer llegar a esta tierra tan pobre, lo bastante desesperados como para esperar algo de ella. En el principio no hay mito sino necesidad: unos muchachos paraguayos buscándose la vida en un lugar que nadie habría querido de otro modo. La historia de la Aldea la ha marcado, piensa, con los pies mojados todavía por el río.

Echeverría sale de la Aduana, limpia de barro sus zapatos, los embarra de nuevo cuando cruza la plaza. En la plaza de Mayo docenas de personas van o vienen o ni van ni vienen, venden, compran, charlan, comen, fuman; no lo miran; al fondo, el Cabildo resulta tan chiquito, una maqueta de sí mismo. Ha dejado en la Aduana su baúl porque quiere caminar hasta su casa: recorrer lento, como quien paladea, el camino desde el Fuerte hasta su casa. Ha tardado cinco años en volver: no puede despilfarrar este momento. Dos señores –levita oscura, galera reluciente– comentan la llegada:

–¿Pero en serio no lo ha visto?

–No, Marcos, no vi nada.

–No me diga que no se enteró. El inglés loco aquel se trajo un toro que dice que va a mejorar la raza. Mejorar la raza, mire si será loco.

–No se crea, Marcos, no se crea.

Buenos Aires, pese a lo que esperaba, se parece tanto a Buenos Aires.

Al borde de la plaza, frente a los arcos del Cabildo, un señor mayor y bien vestido le dice que se ve que es extranjero y que como es extranjero quizá no sepa que tiene que cuidarse pero que tiene que cuidarse, que la escarlatina no perdona, que disculpe su atrevimiento pero lo hace por su bien, que la epidemia está que quema y que no se acerque a los perros muertos o los caballos muertos en la calle. Echeverría lo mira en silencio, no se le ocurre qué decir, el señor otra vez: los perros muertos sobre todo, señor, los perros muertos.

Buenos Aires. Se dice Buenos Aires, se repite: Buenos Aires. Y repite y repite –Buenos Aires– hasta que las palabras pierden cualquier sentido: Buenos Aires.

–Oiga, ¿no ve por dónde va?

–Sí, claro que lo veo.

Huele, con cierto miedo huele: se acuerda de pronto de esos olores que entendía. Echeverría huele y recuerda: que si olía a pescado podrido era que el viento llegaba desde el río, que si a hueso quemado desde el norte, donde los hornos de ladrillos hacían fuego de esqueletos de vaca, que si a carne podrida desde el sur, donde los saladeros. Recupero la lengua, estoy en casa –piensa, se sonríe.

El camino se va deshilachando: las pocas calles empedradas se acabaron, las veredas son puentes sobre ríos turbulentos, las casas ranchos agrandados y hay más caballos y perros que personas; Echeverría se para ante un portón de madera sin dibujos, paredes encaladas, las ventanas con rejas a los lados, toca un aldabonazo: el ruido impone. Desde adentro, una voz de negra le grita que no apure, que ya va llegando.

–¡Estevita!

Grita la negra y después a voz en cuello está Estevita, está Estevita –y Echeverría se sonríe, se ríe: llevaba años sin que nadie lo nombrara de ese modo y le suena entrañable y ridículo, ridículo y entrañable, tan propio, casi ajeno.

–¡Estevita!

Su hermano José María le hace abrazos y fiestas y lo toca y lo mira y repite que no puede creerlo. Que por qué no le avisó, que él lo habría ido a buscar, que lo encuentra de casualidad, que cómo se le ocurre –hasta que Echeverría, divertido, le pregunta que cómo quería que le avisara.

–¡Que me avisaras, coño, como quieras!

Le grita y lo abraza de nuevo y lo toca y lo mira y no puede creerlo. No lo puedo creer, grita, repite, como si fuera la sanción definitiva.

Echeverría se ha lavado con el agua que la negra le fue

calentando en el fogón, se ha sacado el polvo y la mugre de tres meses de viaje, se ha puesto un pantalón negro ajustado atado bajo las rodillas, una camisa blanca con cordones abierta sobre el pecho, unos zuecos para no seguir arruinando los zapatos, una cinta negra recogiéndole el pelo y ahora conversa con su hermano bajo la parra del patio de su casa, sentados en sillas de madera y paja; es la hora de la siesta, hace calor, matean. La esclava ceba, Echeverría lo sorbe como si fuera un néctar: dice que lo extrañó tanto –el mate, dice–, que pocas cosas extrañó más que esta tontería de criollos y que qué extrañas las maneras en que un hombre se escapa y no se escapa. Su hermano lo mira entre feliz y divertido; es un hombre más hombre, más bajo, el cuerpo sólido sin vueltas, los rasgos rudos recios. Dice que está feliz de verlo y que si sabe qué va a hacer ahora, de vuelta en el hogar. Echeverría lo mira en silencio y le pregunta si no le parece un poco pronto para andar pensando en esas cosas; su hermano le sonríe y le dice vamos, te conozco, seguro que ya las has pensado.

–Yo no he pensado nada, hermano, qué voy a pensar.
–Vamos, Estevan, vamos.

Decidió que va a ser un escritor. En París ha estudiado con ahínco, con tesón, con pertinacia a los grandes románticos –de Hugo a Goethe, de Byron a Schiller, de Shakespeare a Shakespeare– porque quiere usar de ellos la emoción y el rescate de las viejas tradiciones nacionales, de los reinos oscuros de la magia, de los abismos de las sensaciones y las cumbres de las sensaciones, de lo que no sabemos ni queremos entender. Pero también ha estudiado la versificación en castellano, los vericuetos del castellano para creer que puede manejarlo. Es un joven tozudo: sabe que no sabe hacer versos, quiere aprender porque quiere ser poeta. «Era nece-

65

sario leer los clásicos españoles. Empecé: me dormía con el libro en la mano...», le escribe en esos días a un amigo.

Quiere ser escritor. No ha escrito demasiado pero intenta: va a ser un escritor. Y más allá, por encima de eso: se ha convencido de que un escritor –él como escritor– puede hacer algo importante por su patria. La Patria –se ha dicho muchas veces– necesita tanto, que cualquier cosa que haga puede ser útil; la Patria necesita tanto, que cualquier cosa que haga va a ser insuficiente.

En cualquier caso tiene una misión –y prefiere no pensar siquiera si de verdad va a poder realizarla.

Su hermano, después, le cuenta que en el campo está casado. Echeverría lo mira como quien oyó mal: ¿cómo que en el campo? En el campo, sí: que en el campo tiene una mujer que no se atreve a traer a Buenos Aires, una mujer que le reprocharían en Buenos Aires pero ya le ha dado dos hijos y lo hace muy feliz y es muy buena mujer, y entonces, le dice Echeverría, ¿por qué no traértela con vos?

–Cada uno tiene la cobardía y la valentía donde puede, hermano.

Le contesta su hermano.

La negra ceba, calla, hace como si no escuchara. El calor se encarniza. La escarlatina, dicen, maldita escarlatina.

Su hermano le dice que por supuesto puede quedarse en la casa, que es su casa, que él de todos modos se pasa temporadas largas en el campo. Echeverría le pregunta qué campo, su hermano le dice que ya sabe, Los Talas, el campo de San Andrés de Giles, el que se consiguió cuando Rivadavia vendió las tierras de los curas, y que si necesita plata y no consigue trabajo siempre puede ayudarlo con eso, que no se preocupe y que no se preocupe, que a menudo va a tener toda la casa para él y que le deja a Jacinta, la esclava, para que lo atienda. ¿Qué voy a hacer con una esclava?; yo no estoy acostumbrado a esas cosas. No te preocupes, ella sí. Pero no creo que pueda vivir con una mujer todo el tiempo alrededor, dice Echeverría, recibiendo el mate que le pasa esa mujer. Y su hermano: que lo hagas por ella, que ella lo necesita, que si no la tenemos en la casa qué va a ser de ella, dónde van a ir a parar ella y su niña, dice, pobre vieja; ella los mira.

Madreselvas, mosquetas y jazmines, nardos y diamelas. El patio sí es un mundo.

Echeverría se dice que es su deber; a los pocos días está encantado de que la esclava le prepare la comida, le cebe los mates, le arregle la ropa. Semanas después la esclava le pregunta si le parece bien cómo lo atiende y él que sí y ella que qué bueno porque su madre, la madre de él, fue una gran ama. La esclava en general no habla; Echeverría se sobresalta. Y ahora sigue con frases que parecen preparadas: como quien lleva días ensayando. Le dice que qué gran mujer era su madre, que nunca la trató mal aunque algunos podrían decir que ella le dio motivos pero que eso no es cierto, que qué gran señora y qué pena que se fuera tan pronto pero que ella siempre la recuerda y la respeta y la recuerda aunque ahora ya está vieja, dice, que ya tiene más de cincuenta años, que sabe que no va a vivir mucho más, que está contenta con su vida, que nunca fue negrita del coscorrón y eso la alivia, que lo ha hecho bien, repite: nunca una cara de disgusto. Pero que tampoco es de esas que dicen gracias amita cada vez que les pegan, que parece que se están riendo de sus amas, dice, y que lo mismo le enseñó a Candela, que va a ser una buena servidora, dice, que ojalá él, usté, amito, decida conservarla. La niña ya tiene doce o trece años, es flaca, esbelta, el pelo mota pero la piel clara, y ayuda a su madre en la cocina, en la limpieza. Candela mira el mundo como si desde lejos, con una distancia que parece orgullo, desdén, escepticismo; lo mira, en cualquier caso, como si no fuera la hija de una esclava.

–Que me la cuiden, amito, por favor, cuando yo falte. Es buena chica pero me da un poco de miedo.

–¿Miedo?

–Sí, cómo explicarle. Me da miedo por ella.

Le dice, pero que sabe que al fin y al cabo la pobre va a arreglarse. Que en cambio ella, para ella, hay algo que tiene que pedirle. Echeverría la mira: hace mucho que no la mira realmente. La negra Jacinta está flaca, la piel colgajo bajo los ojos, en el cuello.

–Por favor, que me entierren en madera. Yo nunca pedí nada, amo Estevita, nunca pedí nada, pero me da mucho miedo que me entierren sin caja, así, en la tierra. Yo sé que a los esclavos no nos ponen, pero yo he juntado unas monedas para eso. Por favor, amito, haga que me entierren en madera.

Echeverría le dice que claro, faltaba más, no se preocupe.

Veinte días más tarde, a los cuarenta días de llegar, cada vez que dice o se dice que ha vivido cinco años en París Echeverría siente que está mintiendo.

A nadie, a quién, a nadie.

Ya tiene veinticinco años y su cuerpo ha ido encontrando su manera: es alto –un poco más alto que la media–, es flaco –con esa delgadez desgarbada que parece torpeza, los brazos un poco demasiado largos, las manos su esqueleto. Sus rasgos son equilibrados, muy correctos: el óvalo de la cara es casi un rectángulo de puro serio, la frente alta despejada, los labios finos fugitivos, la nariz tan recta. Tiene los ojos claros; siempre los tuvo claros –como si verdes, como si almendrados– pero ahora, en medio de una cara que se ha ido haciendo austera, relucen más extraños: alguien que mira más hacia adentro que hacia afuera. Por encima, para romper tanta templanza, el pelo se le encrespa y encabrita; por debajo, todo alrededor, la barba en U, sin los bigotes, que será su firma. Es, en conjunto, una cara atractiva; Echeverría lo sabe y no sabe para qué. Sonríe poco; cuando sonríe, toda su cara sonríe y deja claro que está pasando algo. No habla mucho; cuando habla, mide cada palabra como si de verdad quisiera decir algo.

Echeverría nunca se ocupó demasiado de su ropa pero ahora sus tres trajes, que en París nadie miraría, lo distinguen: su levita ceñida, su pantalón de género escocés, su sombrero de copa, su corbatón de seda negra y, en la lluvia y el frío, su capa española. En cualquier calle del centro de la Aldea, Echeverría sabe que lo miran. Se ha convertido, casi a su pesar –¿a su pesar?–, en un personaje. No se lo dicen, pero a sus espaldas dicen que es un afrancesado: eso quiere decir que lo envidian, lo admiran, lo denigran. En Buenos Aires –ya lo sabía, ahora lo comprueba– la admiración siempre está hecha de invectivas.

Suele ser más alto que todos los demás, y eso le ofrece una ventaja y una desventaja: no sufre del resentimiento de quien debe mirar a todos desde abajo; sufre por el resentimiento de todos los que deben mirarlo desde abajo.

Y usa el monóculo. Pero el monóculo no se usa; se coloca, cada vez que su portador considera que hay algo que vale la pena mirar. A veces, cuando se cruza con alguien que querría conocer, Echeverría se lo calza en el ojo derecho: quienes lo ven envidian o desprecian, envidian y desprecian, ese gesto que encuentran altanero. Echeverría, a veces, se calza su monóculo para ver quiénes son. A veces no.

Las personas, se dice, miran los detalles: se pierden en detalles. ¿Cómo ver más allá? Nadie lo sabe: no saben ver lo complejo, lo hondo, lo extendido. Entonces los detalles: la pequeñez que les permite pensar que ya entendieron. Yo llevo, se dice, un monóculo raro: les resulta raro. Saben que viví en París: mi monóculo es rápidamente clasificado como el signo inequívoco de que soy alguien que pretende poner en evidencia –mostrar, exhibir– que ha vivido en París. No importa lo demás; no importa que sea así o asá, que tenga tal o cual. Siempre hay algún detalle que confirma lo que resulta más fácil de pensar, y se resuelven los problemas: no hay más dudas.

Ya tiene veinticinco años. Dice –se dice– que es poeta.

–Te digo que don Juan Manuel no es como los demás.
–¿Por qué, qué sabes?
–¿No has visto la manera en que mira cuando habla?

La legislatura de la provincia de Buenos Aires le había concedido facultades extraordinarias, pero varios gobernadores las habían tenido antes que él. También lo habían nombrado Restaurador de las Leyes, como si hubiera todavía, en esa confusión, leyes que restaurar. Y don Juan Manuel de Rosas se había hecho cargo de su puesto con brío y ambición, dispuesto a terminar con la retahíla de jefes que no duraban ni seis meses –y sobre todo con las violencias, con los enfrentamientos. Por eso su primer acto de gobierno había sido el funeral extraordinario para el coronel Manuel Dorrego, fusilado un año antes por el general Lavalle. Echeverría, todavía en París, no había sentido el peso de esa ejecución: había sido el gran crimen nacional, una de esas muertes que, muy de tanto en tanto, cambian muchas vidas. Don Juan Manuel sí, por supuesto, y montó fastos y ceremonias para apropiársela: nada mejor que un buen muerto para enarbolarlo como escudo y bandera, para hacerlo decir todo lo que uno querría –y nadie se atreverá a contestar.

Pero Buenos Aires parece vivir días tranquilos. Salvo algunos jefes unitarios, que prefirieron poner tierra de por medio, nadie se queja demasiado. Todavía faltan unos meses para que don Juan Manuel empiece a buscar la renovación de su mandato y se tope con la oposición de los legisladores. Entonces sí usará el aparente caos, el peligro: los enemigos que acechan en las fronteras de la provincia, que sólo puede contener un hombre fuerte –él– a la altura de esas amenazas. Si hay algo que el Restaurador siempre ha sabido es que uno no es nadie sin un buen enemigo que esgrimir en las peleas con los amigos.

He vivido cinco años en una ciudad donde los dioses no espesaban el aire. Ahora, aquí, parece que revolotearan –se dice, y se pregunta qué se dice, por qué.

–Ay, madre, seguro que es pecado.
–Pero no, hija. Pecados son los de tu padre.

Camina por la calle, escucha voces: acentos argentinos. Cinco años en París lo desacostumbraron: se da vuelta, los mira. Son, todos, compatriotas: lo confunde que sean todos compatriotas, se ríe de su propia tontería. Lo confunde, en verdad, la cercanía: ese primer impulso de creer que por haber nacido en la misma tierra, hablar la misma lengua, todos son cercanos. Lo piensa cuando no piensa y debe repetirse que entre esos compatriotas hay ladrones, asesinos, idiotas redomados. Se lo dice, lo piensa. Pero, cuando se distrae, vuelve a sentir ese calor inesperado si cruza, en cualquier calle, hombres hablando en argentino. Ya se le pasará, se dice: no se imagina cuánto.

—¿Y? ¿Ya pudo ver al toro inglés?
—Tiene las patas cortas, pobrecito. Pero unos huevos, Marcos, unos huevos...

3

Ese jueves de julio Echeverría se levanta mucho más temprano, se lava apenas, se viste de prisa, camina apurado –la luz del alba todavía imprecisa, el frío en cada hueso– hasta el Café de Catalanes, a media cuadra de la imprenta de Hallet, para comprar su edición de *La Gaceta Mercantil*. Allí, en la tercera de cuatro páginas grandes, manchadas, repletas de avisos comerciales, se esconde su poema: ¡Oh Patria, Patria, nombre sacrosanto!

Son sus primeras líneas publicadas, rebosan de ilusiones: «¡Oh Patria, Patria, nombre sacrosanto, / a pronunciarte vuelvo con encanto! / Tu halagüeño semblante / ya rebuscan mis ojos cuidadosos / por el vasto horizonte, / y cual airosa cima de alto monte, / ya lejos lo perciben y mi seno / de júbilo rebosa palpitante.» En el poema, las ilusiones suenan tanto más fuertes cuanto más fuerte es, dice, su desilusión por la caída europea: «El viejo continente / tan sólo desengaños me ha mostrado... / la fuerza triunfó y el duro cetro / cayó sobre los pueblos inclemente: / desde entonces la cruda tiranía / abate de los hombres la energía / que mansos doblan la cerviz paciente, / y el supremo albedrío / de Reyes o tiranos / a los pueblos conculca, cual gusanos, / sin aliento ni brío.» La esperanza, viene a decir, una vez más, se ha vuelto americana.

Echeverría recorre, saborea las líneas del periódico –hasta que termina de descubrir que su nombre no está en ninguna parte. «Esta composición métrica, cuyo mérito literario nos ha decidido a publicarla, es obra de uno de los jóvenes recientemente llegados de Europa», dice la *Gaceta* –y no dice más nada. Echeverría cierra los ojos, sorbe un trago de su chocolate: piensa que no debería importarle, que sus versos no necesitan la vanidad de un nombre; no lo consigue, le importa, detesta que le importe.

–¿Ya leyó ese poema que publica la *Gaceta*, Echeverría?

–Sí, ahora mismo. ¿Y usted?

–Sí, claro, por eso le digo.

–¿Y qué le pareció?

–Bien. Un poco petulante pero bien. ¿Usted sabe quién fue el que lo escribió?

Esa tarde, el editor y su segundo le dicen que los disculpe, que se confundieron, que habían entendido que él prefería mantenerse anónimo, y le ofrecen publicar la aclaración, una fe de erratas. Echeverría lo piensa un momento: querría, pero le parece torpe –como si hubiera protestado para ganar fama– y les dice que no, que gracias pero no. Total, en Buenos Aires –había aprendido ya muy joven–, todo se sabe en un plis plas.

Días después Pedro de Angelis le dedica un artículo elogioso colmado de denuestos: será el principio de un largo desencuentro. De Angelis es un napolitano errante, culto, oportunista, liberal fugitivo que el presidente Rivadavia importó años antes con la promesa de un buen sueldo para montar un diario y que, tras la caída de su benefactor, se pasó con armas y bagajes al bando contrario: ese año de 1830, para confirmarlo, publica un *Ensayo histórico sobre la vida del Exmo. Dr. D. Juan Manuel de Rosas*, que lo constituye como acérrimo rosista. Echeverría está feliz de haber provocado esa molestia —y publica un nuevo poema en la *Gaceta*, siempre sin su nombre, que, a esta altura, nadie ignora. Es fácil, se dice —pero sabe que no debe ser tan fácil.

Está empezando.

Es fácil —puede que sea fácil— pero resulta muy difícil. El tiempo se le echa encima: Echeverría empieza a entender que cuando vivía en París vivía en el futuro y que ya no: que el futuro es ahora.

(Quien vive fuera de su lugar vive fuera del tiempo. El desterrado vive un tiempo de espera, un tiempo que volverá a correr cuando, a su vuelta, empiece a hacer lo que estuvo pensando, preparando. El tiempo de estar fuera es tiempo entre paréntesis: un tiempo que se justifica en su futuro, en la esperanza de un futuro.)

Tiene una misión: ahora sí que tiene una misión.

Tiene una misión, que es como decir que tiene miedo.

A veces envidia a esos hombres que no se proponen nada —o casi nada, que viene a ser lo mismo— en la vida: qué fácil no tener metas, un objetivo lo suficientemente delineado como para no tener que saber si uno lo alcanza o no lo alcanza, para no tener que saber que uno ha fallado.

Su misión —la llama su misión, cuando la piensa la llama su misión— está penosamente clara, porque se ha propuesto que esté clara. Piensa que la Argentina es una unidad política o institucional pero no va a ser un país mientras no tenga una identidad y que, para tenerla, debe tener una literatura: su literatura. Su misión es precisa: sentar las bases de una literatura nacional. Armar una literatura.

A veces piensa que no tiene sentido. Otras le parece tan indiscutible, tan palpable: como quien dice un caserón que un día de éstos, al doblar una esquina, verá en medio de la calle del Socorro y llamará a la puerta y le abrirán la puerta y entonces podrá entrar y saludar a unas sombras peregrinas y sentarse a descansar al fresco de una parra en un patio que será –extraño, misterioso– como un retazo de la pampa.

Pero Buenos Aires es, también, el lugar donde estuvo a punto de morir de un tiro en la cabeza.

Pensó en buscar la pistola: debía estar en algún lugar de la casa todavía. Pensó para qué; pensó que para ver cómo la veía ahora, que para apretarla de nuevo en la mano agarrotada, que para sacársela de una vez de la cabeza. Para sacármela de la cabeza, pensó: de la cabeza. Pensó que quizá fuera peligroso; no quiso pensar cuál sería ese peligro. Pensó que quizá la buscaría.

Se ha vuelto un animal de costumbres: Buenos Aires lo ha llenado de rutinas. Echeverría se levanta tarde, hacia las ocho, y pasa una o dos horas mateando en el patio, si hace calor, o en su cuarto junto al brasero, si hace frío: en todo ese rato no lee, no escribe, se dice que no piensa en nada, a veces tararea; de vez en cuando se le cruzan una línea o una idea y las anota en una libreta de tapas duras negras y papel bastante liso: nunca pudo confiar en su memoria. Cuando no, otras veces, conversa con Jacinta. O, mejor: le habla a Jacinta. Le cuenta sus cosas –sus cosas íntimas: sus ambiciones, miedos, dudas– a Jacinta, que las olvida –¿o simula olvidarlas?– enseguida. Echeverría no sabe si la esclava lo hace por astucia o por incapacidad, pero lo que lo alienta a hablar es ese olvido. Lo alivia hablar –por una vez– para el olvido ya previsto.

Entre las diez y las trece, poco más o menos, Echeverría lee o escribe: lee los libros que le prestan en alguna de las librerías amigas; escribe los poemas que puede –versos sueltos, versiones, tachaduras– en su libreta negra; piensa. Es su mejor y su peor hora: el momento en que, tranquilo, libre de toda obligación, se enfrenta a sí y trata de averiguar qué puede hacer, quién es, qué vale.

Hacia la una y media camina unas cuadras para almorzar en la Fonda de la Catalana, en los Altos de Escalada, frente a la plaza, o, cuando está sin dinero, se queda en su casa a comer la carne de Jacinta, hervida horas. En la Fonda a veces se encuentra con algún conocido –un compañero de estudios, el hermano de alguno– pero las más de las veces come solo; le gusta escuchar conversaciones –lo impresiona lo alto que hablan sus compatriotas– y suele comer el mismo mondongo cada día: es su forma de preparar la siesta. Que, invariable, duerme entre las tres y las cuatro, cuatro y media.

Poco después de las cinco de la tarde sale. Si es verano ya ha pasado lo peor del sol; si es invierno todavía queda luz y un poco de tibieza. Camina de nuevo hasta el centro; allí, sus destinos son variados. Algunas tardes ayuda en algún negocio –quizás a sus antiguos patrones, los hermanos Lezica, o a otro comerciante que necesite su dominio del francés y de ciertas costumbres comerciales– y así se gana unos dineros. Si no hay de eso se pasa por la Librería Argentina, en la calle de la Reconquista, conversa un rato con su dueño, Marcos Sastre, o se fuerza a darse un paseo por la Alameda –mirar y ser mirado, encontrar a los pares, ver pasar las sombrillas que ocultan a las mujeres más coquetas– aunque, dice, lo detesta. Allí –Alameda o librería– se ve con otros jóvenes; en general los conoce –la Aldea es tan pequeña– y ellos lo conocen, pero no son amigos.

Y, ya caída la noche, puede volver a su casa a leer y tomarse una sopa o unos mates antes de acostarse o, dos o tres días a la semana, ir a una tertulia de esas que organizan las familias elegantes.

Siempre fue hosco, solitario. Pero encuentra, cada vez, razones: la mayoría de los jóvenes porteños educados de su edad –muchos, sus condiscípulos fugaces del Colegio– le parecen provincianos y presuntuosos, ignorantes que lo ignoran con denuedo. Echeverría no compartió con ellos estos últimos años, lo ven distante, casi un extranjero: la desconfianza y la curiosidad que puede despertar un extranjero.

Pero son esos jóvenes quienes pueden participar de su misión –o por lo menos sostenerla. Sabe que tendrá que hacer algo. Le molesta, lo demora.

–Y tan bueno que parecía ese hombre.
–¿Cómo bueno?
–No sé, siempre le regalaba un caramelo a Candelita.

La Jacinta le cuenta que el tendero de la otra cuadra, el que vende más que nada vino de San Juan, estuvo a punto de matar a su mujer el otro día. Que la acuchilló –que dicen que la acuchilló porque la encontró arremangada con un negro, dice la esclava, la sonrisa en los ojos– y que no la mató pero casi y que el tendero se fugó, que le parece que no va a volver más y que dónde van a comprar el vino ahora, dice, que todos los otros son mucho más caros.

–¿Por qué nadie será lo que parece?
–¿Vos creés, Jacinta?
–¿Usté no, Estevita?

Sabe que quizá tengan razón: podría haber sido otro. O, quizás, habría debido: que debería haber sido otro, que es el hijo de un tendero del Alto destinado, si acaso, a ser un tendero con la tienda un poco más grande que su padre. A veces se pregunta si no es eso lo que es, eso mismo todavía, perdido, confundido en un espacio que no le corresponde.

—¿Y vos cómo sabés qué parece cada cual?
—No sé, mirando. Lo que se ve no se adivina, decía su mamá.
—¿Ah, sí? ¿Y si me mirás a mí, qué te parezco?
—Ay, amito, no me meta en líos.

Se aburre, a veces. La meta que debería excitarlo lo apichona —y se aburre, muchas veces. Extraña sus largos paseos por el Barrio Latino, las orillas del Sena, el jardín del Luxemburgo o el Campo de Marte: Buenos Aires no invita a recorrerla. La Alameda, sin ir más lejos, son dos cuadras de tierra, barro cuando se tercia, ombúes y sauces a los lados, perros. Lo llaman la Alameda porque esos paseos se llaman alamedas: en algún lugar y tiempo fueron alamedas. Pero extraña menos el bullicio de farolas y carruajes y teatros que las librerías atestadas, el museo del Louvre, las clases sobre todo: la sensación de estar frente a maestros que saben y le enseñan. Aquí no hay nadie a quien respete lo suficiente como para querer aprender de él —y eso lo vuelve solitario. A veces lo enoja Buenos Aires. Lo extrañaba: ahora lo irrita haber extrañado algo tan pobre.

O, por decirlo amable: tan modesto.

4

Sabe que lo miran. Cuando entra en el salón de una familia que recibe –Buenos Aires es tan aldea todavía que las mujeres de bien sólo se ven en la Alameda y en los salones familiares–, sabe que lo miran: es el poeta, el malfamado, el que preñó, dicen, a la pobre prima, el que vivió en París.

Entra, sabe que lo miran. En el salón de doña Mariquita Sánchez el piano sigue pero algunos murmullos se detienen –y reaparecen aumentados. La casa es grande, con su frente encalado y sus dos patios con sus galerías y en el salón hay cuarenta, cincuenta personas, la crema de la Aldea, los que se creen los mejores: comerciantes que exportan a Londres o París, propietarios de tierras que esas exportaciones van a hacer rentables, algún doctor, un coronel, dos abogados, un cura, sus mujeres, sus hijas sobre todo. Esclavos pasan con bandejas, con velas para los candelabros, con libreas; los invitados beben refrescos y licores, bailan cielitos, bailan montoneras, se miran, se acaloran, se abanican, se hablan con el recelo y la confianza de quienes se reconocen como iguales.

Echeverría sabe que lo miran: sabe que gusta pero le da miedo. Terror, la idea de volver a destruir a una persona.

Terror, la idea de tener que enfrentar la potencia del deseo y, al mismo tiempo, tal deseo de revivir esos deseos. Terror, la idea de tanta historia romántica sobre la perdición de los sentidos. Terror, la idea de esa fuerza que lo vuelve tan débil. Pestañea, se coloca el monóculo: no sabe quién es esa muchacha que lo mira.

La mira, le sonríe.

Piensa: quien le agarre la cara con las manos. Alguien que no importa quién sea, que no importa qué diga o qué quiera, que no importa qué crea, mientras le agarre la cara con las manos —las dos manos— y lo bese así, con la cara agarrada, como se besa a alguien que se quiere besar con muchas bocas, como se besa cuando ya nada importa nada.

Averiguó, le fue fácil saberlo. Lo que más lo inquieta es que ella también se llame Martina. Pocos lo sabían: todos la llamaban Agustina, pero su primer nombre era Martina y no sólo por eso Echeverría piensa en ella más de lo que querría.

Martina Agustina Dominga del Corazón de Jesús Ortiz de Rozas López de Osornio no había cumplido todavía quince años pero era una belleza llena, llana, morena, llevadera. Era una de las muchachas más deseadas de la Aldea y era, también, la hermanita del gobernador. Durante unos días Echeverría evitó cualquier tertulia o reunión donde pensara que podía encontrarla; después, por fin, fue de vuelta a lo de doña Mariquita —y Martina Agustina estaba allí.

Se miraron. Echeverría pensó en pedirle un baile pero no se atrevió. A lo largo de la noche, varias veces volvieron a mirarse. Él estaba excitado, aterrado.

Todavía no hace calor. Echeverría se ha pasado casi dos semanas sin salir de su casa. Piensa, escribe, camina como un recluso por el pequeño patio. Una tarde, como quien se resiste, le compone un soneto: «Si en tus ojos he visto sólo luces, / si en tu boca la boca de un abismo, / si no puedo sin ti ya ser yo mismo, / si no adoro más cruz que nuestros cruces...», empieza –y sigue cada vez más arduo.

Esa noche, mientras cenan, le pregunta a su hermano cómo puede hacérselo llegar. Esa noche su hermano le había dicho, tras un par de rondas de aguardiente, cáustico o envidioso, que su ventaja o su problema era que ahora atraía a las que se dejaban atraer por su mala fama. Y Echeverría le dijo que no quería nada con ésas pero que las otras le huían o, peor: que él debía evitarlas, se obligaba a evitarlas para evitarles la desgracia. Y su hermano insistía: que las que sí te buscan te buscan porque quieren verle la boca al lobo. Después le cuenta que ha escrito ese poema y que quiere mandárselo.

–Pero si la muchacha Rosas se ha dejado llevar por ese vértigo...

Le dice José María, y que nada puede ser más peligroso:

–Tené cuidado, hermano, tené mucho cuidado.

–Yo voy a tenerlo, claro. Pero tampoco puedo convertirme en una estatua de sal, en un cadáver.

–Cadáver es lo que vas a ser si seguís jodiendo con esa muchachita.

Dice José María, y se arrepiente.

De tanto en tanto vuelve a su guitarra: son momentos cerrados. Mira que no lo escuche ni siquiera Jacinta, ni siquiera Candela, y canta canciones que ha ido armando, en voz muy baja. La guitarra es lo que no hace para nadie más, el refugio en que no tiene misión ni personaje.

Aparecen rumores.

En esos días le llegan rumores sobre Agustina y él. Se le

ocurre que quizá termine por pagar el precio sin haber recibido la mercadería. La torpeza de la metáfora lo espanta tanto como la propia idea.

Se decide: le pide a Jacinta que le consiga un negrito discreto que pueda llevarle su carta a Martina Agustina. Jacinta manda a su hija Candela: «Si en tus ojos he visto sólo luces, / si en tu boca la boca de un abismo...» La carta es el soneto y nada más: lo ha pensado mucho y decidió no decir nada más, sólo el poema. Era el modo de no atosigarla, de dejarle la opción abierta de cualquier respuesta: un agradecimiento frío y cortante, un aliento velado, una invitación sin más ambages, un reproche equívoco y formal, una amenaza o un pedido, las mil maneras del silencio. Echeverría no termina de saber cuál prefiere, cuál espera.

Días y días, noches y noches espera la respuesta.

Después piensa: el valor de las palabras.
La potencia brutal de las palabras.

La Jacinta habla cada vez más; ahora entra y le cuenta cosas de la cuadra –se prepara una boda, el tío Julio se quebró una pierna pobrecito, a Ramón se le murieron dos yeguas, la Rosa está otra vez preñada– y le dice que está preocupada porque la casa es demasiado grande para ellos dos solos y la Candelita, y que el amo su hermano viene cada vez menos: que qué va a ser de esa casa tan abandonada. Echeverría piensa en enojarse –que cómo puede decir que la casa está abandonada si él vive en ella– pero no sabe cómo podría terminar el episodio, y prefiere dejarlo.

La respuesta le llega al fin de una mañana, la primavera bien entrada: «Al caer el sol, en la Barranca del Retiro», dice, papel rosa, sin firma. Echeverría pasa toda la tarde en una rara fiebre, imaginando escenas, repitiendo frases, acomodándose la chaqueta más negra y la corbata más blanca, los repulgues del pelo. Piensa en abrazos y en rechazar cualquier abrazo, en requiebros y en explicarle que no deben, en miradas de fuego y en apagar rescoldos. La tarde cae, la noche: Echeverría sigue en su casa, imaginando lo que podría haber sido.

Si en tus ojos he visto sólo luces.

La Jacinta le dice que les hace falta un gato: que los ratones se agrandaron, que andan por la cocina como Pancho por su casa. Echeverría no sabe qué hacer con esas decisiones domésticas y le dice que lo que ella quiera. ¿Pero usté sabe que un gato va a querer meterse en su cuarto, estar con usté? Sí, claro. ¿Y no le molesta? Él no sabe decirle que se calle.

Si en tu boca la boca de un abismo.

Los ranchos de la Recoleta no han cambiado mucho: la misma oscuridad, la misma mugre, el mismo regocijo de guitarras. Echeverría le dice a la señora Rosario que no la quiere negra ni mulata y menos india. Quiero una mujer de veras, dice, y se ríe solo, se insulta solo: una mujer de veras. Como si pudiera encontrarla en ese rancho; como si blanca fuera más de veras, como si: como si, en ese sitio, es la idea dominante. Tengo lo que haga falta, pero quiero una mujer de veras. La señora le sirve otra copa de anís y le sonríe y hace como que no lo entiende o no lo importa y le dice que claro, que ya mismo la llama a la Manitas. La Manitas, le dice, ya la llama.

—Una mujer de veras, dice éste.
—¿Éste, una mujer de veras?
La señora y la Manitas se ríen con ademanes, manotazos,

revoleo de pelos. Echeverría alza el mentón como si eso pudiera convertirlo en otro.

Si no puedo sin ti ya ser yo mismo.

La Manitas se saca la falda roja, la camisa blanca casi blanca, le muestra las carnes claras abundantes. Llegan, de afuera, los sonidos arrastrados de una media caña. En el cuarto de piso de tierra hay una cama sin respaldo, un jergón de paja envuelto en una tela sin color definido, una jofaina; la Manitas se acerca, una mano extendida. Echeverría se dice que la literatura, al fin y al cabo, también es como si. La poesía es como si, se dice.

Se va a su casa sucio y satisfecho. Se siente pegajoso de haber pegoteado su cuerpo al cuerpo de esa mujer; aliviado por haber evitado un mal mayor. Lo ha disfrutado, sin embargo, y lo incomoda. Se ha repetido antes, se repite después, que si lo hace es para evitar un mal mayor: que si va a revolcarse con esa mujer por la pura lujuria de la carne es para evitar que esa lujuria lo lleve una vez más a arruinarle la vida a una joven decente. Se pregunta, sin embargo –después, no antes–, si será inevitable que un mal sólo se pueda evitar con otro mal: la idea del mal menor, la imposibilidad del bien, las maneras de la resignación. Se dice –no se convence pero sí se dice– que quizá no sea así con la Patria.

Pero después, una semana o dos, el terror de haberse pegado alguna enfermedad, el cuidado con que mira y revisa su poronga, el mimo con que la lava, la seca, trata de no tocársela.

Son mañanas, son tardes y son noches pensando en escribirle de nuevo, en pedirle perdón, en pedirle otra cita, en explicarle todo y pedirle otra cita. Y las mismas tardes y noches y mañanas pensando que no debe, que no puede, que sería una ocasión para el desastre, y las mismas noches y mañanas pensando que no está aquí para eso pero que tampoco puede pensar que está aquí para algo porque no ha venido aquí –a su país, a su pueblo, a su lugar– para algo sino que simplemente ha venido porque éste es su lugar –su pueblo, su país– y que es aquí donde tiene que hacer su vida y que una vida no es una meta o una misión o una bandera sino eso que le pasa todos los días, cada día, y que lo que le pasa todos los días cada día es que no pasa nada y que cada mañana se despierta creyendo que ese día pasará algo que le dará sentido y que cada noche, cuando se acuesta, cree que mañana, y que a veces se pregunta por qué y trata de escapar de la pregunta y que sí, que hay algo que debe hacer pero que tiene miedo –de no poder, de no saber, de no estar a la altura– y que de todos modos, incluso si lo hiciera, tendría que encontrar un modo de vivir, una manera de vivir que incluya alguna forma de la felicidad, de eso que llaman la felicidad –una mujer, una familia, esas formas tan sabidas de la felicidad– y que de qué le sirve todo el resto sin eso y sin siquiera todo el resto y que en todos esos años en Francia jamás pensó que volver fuera viajar hasta ninguna parte. Y que ojalá fuera ninguna parte: que el problema es que, para él, Echeverría, Buenos Aires nunca será ninguna parte –sino esa parte donde tiene que hacer lo que debe, donde no tiene excusas, donde no hay futuros ni desplazamientos sino aquí y ahora. Y que es aquí y ahora donde cada tarde se cruza por la calle con muchachos que cada vez se acercan más y le preguntan y esperan de él lo que no saben de quién más esperar, él, que ha viajado por el mundo, él, que vivió allá, y que es aquí y ahora donde tiene que ser capaz de hacerse con una vida, y que es aquí y ahora donde no caben más excusas y tiene miedo de no poder, de no saber, de no estar a la altura.

(Agustina Ortiz de Rosas se casó unos meses después, abril de 1831, quince años cumplidos, con el general Lucio Mansilla, un señor de cuarenta y tantos. Ocho meses después les nació un hijo, Lucio V. Todos dijeron, por supuesto, que se veía que el chico era prematuro; todos se sonreían cuando lo decían. En Buenos Aires la vida era aburrida.)

Pero ha vuelto a la calle, a su rutina. Sale a la calle, pasea, va a la Fonda, a los cafés, a una tertulia o dos cuando piensa que ella no, se reúne cada vez más con jóvenes amigos que le preguntan sobre libros, sobre París, sobre escritores. Le gusta contestarles; si alguna vez no sabe, disimula. Nadie puede saber que teme o duda. Deben verlo como quieren verlo, el literato lleno de certezas, el que aprendió en París, el que sabrá guiarlos. Nadie puede saber; sólo Jacinta –o ni siquiera. Y nota que lo miran con más y más respeto; le gusta, lo incomoda.

Cada mañana, cuando se levanta, cree que ese día pasará algo que le dará sentido; cada noche, cuando se acuesta, cree que mañana. A veces se pregunta por qué, no se contesta.

5

Lo anota en su libreta de tapas negras y, cuando termina de anotarlo, le parece que es una tontería: «Lo que nos falta existe, puesto que nos falta», había escrito Théodore Jouffroy, uno de sus maestros. Le gusta que sea y no sea una tontería. Que signifique lo que quizá signifique y seguramente su contrario: que, al fin, tampoco importe.

Poesía, supone: quién sabe poesía.

Ojalá poesía.

Fuma mucho; Fonseca se lo reprocha desde siempre. Ahora, en Buenos Aires, más.

Pero sus poemas lo han convertido en un personaje –un personaje casi ausente, una voz detrás de la cortina– de la escena porteña, así que el maestro Pellegrini lo retrata. El ingeniero y arquitecto Charles Pellegrini había llegado desde Suiza para trabajar en la construcción del puerto que este puerto sin puerto necesita tanto –pero la caída del gobierno de Rivadavia arrumbó esos proyectos y el ingeniero tuvo que reciclarse. Sabe dibujar, y los ricos de la Aldea no tienen cómo guardar sus apariencias: un retrato del suizo les permitirá recordarse y hacerse recordar, engañar lo inclemente del tiempo. Pellegrini lo entiende y aprovecha: termina un retrato por día –aunque cuidándose de no gastar el lápiz, porque no se consiguen– y le escribe a su hermano que alguien le dijo que es el extranjero que más dinero está ganando. En dos o tres años más a ese ritmo, le dice, podrá volverse, rico. A Echeverría no le sobra el dinero para pagarle –y, si lo tuviera, no lo gastaría en vanidades tan comunes, él, que se cree capaz de otras mucho más únicas. Pero doña Mariquita ha insistido en que es necesario que su retrato quede, y lo ha pagado.

Pellegrini lo mira, lo mide, lo despieza: enseguida entiende que el foco de esa cara está en los ojos tristes, alisa la hoja, chupa el lápiz y empieza a dibujar.

–¿Se reconoce, Echeverría?
–No sé qué decirle, maestro. Reconocerse...

Después, por supuesto, lo decepciona su retrato, no se ve en su retrato, no está de acuerdo con su retrato, pero, sobre todo, teme ser ese que crece en el papel.

Si fuera ése, piensa, debería quizás hablar distinto –o pensar distinto o sonreír distinto. Envidia –una vez más, la envidia– a tanta gente que nunca vio su cara dibujada.

¿Qué es, cómo es ser un poeta? Tan a menudo se pregunta qué es, cómo es ser un poeta o, dicho de otro modo: ¿qué dice cuando dice que lo es?

Hay mañanas en que se pasa horas intentando, reparando, desesperando un verso; hay mañanas en que escribe veinte o treinta como si alguien más allá se los dictara.

Cuando trabaja, cuando un verso se le resiste, cuando lo pule y le da vueltas, se siente un poeta. Después se pregunta qué era eso. Nadie le pregunta si le pesa o le gusta o le importa ser poeta. Nadie le pide Estevan, escríbame un soneto sólo para mí. Él también, muchas veces, se pregunta para qué hace algo que nadie espera: si no es demasiado presuntuoso –dice: demasiado presuntuoso– dedicar su vida a algo que los demás no saben que precisan.

Un médico, un carnicero, un patrón de estancia, un militar incluso están allí para llenar una necesidad: para curar, vender carne, producir esa carne, defender –digamos– a la patria. Todos sabemos que es necesario que nos curen, nos vendan carne, la produzcan, nos defiendan. Nadie sabe que necesita versos. Para sus semejantes, piensa Echeverría, el poeta es inútil mientras no demuestre lo contrario. El poeta, piensa, no sólo debe hacer su tarea: debe, al hacerla, convencer a sus destinatarios de que la necesitan.

Imagina que será el pesar, la decepción de no haber sido capaz de ser coherente, de ser valiente, de correr a su encuentro aquella vez –o de seguir aislándose, castigándose por lo que ya pasó y nunca va a dejar de pasarle, 1822. Pero el dolor no cede y ahora, recostado en su cama de hierro, una manta de poncho sanjuanino, la luz sinuosa de un candil, se tantea con la mano derecha la axila, el hombro, el pecho –los rincones donde más le duele, y los mareos y la jaqueca horrible y el aire que no llega. Tantear, es obvio, no sirve para nada.

Se adormece, ve imágenes que no tienen sentido –trozos de sentido, colores sin materia, un pedacito de un reflejo– pero de pronto aparece, siempre entero, siempre ominoso de tan claro, su cuchillo.

Dos días: ya van dos días, casi tres, que la jaqueca no cede ni con paños ni con infusiones ni con completa oscuridad ni con nada de lo que Jacinta le ofrece, desolada.

Echeverría esta solo, echado en la cama, desamparado, solo, con esa desazón extrema de un hombre a quien su cuerpo ha traicionado. La enfermedad es la traición del cuerpo –sólo que muchas veces la traición es secreta, silenciosa. Trabaja en las sombras, no se muestra; Echeverría, ahora, siente traición a gritos, la violencia de un cuerpo desatado. Que se muestra y se esconde al mismo tiempo: la enfermedad es pura incertidumbre. El interior del cuerpo, lo lejano del cuerpo diciendo a borbotones. Echeverría pregunta, se pregunta; no sabe qué le pasa: qué sucede en ese territorio tan desconocido que se ha vuelto, en una noche o dos, su pecho. Echeverría ya no cree en el pesar por lo pasado o no pasado y se pregunta si es algo que comió o bebió, si es el cambio de aires o de vida, si el efecto de los miedos de estos días, si siempre estuvo ahí y sólo ahora aparece, si puede ser, incluso, alguna maldición, algún trabajo –y se retuerce: el dolor es también la incertidumbre. Echeverría se pregunta si se le va a pasar o va a seguir pasando o va a dejar de pasar de pronto porque ya.

Y no piensa en la muerte –en su muerte. Debería –¿quién dice debería?– pero está tan afligido por el dolor, la enfermedad, la traición de su cuerpo que no lo piensa muerto: lo piensa agrediéndolo, enemigo, ajeno, vivo para atacarlo.

Recuerda sobre todo –cuando recuerda recuerda sobre todo– el olor que causó su cuchillo: ese olor, su cuchillo, la sangre a borbotones.

El límite de un hombre es su piel, piensa, se revuelca. Quiere saber, ignora, sufre, ignora, el dolor es el miedo. Algo pasa allí dentro: quién pudiera saber. Quién pudiera hacer más que imaginar, romper el velo de la piel, la infinita opacidad del cuerpo.

–Agua, Jacinta, por favor... ¡Agua, carajo!

No soporta la piedad de Jacinta: los ojos tristes con que Jacinta le pasa por la frente un trapo húmedo, la voz exageradamente baja que le pregunta si necesita algo, que encerrará a Candela para que nadie lo moleste. La única piedad que podría soportar, piensa, sonríe, sería la suya propia.
–Jacinta, por favor, más agua.
–Ahora mismo, amito, ahora mismito.
La suya, piensa: eso, mi amigo, es estar solo.

El cuerpo es un espacio opaco, que hay que tratar de leer sin saber el idioma. Y contestarle como mejor se pueda.
O un tirano, de cuyos dictados no hay modo de escapar –piensa, no piensa.

Algo ha pasado: sabe que le ha pasado algo pero no sabe qué. Como quien acaba de quemarse la mano con el agua hirviendo, piensa Echeverría, y se mira la mano y la mano está igual pero uno sabe que no está: que en unos minutos, en un lapso interminable que al fin y al cabo será breve, empezarán a aparecer las ampollas que ya están allí aunque uno no las vea, no las sepa.
Como cuando algo ya te sucedió y no sabes qué te sucedió; como cuando algo es irreversible pero no lo conoces todavía.

Una noticia que llega de muy lejos, dice, del otro lado de unos mares.

El jueves muy temprano el doctor Fonseca va a verlo. Le tantea los pulsos, le mira ojos y lengua, le escucha la espalda y el pecho con un cornetín, le dice que no sabe. Echeverría cierra los ojos, se deja caer sobre la almohada.

Que no sabe, dice el doctor Fonseca, pero que cree que es el corazón: que su corazón le parece irritado por exceso de sangre, que tome esta preparación y en dos días volverá a verlo, a ver si está mejor, a ver si puede confirmar su diagnóstico y hacerle, si acaso, unas sangrías.

El doctor José Fonseca es su amigo: creció cerca pero se conocían apenas; intimaron en París, donde el médico estudiaba con la beca de Rivadavia, y fue él quien leyó sus primeros poemas, quien lo alentó a seguir escribiéndolos, quien lo acompañó en noches de parranda. Fonseca le lleva dos o tres años: lo trata, desde el principio, como un hermano mayor. Él empezó a llamarlo, en París, Cheverría, como un chiste sobre el che popular de la patria lejana, de los suburbios lejanos de la patria. Hoy, ya sábado, Fonseca es otro, tan doctor: el gesto grave, casi hosco, como si necesitara esa distancia para decirle lo que debe:

–Sí, mi amigo, por desgracia es cierto. Lo que tiene es un corazón débil e irritado; cualquier esfuerzo lo perturba, y puede ser fatal. Pasa que su corazón no consigue repeler la sangre que lo atosiga, entonces se dilata, lucha contra ella. Por eso ahora está como está. Tiene que cuidarlo, no apurarlo; vivir tranquilo, no meterse en líos.

Le dice el doctor Fonseca y se sonríe –por fin se sonríe– y le dice que por suerte él solo –Echeverría solo– se va a dar cuenta de que no puede meterse en ningún lío, porque su corazón no puede acompañarlo.

–¿Por qué por suerte, José?

–Porque si tuviéramos que confiar en el caso que me iba a hacer, Estevan, estábamos perdidos. Pero así no va a tener que hacerme caso a mí, sino a su corazón. Con cuidado, amigo. Lo que le dije: es débil, está muy irritado.

Echeverría suspira, puro alivio: ya sabe, ha vuelto a unirse con su cuerpo. Otra vez lo entiende: reconoce un corazón atosigado, lleno de sangre que no consigue repeler;

puede sentirlo. Ahora será ése: uno que tiene el corazón amenazado, ahogado por su sangre. Un corazón acorralado no es bueno, pero peor es la ignorancia. Desde ese día, oficialmente, es un enfermo.

(Es otro: hablar de un hombre enfermo antes de su enfermedad es hablar de otro hombre, uno sin límites, uno como infinito. Uno que podía ser todo todavía –creerse todo, que es ser todo.)

Será un enfermo. Estar enfermo es como estar exiliado: más tiempo entre paréntesis, sin más obligación o fin que esperar algo –el regreso, la cura. Años, son años: van pasando.

oscurece, y una vez más quiere escribir; busca un papel en la carpeta atada con cordones negros, talla la pluma, la moja, la enarbola: «A los tres meses de mi vuelta empecé a sufrir dolores vagos en la región precordial: meses después el mal se declaró; dolores insoportables y palpitaciones irregulares y violentas desgarraban mi corazón. El más leve ruido, la menor emoción hacían latir fuertemente mi pecho y todas mis arterias. Mi cerebro hervía y susurraba como un torrente impetuoso. (...)

»El corazón me domina y tiene a raya todos mis afectos. No me permite amar ni aborrecer, ni agitarme ni moverme; ni hablar recio para desahogar mi cólera, mi entusiasmo o mi indignación; ni correr a caballo, ni entregarme a esos arrebatos frenéticos, a ese vértigo de los sentidos, que en otro tiempo por medio de la laxitud quebrantaban el ímpetu de mis pasiones, refrigeraban el ardor de mi sangre y adormían en tanto la actividad devorante de mi pensamiento. (...)

»Mi corazón es el foco de todos mis padecimientos: allí chupa mi sangre y se ceba el dolor; allí está asida la congoja que echa una fúnebre mortaja sobre el universo; allí el fastidio, la saciedad, la hiel de la amargura que envenena todo cuanto toca; allí los deseos impetuosos; allí las insaciables y turbulentas pasiones; allí, en fin, el punto céntrico sobre el que gravitan todos mis afectos, ideas y sensaciones. Todo cuanto pienso, siento, sufro, nace y muere en mi corazón. Mi corazón está enfermo, y él solo absorbe casi toda la vitalidad de mis órganos. Los médicos han probado en mí medicinas, hierro, fuego, y estoy extenuado, sin salud, sin esperanza.»

Al principio la enfermedad fue, también, un alivio. Si su cuerpo no lo acompañaba no podía hacer nada, y no lo hacía. Echeverría se pasaba días y días sin salir de su casa, sentado, recostado, leyendo cuanto podía, escribiendo cuando podía, pensando lo que podía, pensando en lo que no podía, maldiciendo su suerte, bendiciendo su suerte. Era como si se hubiera ido: ya nadie lo esperaba en los salones, nadie se preguntaba qué haría o qué querría; muy cada tanto aparecía en algún periódico un poema suyo, sin su firma –pero los enterados sabían que el autor era él.

En 1832 publicó por fin, en un folleto de 32 páginas, un largo poema: se llamaba *Elvira o La novia del Plata* y sus seiscientos versos empezaban por unos endecasílabos bien rimados, un poco torpes en su supuesto clasicismo: «Belleza celestial y encantadora; / inefable deidad, que el mundo adora, / que dominas el Orbe y das consuelo, / inspirando con pecho generoso, / el sentimiento tierno y delicioso / que prodigote el cielo / Hora te invoco: favorable inspira / el canto melancólico a mi lira...» Pero enseguida empezaba a mezclar metros y formas, a la manera de Byron, Schiller, Lamartine; usaba, por ejemplo –y era una innovación audaz–, octosílabos, la forma más vulgar, la forma de los romances populares, que la poesía castellana pretenciosa no empleaba.

El poema contaba los amores pampeanos de una Elvira y un Lisardo, amores rebosantes de cándidos corazones, pechos palpitantes, trémulos labios y abrasadoras llamas, amores a punto de consumarse en matrimonio hasta que unos espíritus o espectros o la muerte misma se llevan a la novia y hielan aquel fuego. Echeverría volcó en él todo su bagaje romántico y su saber poético, pero no se atrevió a firmarlo. Ser autor de un libro –decirse autor de un libro– le parecía todavía una presunción que no llegaba a permitirse. O, mejor: no creía que pudiera decir yo soy yo y ustedes no sabían. Sin embargo, estaba convencido de que nada semejante se había publicado antes en castellano; que sólo tenía precedentes en francés, en inglés, en alemán; que sus poemas renovarían la forma de escribir poesía nuestro idioma.

Nadie más lo pensó.

(Dos o tres artículos reseñaron, en la prensa porteña, la aparición del poema anónimo, y ninguno fue entusiasta; alguno fue, si acaso, compasivo. Con los días, Echeverría empezó a preguntarse si no tenían razón. Fue doloroso, y fue entonces cuando le escribió a Fonseca para decirle que «no debe extrañarle la debilidad de esta obra, porque ha sido concebida en una época aciaga para mí», y que quizá con más tiempo y más trabajo habría podido mejorarla pero que «ya nada debo aguardar del tiempo, más que una muerte prematura e ingloriosa». Estaba enfermo, era un enfermo.)

Problemas II

Todos eran militares, abogados, curas. Todos los militantes de la revolución de Mayo, todos los gobernantes de la pequeña patria que surgió, todos los que escribían y peroraban en ese foro eran lo que debían: militares, abogados, curas. Con el tiempo, Echeverría intentaría inventar algo: alguien que no era otra cosa, que era solamente lo que era, un escritor. Que hablaría –que otros escucharían– porque lo autorizaba su figura de escritor: uno que, gracias al reconocimiento que le daban sus escritos, se permitía decir.

La figura, digamos, del intelectual.

El modelo que había inventado Voltaire medio siglo antes se instalaba en el río de la Plata.

El intelectual empieza con Voltaire, con un nombre falso, con un self-made-name –porque los primeros intelectuales eran self-made-men, capitanes de la industria que se construían a sí mismos como rubros, para empezar a explotar las nuevas técnicas de difundir las palabras a otra escala. El intelectual moderno empieza cuando hay hombres que aprovechan su renombre, los ecos de su producción estética para intervenir en lo social, en lo político.

Y ese modelo –todo modelo– tiene ciertas premisas, ciertas reglas: maneras de ejercerlo.

Su mansión de Ferney estaba en el medio porque él siempre estuvo en el medio: porque él inventó una de las formas del medio. El medio en la palabra mediación, en la palabra demiurgo, en la palabra comediante. Su mansión de Ferney tenía tierras en Suiza y otras en Francia y la frontera en el medio; en el medio, también, había una iglesia y, bajo el muro de la iglesia, el maestro se había preparado una tumba que estaba medio adentro y medio afuera. Con Dios y con el Diablo, dijeron los ramplones, pero él sabía que lo suyo era lo otro, tan difícil: sin Dios y sin el Diablo.

A su mansión de Ferney llegaban todo el tiempo visitantes. Era una meca y una meta y la mesa amena donde la mera discusión era un arte perfecto. A su mansión de Ferney llegó, una tarde de invierno, un viajero. Traía el recuerdo de muchas carnes mórbidas, marmóreas, una lengua afilada y la decisión insoslayable de encontrarse semejanzas con el dueño de casa. Para buscarlas, echó mano del buen viejo Quinto Horacio Flaco, y el dueño de casa le dijo complacido que los preceptos de Horacio no envejecerían nunca y que él los respetaba siempre.

–Los preceptos de Horacio jamás envejecerán, y yo los respeto siempre.

Cuenta Casanova que le dijo Voltaire, aquella noche, empolvándose con displicencia la nariz.

–Son preceptos que usted respeta salvo uno, que viola con grandeza.

Dice Casanova que le dijo.

–¿Cuál?

–Usted no escribe contentus paucis lectoribus.

Dice que le dijo: para el difrute de pocos lectores.

–Si Horacio hubiera tenido que combatir, como yo, la hidra de la superstición, habría, como yo, escrito para todo el mundo.

Le contestó Voltaire, y fundó esa figura: el intelectual es aquel que se cree que habla para cambiar el mundo –y que, por eso, quizás habla distinto.

Todo el mundo –todo ese mundo que leía a Voltaire– era, por supuesto, un mundo muy pequeño. Voltaire sabía –Echeverría sabía– que sus palabras no tendrían un efecto inmediato. Obraban –hablaban– para un futuro que esperaban, aunque siempre quién sabe.

Aquella vez, Casanova no estaba convencido. En el pañuelo le duraba el perfume de cierta dama de Lausanne y en el espíritu un contento testarudo de sí mismo. Decidió contestarle al maestro, porque los maestros también son para eso:

–Usted podría, me parece, ahorrarse la labor de combatir aquello que no conseguirá destruir.

Le dijo, con mohines.

–Lo que yo no pueda terminar, otros lo terminarán, y yo tendré el placer de haberlo intentado.

Le contestó el maestro. Aunque otra versión diga que le dijo: «la gloria de haberlo empezado», porque el maestro Voltaire no contaba, entre sus innúmeros defectos, la vanidad de mostrarse modesto.

Lo intentó o lo empezó, que viene a ser casi lo mismo. Pero decía tan claro que tenía una misión, un combate pendiente.

Echeverría lo tenía: siempre pendiente, siempre algún combate. Fundar una literatura, por ejemplo, o un país o, por lo menos, el hueco de su ausencia.

El Libro
1834

1

–Yo no soy como ellos.

Dice Echeverría.

–No, yo no soy como ellos.

Dice, y Gutiérrez lo mira con alarma y se aclara la garganta con una tos incómoda. Echeverría lo interrumpe antes de que empiece: sabe que su amigo se ha hecho –otra vez– la idea equivocada.

–No se confunda, Juan María. No estoy diciendo que son unos brutos o unos poltrones o unos acomodaticios. Digo que yo no soy uno de ellos, que ellos son alguien y en esta ciudad con menos de veinte esclavos nadie es nadie.

Gutiérrez lo mira extrañado, le sonríe:

–Bueno, veinte esclavos y diez leguas de tierra y un tío obispo y una tía Mariquita y una casa de altos en la calle Cangallo.

–Ya decía yo que los esclavos solos no alcanzaban.

Le dice Echeverría y los dos sueltan la carcajada. El salón rebosa de candiles y farolas, suena un minueto, bailan.

Está claro que no soy uno de ellos, se dice, tan claro. Pero tampoco soy uno de los otros. Gutiérrez le palmea la espalda; Echeverría se sorprende.

No recuerda quién se lo presentó. Fue meses atrás, recién vuelto de la Banda Oriental, cuando Buenos Aires le parecía, como a cada regreso, un error. Aunque un error distinto cada vez: cuando llegó de París no soportaba la aldea que quería simular una ciudad; después, aquella vez, llegando desde el campo, la torpeza de los hombres frente a la gracia de la naturaleza.

Se había pasado varios meses sumergido en esa gracia, perdido –gloriosamente perdido– en esa gracia. Había decidido aceptar la invitación de Luis de la Peña, un viejo compañero de estudios, a pasar unos meses en su estancia para que «su cuerpo se repusiera de sus males». No fue por eso que se fue: tras la publicación del anónimo *Elvira*, tras las críticas, tras los desdenes varios, su ciudad le resultaba insoportable. Navegó Uruguay arriba en la goleta *Margarita;* ya la jornada por el río le fue abriendo un mundo. Cuando llegó a la estancia, sobre el río Negro, entre Mercedes y Fray Bentos, sintió que estaba a punto de entender.

Es su primera vez, su primera salida: un hombre de la Aldea descubriendo el espacio más ajeno, más propio, el espacio que le dará sentido.

El espacio que pondrá en palabras.

Cada mañana, cuando amanece, tras los mates, se hace ensillar un potro y sale con los peones a recorrer el campo, a rodear el ganado. Después se separa de ellos para dar rienda a su caballo, permitirle que lo lleve a su capricho: el placer del desierto, se dice, lo inmenso del desierto –y corre detrás de un ñandú o de un venado, para junto a un arroyo, desmonta en algún rancho, se relega.

Semanas y semanas, entregado a una rutina sin ningún sobresalto, se sobresalta varias veces por día con la sospecha de que hay algo que no sabe leer. Los animales, los árboles, los ruidos, los olores, las cabalgatas, el espacio –sobre todo el espacio, lo ilimitado, marino del espacio– lo llenan de una calma rara y de ese sobresalto.

Piensa –escribe– que el hombre no nació para conocer la verdad porque ella repugna a su naturaleza. Se pregunta –escribe– si no es infinitamente más feliz el gaucho errante y vagabundo que no piensa más que en satisfacer sus necesidades físicas del momento, que no se cura de lo pasado ni de lo futuro, que el hombre estudioso que pasa lucubrando las horas destinadas al reposo. Se dice –escribe– que el gaucho vive por vivir, muere por morir, ignora todo o más bien sabe todo puesto que sabe ser feliz y pasa su vida sano, robusto y satisfecho, mientras que el otro –el otro, escribe, para decir el que se le parece, el que él sería– obcecado de dudas, de pesares y de dolencias arrastra una vida fatigosa y sin prestigios, buscando el fantasma de la verdad y alejándose del camino de la felicidad hasta que lo sorprende en sus sueños la muerte y devora todas sus esperanzas.

Lo piensa, lo pregunta, se lo dice, lo escribe –y sigue con su busca.

–Che patroncito, ¿vas a salir así, sin un cuchillo?
–Bueno, yo.
–No, patrón, así tenés mucho peligro.

Un mediodía, sediento, acalorado, rumbea su caballo hasta la orilla de una laguna rodeada de juncos. El sol y los vapores componen una nube sobre la superficie; cuando se acerca a beber, ve multitud de peces flotando blancos, muertos. Lo inunda el olor a podredumbre: la laguna es un barro, la seca y el calor han acabado con los animales; sólo quedan, en las orillas, grandes nidos de chajás y de cuervos que sus dueños abandonaron con sus polluelos dentro. Echeverría camina hacia un nido de cuervos; los pájaros oscuros se alborotan, pían y saltan creyendo que les trae comida. Levanta a uno de los pichones, empieza a acariciarlo; el pichón se retuerce y vomita un cacho de culebra, un huevo de perdiz. Echeverría lo suelta, escupe al suelo, se limpia la mano en la chaqueta, tantea la empuñadura del facón. El facón está caliente, quema. Somos todos iguales, se dice. Somos todos iguales, penosamente iguales. Después cierra los ojos, siente el calor del sol sobre la cara; después piensa en ese poder transformador, en lo maravilloso de la vida aprovechando de la muerte: un poder inagotable de vida –anota en su libreta– que de la escoria engendra nuevos seres.

Siente el facón en la cintura: le pesa, lo lleva el facón en la cintura. Un cuchillo de nuevo, después de tanto tiempo.

Potencia del desierto, inimitable, único. Miraba, desde la galería, la fuerza del desierto. Atardecía, atronaban los pájaros, una nena le cebaba con espuma cuando creyó haber entendido: eso era, allí estaba. Durante los cinco o seis meses siguientes, eremita en el desierto de esa pampa, escribió, escribió, escribió como nunca en su vida todavía.

Allí, en esos meses, se sintió curado. Cuando volvió, su cuerpo seguía enfermo.

Pero no recuerda quién le presentó, ya en Buenos Aires, a Juan María Gutiérrez, aunque sí que aquella noche en lo de doña Mariquita tuvo la sensación de que ya se conocían y seguramente ya se conocían –de siempre, de ninguna parte, como se conocen en la Aldea las personas decentes, los blancos instruidos o por lo menos prósperos. Y recuerda que no empezaron a hacerse amigos hasta tiempo después, cuando Gutiérrez le dijo, una tarde en el Café de Marco, que admiraba con locura sus poemas –y recitó varias estrofas.

Echeverría, tan hosco de costumbre, lo escuchó, le sonrió, lo invitó con un vaso de vino: ni siquiera pensó si no sería demasiado vulgar tratar bien –él, que nunca lo hace– a este muchacho que repetía sus versos. Juan María Gutiérrez es menor que él: en este año de 1833 tiene veinticuatro y es, como él, alto y un poco desgarbado; tiene, además, el pelo negro crespo, la boca generosa, la nariz muy ancha. Pronto tendrán, también, la misma barba.

Su padre, un comerciante asturiano siempre medio quebrado, lo había obligado a estudiar ingeniería. Gutiérrez aprovechó su muerte para empezar derecho. La estaba terminando, pero tampoco le parecía lo suyo; lo que realmente le importaba eran las letras –y había leído mucho y tenía ideas sobre el mundo y sus alrededores. Primero, Echeverría y Gutiérrez compartieron algún vino, algún café con leche en el café charlando sobre Byron, París, la libertad, la campaña de Rosas, Shakespeare, Larra, las desesperaciones de la patria. Echeverría se sorprendió con sus conocimientos y, sobre todo, su modestia: Gutiérrez no hablaba para mostrar cuánto sabía sino, con un arte difícil, para convencer a su interlocutor de que sabía escucharlo. A veces Echeverría desconfiaba de sus atenciones, casi exageradas: o quería algo que no sabía precisar –que él, Echeverría, no sabía precisar– o era un espíritu demasiado débil.

Semanas, meses, escuchó sus invitaciones a salir a caminar, a encontrarse con gente; semanas, meses prefirió no hacerlo. Pero en esos días ya lo acepta: algunas tardes van juntos a la Alameda –y las muchachas los miran insistentes. Algunas noches llegan juntos a alguna fiesta o tertulia en casa de una familia conocida –y las muchachas no dejan de mirarlos.

Si no fuera un solitario no podría pensar mis ideas solitarias, se dice, solitario. Si no fuera un solitario mi vida sería tanto más fácil.

—Bienvenidos, muchachos. Y muchas gracias por venir.

—Por favor, don Tomás, mi más sentido pésame.

—No se preocupen, amigos. Se nos murió inocente, criaturita, ya debe andar jugando con san Pedro.

Al fondo del salón cuatro pardos maduros tocan un piano, un arpa, dos guitarras: minuetos, contradanzas. Señoras y señores con sus sedas y puntillas bailan, se conversan, se rozan, se sopesan; esclavos les traen mates de plata en bandejas redondas. Una señora habla de la cocinera que acaba de comprar, una bicoca, y lo bien que le salen las natillas; otra dice que esta mañana, delante del Cabildo, el gobierno mandó quemar una parva de libros y que eran de un autor francés, dice, un filósofo, que decía cosas impías alejadas del sentir nacional, dice, pero nadie le pregunta más y Echeverría mira para otro lado. En uno de los flancos, junto al hogar labrado en mármol, sobre una mesa enmantelada, un ataúd blanco contiene el cuerpo de un chiquito. Está parado, apoyado en la pared: el ataúd está parado, apoyado en la pared; el chico debió tener seis o siete años y está vestido de angelito: todo de seda blanca, sus alitas. Alrededor hay flores, velas, una esclava con un pañuelo de puntillas que le seca los jugos que le caen de la nariz, los ojos. Abajo, a un costado de la mesa, apoyado en el suelo, otro ataúd está parado: es negro y lo ocupa un chico de seis o siete años pero negro, vestido de diablito, bayeta roja, sus pequeños cuernos. La esclava llora. La esclava, le cuenta Gutiérrez, es la madre del diablito y gritó y rogó y suplicó que no lo vistieran de diablo, que no lo condenaran; su patrona le dijo que no fuera tonta, que era un juego.

—Sí, claro, con san Pedro. Por ahí debe andar el pobrecito.

—De pobrecito nada. La pena es nuestra, pero él está mejor que nadie. Así que no tenemos que ser egoístas y alegrarnos por él y celebrarlo.

–Usted lo ha dicho, don Tomás, usted lo ha dicho. A celebrarlo.

A veces Echeverría ve una escena y la escena le sugiere un poema; a veces, incluso, se le aparecen unos versos. Está aprendiendo –quiere aprender, se dice que ser poeta es aprender– a resistir esas apariciones: a escribir más allá o más acá de los azares.

En un sillón, sentado como corresponde a su edad, un viejo de cincuenta y tantos sorbe su copa de vino mientras conversa con dos más. Echeverría inclina la cabeza en un saludo; el viejo corresponde. Si no fuera tan corto, si una charla no le resultara un muro tan difícil, si no supiera que las frases se le amontonan torpes, afirmativas por demás, casi ofensivas, se sentaría a conversar con don Vicente López. Quisiera que le contara sobre esos días magníficos, primeros, en que él y sus amigos empezaban la patria. Lo envidia por eso y por su trabajo: es el autor del Himno, el que nos puso en la boca las palabras sagradas. Aunque es cierto que entonces era fácil o, por lo menos, tanto más fácil. Escribir cuando no hay palabras previas, escribir un himno en el primer momento, cuando todo está por hacerse, todo arranca: cuando cualquier paso es un gran paso, cuando cualquier cosa que se haga es la primera, la que funda.

Difícil es ahora, piensa: ahora, cuando todo se está desbarrancando.

Oíd, mortales, piensa: escuchad, moribundos. Gutiérrez le pregunta qué le pasa. Nada, nada.

–Estevan.
–¿Qué?

109

–Terminé de leerlos. Tiene que publicarlos, mi amigo, tiene que publicarlos.

Echeverría se ríe. Sí, claro, publicarlos.

La esperan. En el salón murmuran porque ella no ha llegado: que es muy sensible, que quizá no venga, que sí, que ya está por llegar. Echeverría pregunta, Gutiérrez le contesta que se llama Luisa, que ya ha cumplido quince años, que es la hija de uno de los Riglos y que cómo no sabía de ella, que todo Buenos Aires habla de ella –y no le dice más porque ella entra. Todos corren a saludarla: los muchachos ansiosos, las señoras. Se arma a su alrededor un corro; Echeverría se mantiene fuera.

–¿Es verdad, señor, que usted vivió en París?

Ella se le ha acercado, lo mira con los ojos oscuros como si le importara. Él intenta contestar sereno que sí, que bueno, que ya hace tanto tiempo que es como si nunca hubiera sucedido. Y ella, razonable: ¿pero sí sucedió? Y él sí claro, sí, en otra vida.

Entonces ella le sonríe, como quien por fin entiende el chiste o la complicidad y le pregunta cómo bailan los valses en París, porque ha empezado a sonar uno y Echeverría le extiende el brazo, casi galante, y bailan: ya no hay mundo.

Echeverría siente que no hay mundo, la mira y siente que no hay mundo y una vez –una vez sola– se pregunta cómo pudo haber pasado en segundos del peor de los abismos a esta exaltación y se contesta que no debe pensarlo porque, de todos modos, ya no hay mundo. Bailan, no hablan, ella le sonríe, los ojos negros, el pelo negro en un peinado alto enrevesado, el cuello reluciente blanco, su olor a agua de azahar, su rubí en la garganta. Bailan y bailan, su talle entre sus manos, su cuerpo una burbuja, no hay más mundo.

—París, qué maravilla.

—No, señorita. La maravilla es Buenos Aires.

Ella se va temprano —una joven debe volver temprano— acompañada por su madre. Echeverría se queda sentado en un sillón, todo silencio, embalsamado. No recuerda embargo parecido. De tanto en tanto mira al ángel, su diablito al lado, trata de imaginar su alma en algún cielo. Trata de imaginar un cielo, un lugar de las almas —y sólo puede cuerpos.

Echeverría espera verla. Con o sin Gutiérrez se presenta en varias reuniones —nunca había estado en tantas— pero ella no aparece. En una de ellas le dice doña Mariquita —el tono leve, la mirada risueña— que sus padres se han llevado a Luisa a pasar unos días en el campo. ¿Unos días? Bueno, sí, quién sabe; unos días, digamos.

—¿Ya volvió?

—¿Quién, si ya volvió?

—Vamos, Estevan, ella.

—¿Ella?

—Ella.

—No. No que yo sepa.

Buenos Aires está extraña, como desmadejada. La tensión que vivió los años anteriores se ha relajado desde que don Juan Manuel decidió no seguir en el gobierno y se fue de campaña. Pretendía que lo llamaran de vuelta, que le rogasen que volviera —y le dieran lo que ningún gobernante del país nuevo había tenido. Algo que, poco después, se llamaría la suma del poder público —pero no todavía.

Mientras tanto, él y tres mil soldados suyos avanzan hacia el Sur a través de las pampas. Van corriendo indios más lejos, más afuera, para ocupar sus tierras. A menudo los matan; otras veces, el Restaurador les ofrece compensaciones, pactos: a cambio de esos territorios —y de no armar más malones— les mandará todos los años tanto ganado, tantos tejidos, tantos sacos de harina y su aguardiente. Los indios aceptan —en general, no tienen más opciones— y pierden toda independencia: pasan a depender de esas entregas, se hacen clientes de la asistencia de los blancos. En esos días el cacique Catriel dice que don Juan Manuel es su amigo y no lo ha engañado nunca: «Yo y todos mis indios moriremos por él», dice. «Si no hubiera sido por Juan Manuel no viviríamos como vivimos en fraternidad con los cristianos y entre ellos. Mientras viva Juan Manuel todos seremos felices y pasaremos una vida tranquila al lado de nuestras esposas e hijos», dice.

Falta mucho para que alguien lea las notas de un viajero inglés que, por azar, acompañó durante algunos días la campaña. El inglés estaba impresionado: «Unos indios que habían sido hechos prisioneros dieron información sobre una tribu que vivía al norte del río Colorado. Se enviaron doscientos soldados, que descubrieron a los indios por la nube de polvo que levantaban sus caballos al desplazarse. La zona era salvaje y montañosa, y debe haber estado muy en el interior, ya que se veía la Cordillera. Los indios, hombres, mujeres y niños, eran unos ciento diez, y casi todos fueron apresados o asesinados, puesto que los soldados sablearon a todos los hombres. Los indios estaban tan aterrados que no ofrecían resistencia sino que cada uno huía, abandonando incluso a su mujer e hijos; pero cuando los agarraban peleaban como bestias salvajes contra cualquier cantidad de enemigos que se les pusiera delante. Un indio agonizante atrapó con sus dientes el pulgar de un adversario y permitió que le sacaran un ojo de su órbita antes que soltarlo. (...) Todas las mujeres que parecían tener más de veinte años fueron masacradas a sangre fría. Cuando exclamé que me parecía bastante inhumano, mi acompañante me contestó: "¿Y qué quiere que hagamos? ¡Tienen tanta cría!"
»Todos ellos están completamente convencidos de que esta guerra es del todo justa, porque se lleva adelante contra

bárbaros. ¿Quién podría creer en esta época que pudieran cometerse tales atrocidades en un país cristiano civilizado? Los hijos de los indios son salvados, para venderlos o entregarlos como sirvientes, o más bien esclavos...»

Charles Darwin, el viajero inglés, recién publicó sus diarios en 1860.

En Buenos Aires, las noticias de sus triunfos –de sus corridas, sus pactos, sus masacres– aumentan las esperanzas y los recelos de su vuelta. A la distancia, don Juan Manuel se vuelve más y más deseado –o más temible. El gobierno del brigadier Juan Ramón Balcarce es tolerante, más bien calmo, pero parece provisorio. Los porteños esperan el regreso del otro como quien sabe que lo que pasa sin él no pasa realmente.

–¿Y la sigue esperando?
–No sé si esto puede llamarse esperar, Juan María.

Hay quienes saben que es poeta, que lo respetan por poeta. El señor López –un señor Domingo López, que no parece ser pariente de don Vicente– lo saluda en la recova de la plaza sacándose el sombrero, sonriéndole, preguntándole si él es Echeverría.

–Sí, para servirle.
–Puede que yo lo pueda servir a usted.

Le dice el señor López, cuarentón, el bigote tupido, los pelos negros desbordándole el cuello. Y que si no le hace el favor de aceptarle un café, que quiere hablarle. Echeverría piensa en un negocio –que siempre necesita– y lo sigue hasta el café de la Victoria, candelabros, espejos, billares. Sentados, el señor López le ensalza sus poemas, le ensalza su hombría de bien, su patriotismo, y le dice que puede hacer algo más todavía por esta patria nuestra. Le dice: por esta patria nuestra.

—Usted sabe, sin duda, cómo don Juan Manuel está agrandando las fronteras de la patria.

Echeverría le dice que lo sabe, que sí, que más o menos. El señor López le sonríe y le dice que se trata de eso: que él puede darle todos los datos necesarios —mapas, relatos, alguna carta incluso del Restaurador— para que escriba un poema de celebración del Héroe del Desierto.

—Un gran poema épico, la culminación de tanta gloria.

Le dice y que, faltaba más, hacerlo ayudaría a la suya, que es su oportunidad de inscribir su nombre en el registro noble de los argentinos, que las musas y don Juan Manuel pagan bien a los suyos.

—No me entienda mal, maestro. Con gloria, digo, pagan, con la honra y el respeto de los patriotas verdaderos.

Echeverría no sabe qué decirle. Le dice que no sabe qué decirle, que le deje pensarlo. Se levanta.

—Y sus buenos patacones, maestro, por supuesto.

Algo pasó, lo sabe. Algo ha pasado, algo es pasado para siempre.

Echeverría tiene miedo, tiene asco, tiene la tentación de hacerlo. Piensa en contárselo a Gutiérrez. Decide no contárselo a Gutiérrez. No todavía, por lo menos. Fuma. Fonseca le dijo que no fumara, pero fuma.

—¿Y de verdad no va a hacer nada?
—¿Qué puedo hacer? Ella me debe odiar, después de todo esto.

Por momentos se olvida y no hay nada mejor que esos momentos. Pero no suele: en general recuerda, con precisión insoportable, su corazón bombeando demasiada sangre, su corazón la amenaza constante. Lo recuerda, no soporta vivir siempre tan cerca del final. Se pregunta cómo es la vida de

115

las personas cuando creen que no se van a morir pronto. ¿Cómo es cuando no tienen su muerte tan presente? ¿Cómo cuando pueden olvidarse? Nunca creyó que envidiaría con tanta fuerza la ignorancia.

Ellos saben —porque dudan. Ellos hablan, discuten, buscan formas: ellos no están contra Rosas ni con Rosas. Que ésas son disyuntivas antiguas, que los que están en contra son los viejos liberales unitarios amigos de Rivadavia o los aspirantes a caudillitos federales que querrían estar en su lugar, que ellos no son lo uno ni lo otro, que son jóvenes, que son distintos, que quieren otra cosa: que les importa hacer un país grande y moderno, que no tenga nada que envidiar a ninguno del mundo. El país que la Argentina podría ser, dicen, se dicen.

Y que por eso los viejos unitarios —perdidos, exiliados, cada vez más escasos— los consideran frívolos y demasiado tibios con el Restaurador; y que por eso los rosistas —triunfantes, orondos de su poder y de su cantidad— los tildan de afrancesados, cajetillas, elitistas y, síntesis rotunda, enemigos del pueblo. Que se ve que van por buen camino.

Todo puede ser distinto todavía: piensa que todo puede ser distinto todavía. Que podría tener una vida como otras, una mujer, hijos como los otros. Que podría volver a ser un comerciante, hacerse una posición, ganar buenos dineros, mantener a los suyos, olvidarse si acaso de los versos o reservarlos para las noches largas y abandonar sus ambiciones de pobre diablo pretencioso. Que así la vida podría ser soportable. Que si fuera con ella sí podría, se llenaría de gozo. Que con ella podría, y que quién sabe ella sí quiera. Que ella no es tan bonita, al fin y al cabo: se consuela pensando que no es tan bonita. Que tiene, sin duda, una atracción, pero que nadie como él ha sabido entenderla —y que ella, de algún

116

modo extraño, lo ha entendido. Que todo puede ser distinto todavía, piensa, que ojalá vuelva pronto, piensa, pero teme.

Teme volver a 1822, la sombra de Martina. Teme nunca poder ser como los otros. Teme no soportar ser como los otros, vulgar como los otros, flexible como los otros, feliz como los otros. Teme estar loco: que esto sea el principio de la pendiente, y deslizarse y deslizarse y deslizarse. Teme que no haya fondo. Teme que haya.

Si Dios quisiera. Ay, si Dios pudiera.

Quisiera que hubiese un dios y no lo cree y choca con su madre. Cada vez que piensa en Dios piensa en su madre. Querría sentir que hay algo, un dios, pero no puede. A veces lo lamenta: preferiría no saberlo pero sabe que no puede dejar de saber lo que ya sabe. En París aprendió que ser un buen creyente consiste en saber –en creer que uno tiene las respuestas que importan– y lo que él necesita son preguntas. Para empezar una literatura –para vivir– se precisan preguntas; respuestas debe tener quien quiera terminarla.

Pero alejarse de Dios es alejarse de su madre: volver a traicionarla.

Si ella quisiera –si Luisa quisiera–, quizás incluso Dios.

Gutiérrez le insiste: tiene que publicar un libro.

–¿Un libro?

–Claro, un libro. Reunir los poemas que escribió últimamente y publicarlos en un libro.

–¿Un libro?

Alrededor hay cientos, miles. Echeverría y Gutiérrez conversan sentados a una mesa en la trastienda de la librería de Sastre –y Marcos Sastre, de pie junto a ellos, las manos apoyadas en su mesa, dice que él también podría colaborar.

—¿De verdad?

Pregunta, azorado, Echeverría, y enseguida se arrepiente. Sastre le sonríe, calmo, exasperante.

Marcos Sastre es flaco, bajo, la nariz filosa, los ojos vivos y la frente ancha: a sus veintiséis años le quedan pocos pelos; ya está casado y ha hecho dos o tres de los catorce hijos que terminaría por tener. Sastre nació en Montevideo, estudió en Córdoba por el exilio de sus padres, volvió a Montevideo, trabajó en el senado, publicó un *Compendio de la Historia sagrada seguido de un diccionario Latino-Español,* se volvió a ir: por no participar en las reyertas políticas de su país cayó en las argentinas. Aunque empezó con una librería; la inauguró a mediados del 33 con un aviso que publicó en el *Diario de la Tarde:* «NUEVA LIBRERÍA/en la calle de la Reconquista núm. 54, menos de cuadra y media de San Francisco para Santo Domingo. Se hallarán en ella obras clásicas sobre varias materias: Derecho, Legislación, Política, Filosofía, Moral, Religión, Educación, &c., &c. Libros elementales para el estudio de los idiomas latino, castellano y francés, y para las primeras letras. Excelentes devocionarios y algunas buenas novelas. Pintura fina de diversas clases, hojas de marfil para la miniatura, pinceles finos ingleses y de la Gran China, papel de marquilla, lápices negros para dibujo de la mejor clase de París, estudios o modelos para dibujo, papel de música, y otros muchos objetos pertenecientes a las Ciencias y Bellas Artes. Hay también varios artículos de mercería y perfumería exquisita: todo a precios moderados.»

Su trastienda, con sus estanterías repletas de libros, más libros en el suelo, cajas de lápices y cajas de pinceles, mapas, réplicas de esculturas, crucifijos, santos, un zorro embalsamado, unos sillones, dos mesas y unas sillas, se había convertido en el lugar que preferían los jóvenes letrados de la

Aldea para leer, reunirse, reconocerse, sentirse semejantes. La librería de Sastre era mucho más que una librería. De hecho, unos meses más tarde, Sastre la mudaría a un local mayor que le permitiría agregarle un «Gabinete de Lectura o Biblioteca Pública»: sus suscriptores tendrían derecho a consultar y tomar apuntes de cualquiera de sus más de mil volúmenes, con la seguridad de que «ningún autor impío, ningún libro inmoral ni de máximas peligrosas se hallará en el Gabinete de Lectura; por manera que los padres pueden mandar a sus hijos con la seguridad de que no leerán sino libros que les inspiren amor a la religión y la virtud, amor al saber, afición al estudio y al trabajo, tedio a la ociosidad y aversión a todo lo que sea contrario a la sana moral y a la verdadera ciencia», explicaba otro anuncio.

–Sí, tiene que publicarlo.

–Sin duda tiene que publicarlo, Estevan.

–¿Y cómo voy a hacer para publicar un libro de poemas? ¿O no saben que en la Argentina nunca se ha publicado un libro de poemas?

Echeverría lo piensa, lo imagina. Trata de imaginar, por ejemplo, qué diría Luisa si le llevara, recién hecho, las páginas intonsas, la tinta fresca todavía, un verdadero libro suyo.

3

Afuera llueve. Los cuatro están sentados como tantas veces en la trastienda de la librería y ya han tomado su primer café con leche, y ya han hablado del calor y las llegadas de los barcos y los otros tres –cada uno de los otros tres– ya le han preguntado por su salud siempre difícil y ya le han repetido dos o tres veces cuánto lo respetan y cuánto los honra que alguien de su talla o su peso quiera charlar con ellos; ya han contado, incluso, cuatro o cinco chismes. O sea que ya dejaron atrás todos los ritos y de pronto, sin mayor preámbulo, Echeverría les dice que tienen una tarea, una misión por fin. Entonces Alberdi, Juan Bautista Alberdi, con esa cara de quien nunca rompió un plato, le dice que claro, que qué novedad, pero se ve que la curiosidad lo reconcome, y Fonseca se queda callado como suele porque es médico, y Gutiérrez, su pelo alborotado, le pregunta cuál sería esa misión: Gutiérrez, se dice Echeverría, pobre ángel, siempre con esa necesidad de hacerse útil.

Pero aprovecha su pregunta y les dice que no los va a sorprender, que todos ellos ya saben en qué piensa, que ya han hablado de esto mismo tantas veces, les dice, aunque sabe que no es cierto: que han hablado de algunas de estas cosas deshilachadas, sueltas, pero hasta hoy nunca se ha atrevido a decir lo que está por decirles y querría –o no querría– saber por qué antes no, por qué ahora sí. Si hasta hace poco prefirió callarse porque suponía que si decía lo que ahora va a decir lo tomarían por un loco o un pedante o qué coño se cree este pazguato, que porque estuvo en París y escribió media docena de poemas puede venir a dar lecciones, órdenes; si hasta hace poco el miedo a reacción tan esperable lo mantuvo callado, por qué ahora, debería preguntarse, pero sabe que la pregunta lo paralizaría y prefiere darse una respuesta fácil, una respuesta que no se cree del todo, del estilo lo que pasa es que ya no podemos perder tiempo, la Patria no puede perder tiempo, la Hora ya ha sonado, vaguedades. Pero lo cierto es que se oye decirlo, que lo dice: que ya es tiempo de actuar, de dejar de pensar y realizarlo, dice, como si de pronto se hubiera resignado a ser el loco o el pedante o quién se cree, como si de verdad lo hubiera decidido, como si no tuviera más remedio.

–Porque nuestra Argentina se deshace y si las pocas personas que podemos rescatarla no lo hacemos...

Que nuestra Argentina se deshace, les dice, que se hunde, y que si las pocas personas que podemos rescatarla no lo hacemos nadie lo hará pero que entonces la culpa no la tendrán todos esos que no hicieron nada porque jamás podrían haberlo hecho sino nosotros, los que sí podríamos, los que no tenemos más excusas: que ya es hora. O, más bien, que hace mucho que ya fue la hora pero nadie estuvo allí para arriesgar, para atreverse, y que ése es el trabajo que nos toca. Entonces se calla y los mira y Alberdi le devuelve la mirada con su media sonrisa que nunca sabe si es afecto o desdén o diversión y le pregunta cómo llegó a la conclusión de que nosotros, que por qué nosotros –y Echeverría ve que los otros dos censuran la pregunta pero también esperan ansiosos la respuesta: siempre es raro

121

cuando alguien se atreve a preguntar lo que todos simulan que sabían.

–¿Por qué nosotros? ¿Quiénes somos nosotros, Estevan?

Alberdi le resulta muy difícil. Siempre, desde que lo conoció, desde que empezó a encontrarlo en lugares como éste, Alberdi le resultó difícil. Sus maneras amables, tan serenas, que su padre habría llamado gallegas –esas personas que nunca sabes si van o si vienen, le decía– y que él piensa más bien como eclesiásticas, jesuíticas. Alberdi tiene cuatro o cinco años menos que él y podría tener veinte años más: alguien que mira el mundo como si el mundo ya le hubiera dicho todo. Y, también, como si todo le importara poco: suele hablar de su música, de sus composiciones, con cierto énfasis; del resto –la literatura, la política, el derecho, el futuro de la patria–, como si fueran pasatiempos de doncel aburrido. Pero cada uno de sus comentarios –esos que suelta como si no le interesaran– tiene la marca de la inteligencia y la malevolencia más subidas: Echeverría lo admira incómodo, intenta suponer que no lo envidia.

Y no sabía qué hacer con él hasta que lo tranquilizó, al cabo de unos meses de encuentros en cafés y tertulias, descubrir que su corazón está en sus manos: que mientras habla con esa calma tan suya, insoportable, como si las palabras fuesen sus esclavas, las manos de Alberdi se retuercen, sudan; con el tiempo, se dijo aquella tarde Echeverría, aprenderé a mirarle las manos para saber qué está diciendo.

–¿Nosotros, Estevan? ¿Qué nosotros?

Qué nosotros, le pregunta Alberdi, nosotros quiénes somos, y Echeverría se dice que debería decirle que nunca hubo un nosotros que supiese quiénes lo componen y que los que dicen que lo saben mienten pero eso abriría una discusión interminable tan lejos de lo que quiere discutir, así que intenta ser simple y ordenado y le dice –les dice a todos– que nosotros los hijos de la Revolución, para decirlo de algún modo. De algún modo abusivo, le dice Alberdi, y que su padre –su padre, dice, el de Echeverría–, sin ánimo de ofensa, era un vasco que tenía una pulpería en el Alto y que más bien se opuso a la revolución y que el suyo –mi padre, dice, el de Alberdi–, Dios lo tenga en su gloria, era un vasco que tenía una pulpería en Tucumán y no se opuso pero tampoco pudo hacer gran cosa en la vida y menos una revolución y si acaso intentó ayudar, cuando ya estaba todo en marcha, al pobre Belgrano en su campaña y que el padre de Gutiérrez, con todo respeto, era un señor asturiano que también intentaba comerciar y a veces leía un libro y que el 25 de mayo andaría preguntándose qué iba a ser de su vida y que no sigue porque le parece que ya dijo lo que quería decir: que más que nada somos huérfanos, que somos todos huérfanos y que no somos hijos de nada, lo cual no nos impide, claro, dice, intentar ser los padres de algo. Y Echeverría sabe que es mejor no insistir en ese punto pero no puede con su genio –qué raro, piensa, decir «no puedo con mi genio»– y le dice que si van a tomar cada afirmación en su sentido más ramplonamente literal mejor hablemos de ganado y que él lo entiende, que más allá de que muchos de nuestros amigos y compañeros sí son los hijos de los próceres de Mayo, nosotros mismos somos esos hijos, dice, la generación siguiente, la que llegó ligeramente tarde al momento más glorioso de la Patria, la que casi participa de su gesta mayor pero no, la que pasará a la historia o más bien no pasará a la historia como la que no gritó la Independencia, dice, la que no la defendió en los campos de batalla de la América toda, la que la recibió ya hecha de aquellos padres fundadores: los que nadie recordará, que nadie necesita, dice, con una exaltación que lo sorprende, y los tres lo miran con algo parecido a la sorpresa y Echeverría trata de sonreír como para quitarle hierro a su sermón y dice, la voz casi temblando: ésos somos, nosotros somos eso y, sin embargo, creo que tenemos una misión, una tarea: que podemos hacernos necesarios.

–Tampoco vamos a caer en la trampa de pensar que los que sí participaron en la revolución son todos prohombres pluscuamperfectos.

Dice Alberdi, zumbón, para bajar el tono del momento, tan suya esa manera de deshacer los efectos de los otros, se dice Echeverría y le dice que no, que por supuesto no, que sabemos por demás que no pero que aun así, con todos sus renuncios, con todas sus imperfecciones, hicieron algo que se recordará por los tiempos de los tiempos, por lo que sea, porque tuvieron valor, porque tuvieron suerte, porque tuvieron lo que hayan tenido y que en cambio nosotros parece que sólo pudiéramos vegetar a su sombra y sin embargo.

–¿Y sin embargo qué?

Dice Gutiérrez, siempre tan atildado, tan colaborador. Gutiérrez, tan bien vestido como siempre: su servicial Gutiérrez, que nunca se va a perder una ocasión de decir lo que supone que yo quiero que diga, se dice Echeverría, pobre amigo, Gutiérrez, que querría ser como yo –pobre, ser como yo, se dice– y se cree que le falta algo y que por eso no puede ser como él pero hace todo lo posible por acercarse y por eso le pregunta qué, que sin embargo qué.

–Que ellos fundaron la nación, declararon que éramos una nación y la defendieron con sus palabras y sus actos, incluso con sus vidas, y en eso son y serán insuperables, pero se ve que no tuvieron tiempo u ocasión de pensar que una nación no es nada si no tiene su propia identidad, su cultura, sus letras.

Unos metros más allá, de pie, discreto, como quien quiere pero no quiere molestar, Marcos Sastre los escucha callado. Fuman; el aire está pesado por la lluvia afuera, la humedad; el humo adentro.

–¿Quién fue el guasón que dijo aquello de que los padres de la patria no tienen patria pero tienen, en cambio, el privilegio de inventarla?

Hablan, se agitan, los cuatro con la misma barba sin bigote. El bigote fue el primer estandarte federal, el que nadie puede ponerse y sacarse a su antojo, el que queda pegado a la piel como marca de hierro. Nunca fue tan elocuente, tan gritón, tan potente prepotente un bigote. La manera de decir yo soy de ésos; para ellos, los de la barba en U, la manera de decir que yo no soy.

Echeverría les pregunta si no están de acuerdo y los cuatro se quedan en silencio: callados, quien sorbiendo su café con leche, quien mirando alrededor como quien nunca vio esos libros, quien buscando la respuesta en un rincón del techo. Fonseca fuma: como si nada de esto fuera su problema, fuma, y echa el humo con toda precisión hacia un costado. Hasta que Alberdi –siempre Alberdi– rompe el fuego:
–Estoy de acuerdo y no lo estoy, Echeverría. Nuestros padres, digamos nuestros padres, hicieron todo eso pero no pueden hacer esto. Al fin y al cabo, lo de ellos era hasta más fácil, porque la política se puede razonar, un hombre puede cambiar sus ideas, creerse vasallo de un rey y decidir que no lo es más.
Dice Alberdi y, como siempre, su corazón está en sus manos:
–En cambio la cultura... Eso sólo podemos hacerlo nosotros, los más jóvenes, los que tenemos veinticinco años, los que todavía no tenemos la mente anquilosada por las

viejas costumbres, por los hábitos retrógrados y españoles, por toda esa morralla polvorienta...

Dice, y se queda suspendido: quizás acaba de pensar que Echeverría ya no tiene veinticinco sino casi treinta. Echeverría, en cualquier caso, no se da por aludido; mejor, se dice, mostrar su alegría de poder coincidir con el eterno crítico: que por supuesto, que eso es precisamente lo que él quería decir, que los viejos hicieron lo que pudieron cuando pudieron y fue grande pero que ahora los que quedan están envueltos en sus querellas y reyertas, todo este enfrentamiento inútil, retrógrado, que si unitarios, que si federales, tonterías trasnochadas que deberíamos olvidar para construir entre todos una patria, dice, y que como no caemos en la trampa de sus batallitas nos acusan de que no nos interesamos por la cosa pública.

—Lo que no entienden es que precisamente porque nos interesa no nos mezclamos en sus riñas de gallos. Nuestra forma de intervenir en la cosa pública es más ambiciosa, más... inteligente.

Más inteligente, dice Echeverría y se queda pensando, como si hubiera algo en la palabra inteligente que lo detuviera, que le impidiera ir más allá. Y entonces vuelve:

—Es así, mis amigos, y no hay que tener miedo de sentirse inteligente.

Dice, y Alberdi y Gutiérrez se miran con una complicidad extraña, como si se rieran del mundo intentando no reírse de él: son, piensa Echeverría, al fin y al cabo, alumnos del Colegio. O ex alumnos, si eso fuera posible.

—El problema es que va a ser tan difícil. Pero es indispensable. Unas cuantas leguas de tierra, carradas de caballos, cien mil almas no son una nación: se pueden desmembrar en menos de lo que canta un gallo si no están unidas por una idea común, una cultura.

Dice, y por un momento se oye hablar, se escucha, se

sorprende: se suena convincente, como si de verdad creyera que puede hacer lo que dice que deben. O, por lo menos, que sabe lo que dice. Entonces sigue: que ése es nuestro trabajo, dice, sí:

–Sí, ésa deberá ser nuestra tarea: hacer de estas tierras una nación entera. Y va a ser tan difícil... Pero eso es lo que nos toca, lo sabemos. ¿No lo sabemos, amigos míos, no lo saben?

Dice, casi exaltado, la voz ligeramente fuera de control, un grito leve.

Fonseca lo mira preocupado: es su amigo y su médico, teme que el arrebato le afecte el corazón. Le dice, en un susurro:

–Estevan...

–¿Qué, José?

–Nada, disculpa, nada.

–¿Pero tenemos derecho a hablar de la Argentina?

Dice Alberdi como si no lo dijera realmente, como si lo pensara y se le escapase de la boca: que si de verdad pueden pensarse como una nación, ellos como una nación, ellos –y mira a Echeverría. Porque él es tucumano, conoce las provincias, pero Echeverría no ha salido nunca de Buenos Aires y sus alrededores, no conoce ni una pizca del resto: Tucumán, Córdoba, las Misiones, Salta son relatos que se le hacen más lejanos que París, más misteriosos. Pero Alberdi no quiere personalizar, le perdona la vida desviando el argumento:

–Digo: ¿qué podría convertirnos a todos en lo mismo? ¿Cómo reconocernos en esos pastores incas del Alto Perú, los guaraníes de las Misiones, los chilenos de Cuyo?

Hay un silencio: alguien que dijo lo que no debía. Gutiérrez, siempre él, intenta conciliar:

–Bueno, ése es nuestro trabajo.

–No, Juan María: ésa es nuestra cruz.

Le dice, sombrío, Echeverría.

Hablan de Dios, el campo, la barbarie, una dama porteña y una abuelita coya, un cura cordobés y un jangadero correntino y un negro esclavo y esos gauchos matreros: cómo hacer un color con todos los colores.

–Si por lo menos tuviéramos un idioma.

Dice, ahora, ya más calmo: que si por lo menos tuviéramos un idioma propio, si no siguiéramos hablando el idioma de los antiguos amos, dice, y Gutiérrez, inesperado, que aparece con un brillo en los ojos, casi arrepentido de lo que dice mientras lo está diciendo, que qué quiere, que si quiere que hablemos en francés, le dice, y Echeverría que lo mira con toda la sorpresa y el otro retrocede y dice no, si era una broma, y Fonseca, el buen samaritano, sale al quite:

–Bueno, en realidad sí tenemos un idioma. Los españoles y otros americanos hablan de tú, nosotros de vos y...

–¿Quién habla de vos?

Lo interrumpe Alberdi, su acento cantadito, tucumano: que los que hablan de vos son algunos porteños y ni siquiera todos los porteños y que el mismo Fonseca no es uno de ellos, que no vamos a engañarnos, si los que hablan de vos son los brutos de los barrios bajos, dice, y que en todo caso en su ciudad, en Tucumán, nunca nadie habló de vos, se ríen cuando oyen esa tontería, esa vulgaridad.

–Usted no habla de vos, nosotros no hablamos de vos. De vos habla la chusma y nadie más. O, a lo sumo, nosotros cuando le hablamos a la chusma. Pero nadie serio dice vos en serio, no caigamos en esas menudencias.

Dice Alberdi, pero que Echeverría tiene razón, dice, de nuevo, cuando dice que es difícil construir una cultura que se diferencie de los antiguos amos si tenemos que hacerlo en la lengua que ellos nos dejaron pero que no tenemos otra y que es una de las condiciones con las que vamos a tener que trabajar, dice: con las que habrá que hacerlo.

—Eso no quita que la primera condición para crear una cultura nuestra es deshacernos de todo lo español. Todo lo demás, digo, lo que no sea el idioma.

Y Echeverría que sí, que está completamente de acuerdo con Alberdi y que tienen sin embargo una ventaja sobre otros hermanos americanos que es que aquí en nuestra tierra España no hizo nada, que les importábamos tan poco que nunca trataron de imponernos en serio su cultura, que nunca hicieron el esfuerzo y que era casi lógico porque en este confín del mundo sólo había indios matreros, pajonales, vacas y caballos: nada que les interesara. Y que eso, que fue la causa de nuestra nadería, ahora se vuelve nuestro privilegio, como suele pasar, dice, porque nuestra tarea será más fácil, y que al fin y al cabo incluso el idioma se irá haciendo distinto en la medida en que seamos diferentes: que lamentablemente no será un punto de partida pero sí un punto de llegada y que qué mejor que empezar la jornada con esta decisión.

—Porque por español entendemos todo lo que es retrógrado: no tenemos una idea, una habitud, una tendencia retrógrada que no sea de origen español. La Revolución ya cambió todo lo que podía cambiar: rompió las cadenas y nos dio movimiento; ahora la filosofía tendrá que mostrarnos la ruta de este movimiento, para llegar a hacernos de una civilización propia y nacional.

Dice Alberdi sin pausas, como si recitara un texto escrito, y Gutiérrez los mira nuevamente azorado, tan felizmente sorprendido de descubrir entre los dos rivales estas coincidencias y se envalentona y dice que la cultura española no aportó nada a la humanidad en los últimos siglos, ni ciencia ni literatura ni nombres ilustres y que debemos divorciarnos por completo de ella y emanciparnos de sus tradiciones como supieron hacerlo nuestros padres cuando se declararon libres. Y hay un momento de algarabía feliz, uno de esos momentos que aparecen muy de tanto en tanto, cuando un grupo de hombres encuentra su objetivo y encuentra que los une y que están dispuestos a hacer por él lo que sea necesario, a vivir para él, a deshacerse en él. Y entonces le piden a Marcos una botella de vino y él, atento, imaginando que ha sucedido algo que lo vale, lleva un borgoña de diez o doce años y lo descorchan para brindar por esa meta: por retomar y completar la revolución de nuestros padres, por convertir a estas tierras en nación auténtica y entera.

–¡Por nuestra libertad verdadera y completa! ¡Por sus letras!

Y entonces, tras los tragos, los brindis, los augurios, Fonseca dice que se tiene que ir porque un paciente lo espera y todos saben que en realidad es su mujer la que le impone horarios, pobre, y quedan los tres, Echeverría, Alberdi, Gutiérrez, y los tres intentan hablar de tonterías, no arruinar el momento, no lanzarse ahora a recorrer este calvario, no preguntarse cómo harán. Aunque ésa, ahora lo saben, es la tarea de sus vidas. O algo semejante.

130

4

–Lo primero que tenemos que hacer es publicar su libro, Estevan.

–¿Cómo lo primero?

–Sí, para lanzarnos a esta cruzada tiene que publicarlo. Así cualquiera puede ver que no estamos hablando por hablar.

Luisa no vuelve. Echeverría intenta averiguar qué pasa; ni doña Mariquita, a quien se lo pregunta como al pasar, sabe darle razón. Está en el campo, necesitaba el aire natural, le dice, con una sonrisa que quiere decir que seguramente hay algo más.

–¿El aire natural, mi señora?

–No me haga decir lo que cualquier niña podría decirle, y mentiría.

A veces piensa que su ausencia es un buen signo: que sus padres la retienen lejos de él porque no pueden controlarla, porque saben que si la dejan volver ella va a encontrar la manera de encontrarlo –que no espera otra cosa. A veces se preocupa: si la ausencia de Luisa se prolonga, esas habladurías, que por ahora se mantienen acotadas, desbordarán y su reputación se habrá perdido –por su culpa. No puede destruir a otra mujer. Piensa en 1822.

Él no es aquél, no debe ser aquél, pero quizá lo sea.

Teme 1822, no poder ser como los otros, no soportar como los otros, estar loco, la pendiente en principio y deslizarse, teme que no haya fondo, teme que haya.

—¿No le parece que son margaritas a los chanchos?
—¿Qué dice?
—Digo publicar mis poemas. Si no son margaritas a los chanchos. O, como dicen los franceses, perlas.
—¿Perlas?
—Sí, a los chanchos, perlas.
—¿Perlas o margaritas?
—Margaritas o perlas.
—No, Estevan, es lo que corresponde.

Noches en que se despierta con el corazón en la boca. Ha oído esa frase alguna vez —por más que lo intenta, no recuerda dónde oyó esa frase alguna vez—, que describe las traiciones de su cuerpo como ninguna otra: vive —sabe que vive— con el corazón en la boca, con el miedo constante de perderlo.

Echeverría no soporta más su casa: la casa de su madre, la casa de su historia. Una mañana, con el mate, olor de las glicinas, le dice a Jacinta que va a tener que irse.
—¿Irse, amito, usté irse? Si usté es de acá, ¿adónde va a irse?
—No te preocupes, Jacinta, algo voy a encontrar.
—¿Pero por qué va a irse?
—Porque necesito un lugar donde ellos ya no estén.
La negra piensa, trata de imaginar de quién habla cuando dice ellos pero no se atreve a preguntarle. Echeverría lo nota, piensa en decírselo, se calla. Ella junta coraje:

132

–¿No será por nosotras? ¿No será que lo estamos molestando?

–¿Nosotras?

–La Candela y yo.

–¿Cómo se te ocurre, Jacinta, por qué?

La negra le sonríe con todos los dientes que le quedan; Echeverría, en cuanto puede, habla con su hermano.

Su madre junto a Dios, comentando con Dios las tonterías de sus hijos respectivos –en un sueño que trata de olvidar. Su padre que les grita, interrumpe a los gritos.

Su hermano le dice que va a tratar de ayudarlo, que siempre lo ayudó, pero que necesita que él, Echeverría, también lo ayude. Que el campo produce pero no produce tanto, que a veces no alcanza para todo; que él debería pensar cómo puede aumentar las ganancias. Echeverría le promete.

–Pero me tengo que mudar. No puedo seguir viviendo acá.

José María no le pregunta nada: como si lo hubiera esperado, como si lo supiera. Le habla de unos amigos en dificultades que querrían alquilar un buen cuarto en los altos de su casa. Le dice que no es cara y que está muy cerca del río, sobre la Alameda. Echeverría se ríe:

–¿Sobre la Alameda?

Su madre junto a Dios hablando de hijos, los suicidas.

Se hace preguntas que le resultan necias: ¿qué significa empezar algo? ¿Se puede empezar algo? ¿Hay algo que no esté ya empezado desde siempre? Se da respuestas que le resultan necias: la idea, por ejemplo, de que la Argentina empezó el 25 de mayo de 1810, sus problemas. Como si estas calles no fueran las mismas donde yo nací, cinco años antes, antes de la Argentina, se contesta, se pregunta: ¿o en

133

algún momento pasa algo que hace tanta diferencia que se puede decir que todo empieza? ¿Cuánto de diferencia quiere decir que todo empieza?

En esos días no había literatura. O, mejor: la literatura en la Argentina se reducía, en esos días, a unas pocas composiciones tan poco originales. Esos veinte años de país sólo habían producido unos cantos de patria, exaltaciones de la gesta, odas de héroes heroicos, vidas heroicas, muertes heroicas, sangres, gritos: copias modestas de un modelo pobre. Era lógico: el país nuevo se había empeñado en eso y además su capital, Buenos Aires, era un pueblo de 40.000 habitantes –la mayoría sin instrucción–, muy alejado de los centros culturales de la época: se podía pensar que no tenía la masa crítica precisa para producir nada. Que alguien imaginara que se podía –que debía– hacerlo era un gesto de una soberbia casi enternecedora.

Ha puesto su escritorio de quebracho –sus cuartillas de papel rugoso, sus plumas bien talladas, el tintero– bajo una ventana. Por la ventana se ve el río. Echeverría lo mira, como si esperara. Horas y horas lo mira como si esperara.

Luisa: la ausencia de Luisa en la ventana. Teme que no haya fondo. Teme que haya.

Ha vuelto a tener sofocos, palpitaciones, el insomnio. Echeverría siente cómo su cuerpo exige de su corazón lo que su corazón no puede darle: piensa batallas que suceden en lo lejano de su pecho. Fonseca lo visita y le prescribe ventosas y sangrías. Gutiérrez lo visita y le insiste en que deben publicar el libro. Por fin, una tarde de agosto, las nubes tan oscuras sobre el río, Echeverría le presenta una carpeta:
–Acá los tiene. Si quiere léalos y me dice qué hacemos.

Pero la ausencia de Luisa en todos lados.

Llegan, cada tanto, las noticias de don Juan Manuel: los triunfos de don Juan Manuel en el desierto. La Aldea las repite, las comenta. Llega, por fin, la noticia de que la campaña ha terminado con un éxito indudable: las tierras de la provincia se han extendido cientos de leguas y varios miles de indios están muertos. Don Juan Manuel sigue en el Sur, terminando, esperando. La Legislatura de Buenos Aires le vota honores muy extraordinarios; entre otros, decide que la isla de Choele Choel pase a llamarse «Isla del General Rosas» y se le entregue como premio, pero don Juan Manuel dice que la isla, por su valor estratégico, debe quedar en manos del Estado y que él aceptaría, siempre patrio, canjearla por sesenta leguas de tierra en Lobería.

Mientras tanto, en la Aldea, su esposa doña Encarnación recluta hombres de acción y señoritos estancieros para poner en marcha un grupo político, la Sociedad Popular Restauradora, y su fuerza de choque, la Mazorca, que ayuden a preparar la vuelta de su esposo. En la Sociedad están los apellidos rimbombantes –Unzué, Anchorena, Iraola, Victorica, Sáenz Valiente–; en la Mazorca hay criollos, pardos, policías. A veces sus miembros actúan con objetivos precisos, como cuando salen a balear a los generales Olazábal y Ugarteche, rosistas pero no lo suficiente, o a echar de la ciudad a tiros al ex presidente Rivadavia, que intentaba volver tras varios años de destierro; otras, muchas, recorren las calles para mostrar quién las controla. Nadie termina de saber por qué se llaman la Mazorca. Algunos dicen que es más horca, lo que le prometen a los salvajes unitarios. Otros, que es una referencia bucólica a sus raíces campestres. Otros, los que dicen que saben, que refiere a los choclos que, cuando pueden, le meten por el culo al enemigo.

Las personas se miran distinto por la calle: con cierto recelo, por la calle; con miedo, a veces, por la calle.

Doña María de la Encarnación Ezcurra y Arguibel se casó con don Juan Manuel José Domingo Ortiz de Rozas y López de Osornio cuando ella tenía diecisiete años y él diecinueve. Cuentan que, como los padres del pretendiente se oponían, ella le mandó una carta muy secreta que decía que estaba embarazada –para que él la dejara en un lugar donde su madre la encontrase. Los casó un primo cura; meses después, la esposa seguía tan flaca como siempre.

Con el tiempo, un hijo y una hija nacieron casi muertos, otra hija al fin no. Ortiz de Rozas se cambió el apellido –Rosas le sonó más popular– y empezó a actuar en política y extender sus tierras. Los esposos se veían poco porque él estaba más en sus campos que en la Aldea, y se llevaban bien. Después, cuando su marido alcanzó el poder en Buenos Aires, doña Encarnación lo acompañó con soltura y distinción y ahora, mientras él mataba indios en el Desierto, ella lo representaba en Buenos Aires: velaba, dicen, por sus intereses como ninguna mujer antes en la Aldea. En esos días le escribió que «ya has visto lo que vale la amistad de los pobres, y por ello cuánto importa el sostenerla para atraer y cultivar sus voluntades. Escríbeles con frecuencia, mándales cualquier regalo, sin que te duela gastar en esto. Digo lo mismo respecto de las madres y mujeres de los pardos y morenos que son fieles. No repares en visitar a las que lo merezcan y llevarlas a tus distracciones rurales, como también en socorrerlas con lo que puedas en sus desgracias...»

La ausencia, entonces, como su forma más acostumbrada, su presente continuo.
La ausencia como una condición.

Buenos Aires se agita, los rosistas se dividen. Balcarce, que había tenido el apoyo de don Juan Manuel, es atacado por sus seguidores. Lo acusan de no mandarle fondos para su campaña, de maltratar a los negros, de gobernar para los petimetres, de traicionar a la causa. Balcarce había derogado la censura de prensa de Rosas y la calle está llena de pasquines –varios de ellos subsidiados por el gobierno– que lanzan brulotes sobre la vida y los negocios de sus adversarios. En las puertas de las casas de lo más señalados aparecen clavados versos amenazadores; en lo de Balcarce, por ejemplo, unos que dicen que «Ya no hemos de sufrir / que mande un pícaro y tonto. / O renuncia pronto pronto / o prepárese a morir».

De todos lados vuelan piedras despiadadas. *El defensor de los derechos del pueblo*, antirrosista sin maneras, anuncia la salida de *Los cueritos al sol*, un «nuevo periódico que se publicará mañana a la tarde sin falta por esta imprenta. Los señores que gusten favorecernos con algunos materiales (aunque tenemos de sobra) respectivamente a la vida privada de los Anchorenas, Zúñiga, Maza, Guido, Mansilla, Arana, Doña Encarnación Ezcurra, Doña Agustina Rosas, Doña Mercedes de Maza y cualquiera otra persona del círculo indecente de los apóstoles, todo, todo será publicado sin más garantía que la de los Editores. Tiemblen, malvados, y os enseñaremos cómo se habla de los hombres de bien».

El gobierno sostiene a algunos diarios comprándoles docenas de ejemplares; a otros, en cambio, los lleva ante los tribunales. Uno de ellos se llama *El Restaurador de las Leyes* y algún astuto del riñón de don Juan Manuel –dicen que doña Encarnación, su esposa– manda pegar en las calles unos carteles que dicen, en letras rojas alarmadas, que mañana «será juzgado El Restaurador de las Leyes» –o sea, el propio Rosas. Así que miles de seguidores se reúnen en la plaza de la Victoria para defenderlo; la policía intenta dispersarlos a palos y alguien en la multitud empieza a gritar a Barracas, a Barracas. Muchos lo siguen; unas horas después, miles acampan a orillas del Riachuelo. Esa tarde el mazorquero Cuitiño toma la guardia de Quilmes y lleva las armas que consigue al campamento de Barracas.

El campamento aumenta sin cesar: los trabajadores manuales, los servidores, los esclavos de la Aldea huyen y afluyen a Barracas. Dicen –en el centro la gente de bien dice– que han armado un auténtico aquelarre, desparramo de negros sin moral, baraúnda inverecunda, que lo que está pasando en ese lupanar no tiene nombre ni perdón –y les brillan los ojos. Balcarce manda un destacamento del ejército a poner orden pero los soldados se niegan a atacar; al otro día convoca a los ciudadanos de Buenos Aires a formar milicia para enderezar a la chusma –y se presentan dos personas. Las calles están desiertas, los negocios cerrados; Echeverría nunca había visto nada igual. Camina, busca, habla con sus amigos, trata de entender: el vacío es tan brutal que los asusta. Se pregunta si las jornadas de julio de 1830 en París habrían empezado de ese modo, y lo confunde que aquí los sublevados no intentan deshacerse de un gobernante autócrata sino lograr que vuelva. Varias veces piensa en ir hasta el campamento de Barracas, tan cerca de su vieja casa, pero no lo hace. No cree que sea miedo; más bien una extrañeza. Balcarce, aislado en el Fuerte, resiste cada vez más solo. Al cabo de tres semanas de tensión y silencios y abandonos, el brigadier renuncia y lo reemplaza el general Viamonte.

–¿Y de verdad le parece que hay que incluir *La Historia?*
–Bueno, yo diría...
–Pero habla mucho de tiranías y tiranos. ¿No corremos el riesgo de que nos censuren?
–Por eso hay que incluirlo, Juan María. Es uno de los poemas más potentes.

Lo apena que no esté, lo alivia que no esté. Teme, desea, teme. Teme a su cuerpo, sobre todo: su cuerpo es su enemigo. La enfermedad, que transforma a su cuerpo en amenaza; su madre, el recuerdo de su madre, que lo transforma en una peor. Cuando no puede más, pacta: baja a los ranchos de la Recoleta, visita a La Manitas –o a alguna otra: mejor cambiar, no acostumbrarse.

–Disculpe que se lo pregunte así, Estevan, pero ¿se puede pensar que la Diamela de su poema es Luisa?
–¿Pensar, Juan María? Pensar se puede cualquier cosa.
–¿De verdad?

Piensa que la condena y piensa que tiene que salvarla: que debe, que se lo debe, que está obligado a salvarla a cualquier precio. Se le ocurre, por fin, una idea: irá a ver a su padre, al señor Riglos, el temible comerciante y hacendado Miguel Riglos, representante que ganó su escaño en la lista de don Juan Manuel, para pedirle la mano de su hija. Don Miguel no podrá más que rechazarlo; él le hará el pedido petulante, poco menos que insolente, para facilitarle la tarea. Piensa, su dejo de amargura, que se da importancia: que don Miguel lo rechazaría de cualquier modo. Que le dirá que es porque no tiene oficio ni beneficio y que a él le gustaría creerlo –un poeta maldito, una amenaza leve– pero sabe que es la sombra de 1822. Lo ha vaciado de nombres, caras, circunstancias, el silbido del cuchillo cuando el tajo, los ojos de Martina; lo llama con un número, 1822, una fecha que pudiera parecer pasado.
Y que así, piensa, cuando ya lo haya rechazado, ya aclarado el peligro y el entuerto, ya definidas las posiciones, don Miguel podrá traer de vuelta a su hija a la ciudad y entonces todas esas idiotas chupacirios, esas idiotas lameculos que se

dedican a hablar de lo que no saben deberán callarse, nadie más podrá pasar un rato con la reputación de Luisa y ella, de algún modo, sabrá que fue por él: por su nobleza, por su sacrificio. Y que aunque no podrán encontrarse nunca más –esperar nunca más, imaginar futuros nunca más–, ella sabrá y de algún modo le estará agradecida y que, aun si ella no sabe –aun si lo sabe y no le importa–, él sí sabrá que, por una vez, hizo lo que debía.

–Gracias, Estevan.

Escucha a veces que le dice, como si de verdad le hablara, una voz que casi no ha escuchado. Se presenta en la casa del padre, pide verlo.

La Aldea sigue alborotada. Cien, doscientos militares federales pero no rosistas se escapan a la Banda Oriental.

–¿Y de verdad le parece mejor empezar con *El pensamiento?*

–¿Qué podría venir antes, Juan María?

«Yo soy una flor oscura
de fragancia y hermosura
despojada.
Flor sin ningún atractivo
que sólo un instante vivo
acongojada.
Nací bajo mala estrella
pero me miró una bella
enamorada,
y me llamó pensamiento
y fui desde aquel momento
flor preciada.»

5

–Ya tenemos un libro. Ahora sólo nos falta una literatura. Gutiérrez, siempre tan entusiasta. Echeverría intenta sonreírle, pero se ríe o casi.

Está feliz, de una manera rara.

El 14 de noviembre de 1834 la Imprenta Argentina anuncia la aparición de *Los Consuelos*, un volumen de 320 páginas, con 37 poemas, índice y fe de erratas, que se vende a cinco pesos y que, como se empeña en repetir su principal promotor, Juan María Gutiérrez, «está impreso como los que se hacen en París y forrado en papeles de colores los más exquisitos». Se vende, por supuesto, en la librería de Sastre, que publica días más tarde un aviso en *La Gaceta Mercantil:* «Los Consuelos, poesías de D. Estevan Echeverría. Esta obra original de un argentino hijo de esta ciudad, sale por primera vez a la luz pública. El gran despacho que ha tenido es una prueba de la aceptación que ha merecido del público, para el cual sería excusado hacer un nuevo anuncio; pero éste se hace para que llegue a noticia de las otras provincias de esta República y demás estados Americanos, antes que se concluya la edición que ha sido de un corto número de ejemplares.» Mil, dice el imprentero, que se agotan antes de fin de año.

Está feliz sin querer aceptarlo: le parece obsceno –le parece vulgar– que la felicidad sea desnudarse, desgarrarse en público.

> «Cuando la copa de la vida
> de amarga hiel rebosa llena,
> y el mundo al alma desolada
> es mansión hórrida y desierta,
> ¿qué esperar debe el desdichado?
> Sólo morir: la tumba yerta
> convierte en polvo y anonada
> el llanto amargo y la miseria.
> Así yo aguardo, agonizando,
> entre conflictos y dolencias,
> como remedio a mis tormentos
> el son de la hora postrimera.
> Y a veces digo en mis angustias:
> ¿De qué me sirve la existencia
> si a mi alma triste y desolada
> ni una esperanza ya le queda?»

En *Los Consuelos* hay poemas de amor desesperado, poemas de exaltación patriótica, poemas de desalientos varios, poemas de personajes desdichados, poemas de libertad apetecida, poemas de novias enterradas, poemas generalmente muy oscuros. Poemas, sobre todo, del yo, de un yo que se exhibía para decir que la poesía iba a ser otra cosa. «Echeverría mató la tradición clásico-latina, confundió los géneros, mezcló los ritmos, exageró y afeminó un tanto la armonía del período. Rasgó el velo que ocultaba al público las pasiones y los dolores individuales del poeta, salpicando con la atrevida palabra yo casi todas sus producciones. Lo oímos con estrañeza hablar de él, de su corazón, de sus hastíos y desencantos...», escribe Gutiérrez, siempre listo. Ya lo había dicho claro el maestro Victor Hugo: «Con tanto esfuerzo de nuestros padres, hemos salido de las viejas formas sociales. ¿Cómo no salir ahora de las viejas formas poéticas? Un pueblo nuevo merece un arte nuevo.»

Que ser, por fin, de verdad un poeta –ser definido y aceptado como poeta, ser señalado como poeta por la calle, ser el primer argentino que ha publicado un libro de poemas– le procure esta felicidad le parece mediocre, casi vano. Pero un día el joven López –Vicente Fidel López– le pregunta si escribe por vanidad y Echeverría lo mira con desdén y le dice que no sea necio: necio, le dice, la palabra necio. Después, que no hay vanidad que justifique sus esfuerzos. López se calla; días y días, Echeverría sigue oyendo sus palabras, le resuenan.

–¿Y no sabe si Luisa lo ha leído?
–¿Cómo quiere que sepa, Juan María?

Y, entonces: ¿a qué llamamos vanidad? ¿Todo intento de hacer algo distinto, algo que no ha sido hecho o por lo menos no ha sido hecho de ese modo, sería una manera de aumentar la propia estima, la de otros? Entonces, se pregunta, ¿no hay tarea, no hay acción que no sea sospechosa?

–¿Pero sabe si ha vuelto?
–Usted ya lo sabe, Juan María.

Y piensa, aunque no quiere: soy el único argentino que ha publicado un libro de poemas. Si fuera francés no sería nada, sería uno entre miles. Pero soy argentino: soy el único

143

argentino que ha publicado un libro de poemas. Si fuera francés no sería nada, piensa Echeverría. Rien, trois fois rien, dice, y se ríe.

–¿Y la ha visto, se vieron?
–¿De verdad me lo está preguntando?

Digamos: llega un hombre, con unos cuantos seguidores, algunos más cercanos, otros más decididos, y proclama, espada en alto, cruz en ristre, en medio de la nada, que ese pasto es la plaza de una ciudad que todavía no existe –pero que va a existir, que sus palabras ponen a existir. Años después, la ciudad son veinte chozas de barro alrededor de ese lote que llaman, cada vez más convencidos, plaza. Siglos después ese lugar es éste.

Un libro, dos libros son como el descampado al que llamaban plaza, ni siquiera las chozas. Una misión es mucho más que eso.

–Ella no existe, Juan María.
–¿Qué me quiere decir?
–Lo que le digo: que no existe. O que no existo yo, da igual.

Un escritor francés de cuyo nombre no consigue acordarse –no es retórica, lo ha buscado en sus notas, en todos sus cuadernos, no lo encuentra– había dicho que tenía que hacer sus libros para que sus libros lo hicieran a él. Echeverría lo envidia: la tarea del francés, se dice, era casi sencilla; yo debo hacer mis libros para que mis libros hagan un país. O, por lo menos, si, como parece, no sé hacerlo, que inspiren a otros que sí sepan.

–Alguno de los dos, cualquiera. Para el caso es lo mismo.

Que si alguien puede hacerlo es él, y él cree que no puede.

O, dicho de otra manera: que para ciertos escritores, beatus ille, todo consiste en tratar de expresar la identidad de su país poniéndolo en palabras; nosotros, para hacerlo, tenemos que empezar por crear esa identidad, piensa, se preocupa.

«La poesía entre nosotros aun no ha llegado a adquirir el influjo y prepotencia moral que tuvo en la antigüedad, y que hoi goza entre las cultas naciones europeas: preciso es, si quiere conquistarla, que aparezca revestida de un carácter propio y original, y que reflejando los colores de la naturaleza física que nos rodea, sea á la vez el cuadro vivo de nuestras costumbres, y la espresion mas elevada de las ideas dominantes, de los sentimientos y pasiones que nacen del choque inmediato de nuestros sociales intereses, y en cuya esfera se mueve nuestra cultura intelectual. Solo así, campeando libre de los lazos de toda estraña influencia, nuestra poesía llegará á ostentarse sublime como los Andes; peregrina, hermosa y varia en sus ornamentos como la fecunda tierra que la produzca», dice la nota final de *Los Consuelos*.

¿Cómo sabe un hombre que lo están mirando? Lo obsesiona descubrir cómo sabe que lo están mirando. Cómo, cuando mira para otro lado, siente la mirada de alguien que se posa sobre él, lo roza, lo acaricia; cómo siente la materia tan inmaterial. Lo miran: a veces ve a los que lo miran, otras sabe, siente, nota que lo miran aunque sea a sus espaldas. Lo miran: es alguien que merece miradas. Lo miran. Debe aprender a no saberlo.

Y sabe que en general las personas no lo quieren; lo respetan. Se pregunta por qué respetar suele ser lo contrario de apreciar, de querer bien. El respeto pone distancia, enfría, lo que el cariño acercaría, entibiaría. Pero si tuviera que elegir –se lo ha dicho tantas veces– preferiría el respeto.

Rien, trois fois rien.
Pero soy argentino.

El gobierno de Viamonte se complica. Los rosistas más conservadores empiezan a quejarse de que sus medidas, como la reforma de la enseñanza superior, recuperan el espíritu de los tiempos de Rivadavia y vuelven a poner en escena «la confusión de principios religiosos y subversión del orden de la sociedad entera con las ideas corrompidas de la gente ilustrada». Y le piden a don Juan Manuel, siempre reticente, que dé el tan esperado paso al frente para acabar con los desaguisados. La Mazorca sigue con sus asaltos y tiroteos, Viamonte renuncia, la Sala de Representantes elige –cuatro veces– a don Juan Manuel para el gobierno pero él –cuatro veces– no lo acepta: insiste en que sólo podrá cumplir con su tarea si le entregan la suma del poder. La Sala le ofrece el cargo a sus secuaces más cercanos –entre ellos sus primos Anchorenas y su socio Terrero–, que lo declinan por su orden. Al fin el presidente de la Sala, el abogado Manuel Maza, íntimo de don Juan Manuel, se hace cargo provisoriamente, para «cuidar el despacho» hasta que llegue la solución definitiva.

Dicen que es inmoral o por lo menos muy maleducado: que un hombre no debe hablar así de sus asuntos, de sus sentimientos si los tiene, que lo propio de un hombre es ser hombre, reservarse. Dicen que no van a invitarlo nunca más a sus reuniones, que es una vergüenza. Otros, que nunca lo habían invitado, ahora dicen que sí: que ya era tiempo de que tuviéramos un verdadero artista. Alguno insiste en una hipótesis: *Los Consuelos* es el lujo de un país que se va armando, que se parece ya a un país. Un lujo, dice: ya somos casi adultos, ya no tenemos que ocuparnos de las victorias de la gesta, ahora podemos atender a las derrotas del corazón y del espíritu.

Piensa que debería disfrutarlo, piensa que no debería disfrutarlo. Piensa que ha conseguido lo que siempre quiso, que ha conseguido lo que nadie pudo. Pero, también, que es sólo un libro, un pequeño volumen de sus versos. Y sin embargo camina de otro modo.

O quizá igual, sabiendo que lo miran muy distinto.

En cualquier caso, Echeverría se les ha vuelto un tema.

Él, mientras, cree que se merece todo eso; cree que no merece nada. Y esa rara sensación de que ahora los otros –¿quiénes son los otros?– saben quién es él –saben lo que él sabía desde siempre– y se equivocan –como él– en lo que creen que saben.

Se pregunta –muchas veces, demasiadas veces– si Luisa sabe, si lo ve igual que antes.

Los diarios de la Aldea lo registran, lo loan, lo denuestan. Aparecen reseñas. Todas rebosan, en principio, de orgullo patriótico –y ninguna se detiene a señalar que el título es una traducción de *Les Consolations*, el poemario que presentó hace poco en París Charles-Augustin Sainte-Beuve. En *La Gaceta Mercantil* –donde, cuatro años antes, Echeverría publicó anónimo sus primeros versos–, el profesor don Valentín Alsina elogia su «obra llena de bellezas, que tanto honor hace a nuestra literatura naciente» y, en el mismo diario, un anónimo dice que «el autor es uno de esos seres privilegiados que transmitirán la celebridad de su nombre a la posteridad». En la más larga, del *Diario de la Tarde*, otro anónimo que todos identifican como Juan Thompson, el hijo de doña Mariquita, dice que *Los Consuelos* es un acontecimiento y que hará época pero dice también que «es obligación de aquel que reasume la elevada misión de escritor, si quiere desempeñarla con lealtad, ya que a la par del sacerdote tiene también conciencias a su cargo, animar, no afligir; cantar la esperanza, no la muerte». Echeverría se ofende, le contesta –anónimo, identificándose como un «verdadero amigo del autor»– con ironías y exabruptos.

Gutiérrez se desespera: «¿En qué pudo dañarle la buena e ingenua crítica de nuestro amigo? Tal vez quería que bajo cada una de las páginas escribiese aquellas palabras con que Voltaire comentaba a Racine: beau, sublime, patétique, admirable», le escribe a un tercero, Florencio Varela –pero, por supuesto, no se lo dice a Echeverría.

–¿Qué necesita, señor?
–No, nada, lo he leído, quería saludarlo.
–Sí, claro. Buenas tardes.

Y piensa en las ventajas posibles de su fama –reputación, la llama, en una carta, con un gesto que es casi de asco. Piensa en las ventajas posibles de su reputación: personas que lo leen, personas que lo respetan sin leerlo por si acaso, cierta impunidad dentro de lo que cabe para decir algunas cosas, el prejuicio a favor de cierto tipo de mujeres. Se pregunta qué tipo de mujeres: jovencitas con cabezas de pájaros, señoras aburridas que prefieren imaginar la vida que temerían tener, ráfagas, chispas; mujeres que no pueden hacerle ningún bien. Mujeres, no puede hacerles ningún bien.

–¿Dice que me ha leído?
–Claro, no veo por qué lo sorprende.
–No sé. ¿Dice que me ha leído?

Nunca pensó que tuviera talento de poeta; piensa, sí, que es despierto y que es empecinado –y que esas dos cualidades, más la urgencia del corazón a punto de romperse, lo han llevado a hacer más cosas que las que habría podido. Y piensa en comprarse una chaqueta nueva, unas camisas, una galera unos centímetros más alta –o quién sabe más baja. Recuerda que, por suerte, no le sobra el dinero: que no debe hacerlo. Y tiene miedo y la esperanza de que la publicación lo haya cambiado. Después se tranquiliza: sigue solo.

El placer es confuso, se confunde. Echeverría se acurruca en su mundo, las cartas que le llegan, los halagos, las recompensas después de tanta pena, pero no puede evitar que ciertos hechos lo confundan más. Nadie, entre la gente que ve de tanto en tanto, parece igual tras la muerte del joven Badlam Moreno, el sobrino de Mariano Moreno que mató –por error, dicen que por error, como quien se confunde– la Mazorca. Pero todo parece derrumbarse cuando llega la noticia de la muerte de Barranca Yaco: Juan Facundo Quiroga.

Quiroga seguía mandando en su provincia de La Rioja pero vivía en Buenos Aires, donde intentaba, dicen, armar un congreso nacional y constituyente; llevaba, dicen, una vida rumbosa. Hasta que, en diciembre del 34, don Juan Manuel le pidió que fuera al norte a mediar entre los gobernadores de Salta y Tucumán, que se peleaban por Jujuy. Debían reunirse en Santiago del Estero; Latorre, el salteño, no llegó porque lo decapitaron justo antes. Quiroga conferenció con los sobrevivientes, consiguió que firmaran un pacto y emprendió la vuelta a Buenos Aires. El 16 de febrero, sur de Córdoba, en un paraje sin lustre que solían llamar Barranca Yaco, veinte o treinta jinetes emboscan su diligencia, la atacan a gritos, lo matan a tiros, lo cosen a cuchillos. No se sabe quiénes son, corren rumores. Quince días después, cuando la noticia llega a Buenos Aires, se suspende el Carnaval. Don Juan Manuel, exaltado, escribe que «la sangre argentina correrá en porciones» –y aprovecha para pedir, una vez más, los poderes extraordinarios que le permitan mandar sin condiciones.

Un libro se hace, de pronto, tan chiquito.

6

Con frecuencia, sabe, piensa lo que no debe: pensamientos vanos. Últimamente, sabe, mucho más.

Alberdi le ha contado sus planes para influir en el nuevo gobierno, Esnaola le ha contado sus planes para escribir un réquiem, Sastre le ha contado sus planes para organizar una tertulia en serio, su hermano le ha contado sus planes para ampliar el secadero de cueros, él mismo se pasa buena parte de la noche pensando que tiene que pensar unos planes. Todo se está volviendo un poco turbio, le parece.

–¿De verdad, Juan? ¿No sería más prudente retirarse un tiempo, tratar de mantenerse fuera del asunto?

El sol no termina de salir, oculto entre las nubes. Desde su ventana ve, fondo del río, las nubes que amenazan sudestada. Echeverría está agotado; el calor no cede ni en la noche y el día de ayer fue largo: don Juan Manuel asumió el gobierno, que ejercerá por cinco años con «la suma del poder público» –ejecutivo, legislativo y judicial– y las únicas condiciones de «conservar la religión católica apostólica romana y defender la causa nacional de la Federación». Los representantes le ofrecieron los poderes que tanto había pedido porque, dijeron, sólo él puede salvar a la patria del trance horrible que la aqueja; don Juan Manuel exigió que fueran refrendados por un plebiscito. Se votó solamente en la ciudad, porque nadie dudaba de la voluntad de los gauchos del campo. El voto era cantado y pocos se arriesgaron a vocear su desacuerdo: 9.713 porteños dijeron que estaban a favor, siete en contra. Así que la Aldea se revistió de rojo para festejar y todo azul quedó prohibido y las calles regadas de hinojo y los postes cubiertos de laureles y los redobles de las bandas y las salvas de los cañones y su pueblo encrespado desenganchó los caballos de su coche para tirar de él al galope tendido y dejarlo, por fin, en el Fuerte.

–Si es que nos lo permiten, claro. Si es que nos lo permiten.

«Ninguno ignora que una fracción numerosa de hombres corrompidos, haciendo alarde de su impiedad y poniéndose en guerra abierta contra la religión, la honestidad y la buena fe, ha introducido el desorden y la inmoralidad, ha desvirtuado las leyes, generalizado los crímenes, garantido la alevosía y la perfidia. El remedio de estos males no puede sujetarse a formas y su aplicación debe ser pronta y expedita. Que de esta raza de monstruos no quede uno entre nosotros, que su persecución sea tan tenaz y vigorosa que sirva de terror y espanto a los demás que puedan venir», dijo esa tarde, en su discurso de asunción, don Juan Manuel de Rosas. Durante días los barrios de la Aldea lo festejan: misas, almuerzos, bailes, carreras de sortijas, cinchadas, palo enjabonado.

–En todo caso, mis amigos, con todo el respeto del mundo, ¿de verdad se creen que pueden convencer a un hombre semejante?

Alberdi lo elogiaba en público y en privado. Escribía sobre «la persona grande y poderosa que preside nuestros destinos» y hablaba con los amigos sobre la necesidad de un gobierno efectivo que pusiera orden en nuestra sociedad tan desquiciada por años de debilidad e indecisiones y que el Restaurador era un hombre pragmático a quien podríamos interesar con nuestras ideas, nuestros planes de regeneración. Y Gutiérrez acordaba y asentía, y López con él, y Fonseca y Cané y casi todo el resto, y Echeverría se sentía tan solo. Había intentado una y otra vez decirles que él no era necio, que nadie podría decir que fuera un inocente pero que le costaba mucho soportar que el gobierno de don Juan Manuel obligara a todo el mundo a practicar la santa religión, que obligara a todos a llevar la divisa punzó para decir que lo acataban, que obligara a todos a encabezar sus cartas privadas con un Viva la Santa Federación Mueran los Salvajes Unitarios, que obligara a cualquier aspirante a funcionario o juez o maestro o profesor o médico a conseguir un certificado de lealtad al régimen, que hubiera echado de sus puestos a todos los que le parecían dudosos, cientos y cientos cuya lealtad le parecía dudosa, que las calles de la Aldea fueran el coto de caza de los mazorqueros, y aquella vez Alberdi le había dicho que bueno, que eran medidas desafortunadas, excesos en el celo, pero que en las actuales circunstancias era absolutamente necesario poner orden, que sólo a partir del orden podríamos empezar a recuperar las ilusiones que habían hecho grande a este país, y Gutiérrez que además también era cierto que con sus campañas había incorporado miles de leguas a la producción y que, aunque la mayoría de esos territorios había sido para sus amigos y parientes, esa expansión beneficiaba a todos y todos la celebramos, decía, y Echeverría, tratando de mantener la calma y el espíritu de debate constructivo, les decía que sí, que todo eso era verdad y que por supuesto no sería él quien negaría que la incorporación de tierras nuevas era una mejora considerable, si él mismo se había beneficiado, si la tierra que comparte con su hermano ahora vale mucho más que antes, y que todas esas violencias podían ser, en algún momento, necesarias y, siendo tan perfectamente intolerables, se podían tolerar en aras de la construcción de la Nación. Pero que lo que de verdad no podía soportar, con el cuerpo no podía soportar, con las tripas no podía soportar, era el principio: que ese tirano se hubiera hecho con el poder absoluto, que pudiera decidir de absolutamente todo, leyes, disposiciones, direcciones generales y acciones cotidianas sin consultarle nada a nadie; que aunque Rosas hiciera el mejor gobierno siempre haría el peor, porque su gobierno se asentaba en la destrucción de la república. Y entonces Gutiérrez, el propio Gutiérrez, le había dicho que si no estaba exagerando, que al fin y al cabo había sido la Sala de Representantes, los representantes del pueblo, los que lo habían votado, y él que esos representantes habían dejado de serlo cuando decidieron usar esa representación para darle a uno el poder que deben tener todos, el poder que tiene que mantener el pueblo a través de ellos, y Alberdi que quizá pero que finalmente la decisión fue confirmada por un referéndum, y él que no quería ponerse a discutir los detalles de ese referéndum, ciudadanos obligados a votar de viva voz bajo amenaza, lo increíble de un sufragio adonde nueve mil votan de un modo y en contra sólo siete, no siete mil, siete señores, pero que aun si hubiera sido una votación seria y normal el pueblo no tiene derecho a decidir que ya no manda: que democracia es que el pueblo gobierne, a través de sus representantes pero que gobierne, y que si el pueblo decide entregar todo el poder a un hombre lo que está entregando es la democracia misma, la república, y que si al pueblo se le ocurre que necesita un rey, les preguntaba, ya exaltado,

¿estaremos de acuerdo con el pueblo? ¿Tiene derecho el pueblo a traicionarse, a disolverse, a deshacerse en los caprichos de un tirano? ¿O no seguimos a Rousseau en aquello de que si un pueblo entrega sus derechos deja de existir como tal pueblo, y que hacerlo es un acto de locura y que la locura no puede fundar nada? Y Gutiérrez que trataba de apaciguarlo y él, extrañamente desatado, perdidos los estribos y los goznes, que si quieren que un hombre nos gobierne sin más límites por qué no les piden a los españoles que nos manden un rey, ya que estamos, o mejor una reina, vamos de una vez, una reina española con mantilla y peinetón, una que baile. Porque si vamos a entregar nuestra libertad, da lo mismo a quién se la entreguemos. ¿O es mejor entregársela a un criollo? ¿Qué, así vamos a ser esclavos pero esclavos de un compatriota? ¿Eso es lo que quieren?, decía, ya fuera de sí, ya desbocado, y que en tales circunstancias, cuando los gobernantes violan los derechos del pueblo o del ciudadano y no rigen las leyes que deberían ampararlos el más sagrado de los deberes es la insurrección, decía, ya casi a los gritos, para acabar con el tirano que se ha puesto en guerra contra su propia sociedad y restablecer el imperio de las leyes, gritaba, y sus amigos que miraban a los lados, asustados, y le pedían que se calmara y él que no, que no piensa calmarse, que estamos así porque hay demasiadas personas dispuestas a calmarse, a convertirse en perritos falderos tan calmados, gallinas tan calmadas, ovejitas corderos tan calmados, que lo que la patria necesita ahora es perder la calma de una buena vez por todas, y de verdad acabar con el tirano, gritaba, y sus amigos preocupados, ¿no será mejor, Estevan, que se vaya a pasar un tiempo al campo?

—Juan, usted no puede creer estas cosas que me está diciendo.

—¿Cómo no las voy a creer, mi amigo, si se las estoy

diciendo? Y además no soy el único. Muchos lo creemos. No se confunda, amigo, ese hombre es el único que puede sacarnos de este lío.

Y él, en cambio: cree lo que cree, dice lo que dice, pero sabe que no puede hacer nada –y que si sigue hablando corre peligro serio. Cree lo que cree pero se siente solo, desolado, alejado de esos pocos que de verdad quería y respetaba y sin poder hablar con ellos –en el momento en que más los necesita– de esta melancolía de pensar que la Argentina no tiene solución: que cuando parecía que ya estábamos saliendo de lo peor, cuando las guerras de la independencia ya se habían terminado y las guerras intestinas trataban de calmarse, cuando aparecía en el país cierto orden que terminaba con el caos de empezarlo, el surgimiento del tirano había vuelto a entramparnos en una guerra más intestina todavía. Que si realmente no tendríamos destino. Que si seríamos así, violentos sin remedio, por la herencia de la barbarie española y católica de aquellos padres fundadores, que si estaríamos condenados a pagar la violencia de aquellos conquistadores con violencia, siempre más violencia, y si ese círculo de violencia nos habría encerrado en un círculo del que nunca conseguiríamos salir; que si seríamos así por los años de los años amén, que no teníamos destino, pensaba –y extrañaba, entre otras, la voz tranquila de Gutiérrez que le dijera no, Estevan, cómo se le ocurre, aleje de su cabeza ideas tan funestas y recupere la confianza.

Por momentos, es cierto, se vuelve desesperadamente intolerante: ¿cómo es posible que no entiendan, que no se den cuenta?

Y no podía escribir: ni una línea, días y días y semanas sin escribir la más pálida línea. Como si, en esas circunstancias, escribir fuese un lujo que no puede permitirse. O si, al contrario, escribir fuera, en esas circunstancias, deber, su obligación –y no encontrara la forma de cumplirla.

Hay un momento en que el plato está cayendo. Un momento en que se va a romper pero no se ha roto todavía: el momento en que el desastre, aunque es inevitable, no es real.

Entonces

cede a una forma distinta de la melancolía –la pena enternecida por sí mismo– porque está cumpliendo treinta años y treinta años es sin duda una frontera, el límite que nunca pensó que cruzaría, la línea a partir de la cual el impulso vital va regresando, mengua, y el camino ya es camino de vuelta. Así que talla con más detenimiento que de costumbre una pluma de ganso, ancha, oronda, que se ha comprado para la ocasión y extiende sobre el escritorio de quebracho un papel impoluto, blanco como no hay blancos, sin manchas, y lo alisa, lo mira, se decide, después de un rato que le parece interminable, a arruinarlo con letras:

«Nací en Septiembre de 1805 y hoy debo cumplir treinta años. ¿Y dónde están? ¿En qué los he empleado? Hasta la edad de 18 años fue mi vida casi toda esterna: absorbiéronla sensaciones, amoríos, devaneos, pasiones de la sangre, y alguna vez la reflexión, pero triste como lámpara entre sepulcros. Entonces como caballo desbocado pasaba yo sobre las horas, ignorando dónde iba, quién era, cómo vivía. Devorábame la saciedad y yo devoraba al tiempo.

»Sed insaciable de ciencia, ambición, gloria, colosales visiones de porvenir... todo he sentido. Mi orgullo ha roto y hollado todos los ídolos que se gozó en fabricar mi vanidad.

Cuando llamaba a mi puerta la fortuna yo le decía: vete, nada quiero contigo; yo me basto a mí mismo. Hacíase ella a menudo encontradiza, y con el dedo me señalaba un blanco, una senda distinta de la que yo llevaba: airado le daba las espaldas, y seguía adelante. Entonces el tiempo me devoraba, cada minuto era un siglo y cada minuto me echaba estas palabras en rostro: ¿qué has hecho, qué has aprendido?

»Desde los 26 años hasta hoy, no existe el tiempo para mí. Noche y dolor es todo lo que veo; dolor y noche, despierto o durmiendo; noche y dolor, aquí y allí, y en todas partes. El universo y yo y las criaturas son para mi espíritu un abismo de noche y de dolor. Pero hoy, hoy, sé que vivo aun. Sé que he peregrinado treinta años en la tierra, porque quiero desde hoy poner en este papel mi corazón á pedazos. Mi corazón dolorido, ulcerado, gangrenado; mi corazón soberbio e indomable...»

Alza la pluma, mira por la ventana la Alameda. Ve unas pocas personas que caminan pesadas; ya amanece. Ve una mujer que pasa cada mañana cuando sale el sol y muchas mañanas, cuando está despierto y la ve, piensa en bajar a preguntarle dónde va. Ve el ombú poderoso en cuyo hueco los perros del paseo –que cambian pero no tanto– esconden huesos y pedazos de carne. Ve un guardia apoyado en el tronco del ombú: espera que el tiempo pase y que no pase nada. Por eso, piensa, dicen que es tirano: que pase y que no pase nada. Le gusta mirar a deshoras, cuando parece que no hay nada que mirar: cuando recién se levanta o cuando todavía no se acuesta, en las noches difíciles, al alba. Después casi siempre se mira en el espejo. Esta mañana no; vuelve a la pluma:

«Va para cinco años que no me sonríe un día sereno; que sólo el dolor me dá testimonio de la vida; que no tengo un rato de descanso, ya que no de alegría; que asida á mi conciencia, como gusano roedor, está una idea, la imagen viva de la felicidad que tuve en mi mano que menosprecié, hollé y perdí para siempre.

»Lo mejor de mi vida, la edad en que recoje el hombre el fruto de sus vigilias y tareas, el dolor lo ha devorado. Y la gloria debía ser su galardón; yo lo esperaba, lo quería, lo quería con ahínco. Cinco años de estudio y reflexión habían nutrido mi ingenio; pero cortáronle por el tronco cuando estaba mas ufano y frondoso. En junio de 1830 volví a mi patria. ¡Cuántas esperanzas traía! Todas estériles: la patria ya no existía. Si yo hubiese podido escribir todo lo que he sentido, pensado, sufrido, en estos cinco años, mi nombre quizá sería famoso. Pero aun este desahogo me han vedado el dolor y la flaqueza. Meses enteros he pasado sin poder leer una página, sin poder trazar una línea, devorando yo mismo los pensamientos que me devoraban: tal era el estado de mi salud.

»Ahora aunque mas fuerte, no estoy mejor: sólo a ratos y cuando se aduerme un tanto el dolor tomo la pluma: una hora seguida de trabajo y contracción me abruma y me inutiliza para todo el día. Trabado el vuelo de mi espíritu por muy continuos dolores, incapaz ya de la intensa aplicación que requieren las obras de injenio, escribo para mí solo estos incorrectos renglones que serán el diario de los intensos afectos de mi corazón y el itinerario de mi larga y convulsiva agonía.»

Nadie lo sabe todavía; él sabe que lo que no haga ya, no lo hará nunca. Le hablan de su futuro, de sus expectativas; él sabe y ellos no.

160

El pasado es, sobre todo, un lugar donde la noche y el día eran mundos tan distintos. La luz, las iluminaciones: pensar las luces del pasado, en tiempos donde la luz era un lujo de pocos, cada noche; donde vivir era vivir el día, donde la noche era la noche.

Es difícil imaginar un mundo donde sólo de día era de día.

Es difícil imaginar un país sin cultura. Pero, entendida la cultura como libros, pinturas, monumentos propios, la Argentina recién fundada no tenía. En realidad ningún país recién fundado tiene; es la ventaja de ser nuevo, la zozobra de serlo. Como escribió un autor casi contemporáneo: «Los padres de la patria no tienen patria; tienen, sí, el privilegio de inventarla.»

Vertiginoso ese momento, una revolución: nada de lo que era debe ser, hagámoslo de nuevo.

Es difícil imaginar un país sin voz: uno que tenía una pero ha debido sacudírsela para empezar otra vez, empezar otra. Es lo bueno y malo de las revoluciones, cuando se hacen dignas de ese nombre: terminar con una tradición, empezar una nueva. En ese sentido se podría decir –si no sonara tan horriblemente argento– que, de todas las revoluciones hispanoamericanas contra los españoles, ninguna lo fue tanto como la argentina: ninguna se sintió tan ajena a la cultura colonial, ninguna la rechazó tanto, ninguna se alejó más de ella. Lo cual, es cierto, sirvió para crear la supuesta excepcionalidad argentina, esa vanidad de suponerse superiores que ahora, por nuestro fracaso sin fisuras, se ha terminado o como si.

Es fuerte comprobar, visto de ahora, tan oída la retórica del madrepatrismo y sus diversos derivados, cuánto odiaban a España esos muchachos.

La consideraban la madre de todos los borregos, de todas las desgracias: la causa de cualquier problema. Era útil, España, en esos días: como cualquier antiguo régimen, como cualquier pesada herencia, servía para justificar. O para reivindicar: el rosismo era hispanista –recuperó la fuerza de la Iglesia, recuperó los usos de la corte, recuperó las corridas de toros– y ésa era otra razón para el enfrentamiento. Para Echeverría y sus amigos España era la reacción, la oscuridad, la piedra que te lastra.

Ahora es lugar común aquello de matar al padre. ¿Cuántos países hispanos no lo hicieron, se contentaron con pedirle que se fuera de casa y les dejara su herencia, sus modos, sus maneras? Alguna vez habrá que averiguar por qué la Argentina –una entre todos– fue tanto más lejos. ¿Porque fuimos hijos distantes, desdeñados? ¿Porque quiso el azar que hubiera un jefe conservador que se atrincheró en los modos españoles y perdió? ¿Porque el régimen de ese jefe conservador llevó a muchos de sus –escasos– intelectuales al exilio, a la distancia, a buscar en otros lugares lo que no encontraban en el suyo, y a toparse con la evidencia de que el padre era un viejo amargo y fracasado?

España fue anatema.
Es tan mullido tener un anatema.

El romanticismo de Echeverría fue la primera gran ola cultural que llegó al río de la Plata sin pasar por Madrid: que inauguró el canal parisino. Y que tuvo, curiosamente, entre sus premisas, la construcción de un imaginario nacional —nacionalista— hecho de particularidades, diferencias locales. La creación de una identidad fuertemente argentina fue el resultado de las ideas francesas —inglesas, alemanas.

Aunque los significados de esa consigna romántica sean tan distintos: en Europa la búsqueda de las tradiciones nacionales se inscribe en la reacción contra la Razón universal y sus monstruitos jacobinos. La búsqueda sudamericana de ese color local es el intento de hacerse con una identidad —una, la primera.

Sería necio, de todos modos, defender la supuesta pureza: es fácil entender que nada nace de la nada, que para sacudirse una tradición hay que inscribirse en otra, aunque parezca más nueva, diferente, aunque se pueda mestizar y mestizar hasta convertirla en otra, en una propia. Pero ése es un esfuerzo largo, que a veces se emprende adrede y muchas no; sucede.

Me gusta, en cualquier caso, me fascina, la imagen del intelectual que piensa que su país no es lo que debe e intenta convertirlo a imagen y semejanza de su imagen. Y que, por eso, paga un precio.

El destierro, la muerte, la soledad, la mofa.
Una literatura pobre, sobre todo.

La Gloria

1837

1

Lo aplauden: hay personas y más personas y lo aplauden.

No sabe qué hacer con los aplausos: si bajar la cabeza y mirarse con ahínco los zapatos, si levantar la cabeza y son-reírles pudoroso, si levantar la cabeza y el mentón y beber como quien bebe el viento su triunfo. No sabe qué hacer y mientras lo piensa los aplausos van menguando. Echeverría se dice que una vez más, que siempre igual.

En la sala hay cien hombres y dos o tres mujeres. En la sala hay poca luz: dos ventanas que dan al patio som-breado por la parra y las velas de los candelabros. En la sala hay cantidad de libros en sus estanterías y hay pinturas –una vista de Buenos Aires desde el río, un rey David en su corte pomposa, un Baco en un banquete con sus uvas, tres miniaturas de mujeres de mejillas rojas–, hay un busto de mármol de una reina francesa con escote, un espadón de conquistador español, un sable de samurái o mandarín, floreros de cristal con flores frescas de colores frescos, un espejo de marco redorado, el reloj de pared de números romanos y sillas, muchas sillas; las personas estaban senta-das en las sillas pero ahora, de pie, terminan de aplaudir-lo. Las personas se miran, cómplices del triunfo. Los hombres son casi todos jóvenes; las dos o tres mujeres menos. Una sí.

Echeverría piensa que quizás está en la gloria, y que no está seguro de que la gloria sea el lugar donde querría estar –pero que hay tantos tanto peores. Saluda con la cabeza y con las manos; Marcos Sastre, el anfitrión, el organizador del Salón Literario, le sonríe, se aclara la garganta, empieza a hablar.

–Yo pienso, señor Echeverría, y me atrevo a asegurar, que usted está llamado a presidir y dirigir el desarrollo de la inteligencia de este país.

Echeverría baja la cabeza y mira con ahínco. Ha pasado un año muy difícil. Quizá pueda decir, se dice, que ha terminado un año muy difícil.

O quizás: un año exageradamente solitario. Y para colmo fueron dos: los años del triunfo.

Dos años antes, en el 35, cuando don Juan Manuel se hizo por fin con el gobierno, Echeverría estaba –parecía estar– en la cumbre de su fama. La publicación de *Los Consuelos* lo había convertido en el poeta, el escritor por excelencia, el bardo rioplatense, el escuchado en todos los debates, el esperado en todas las reuniones, el admirado por todos esos jóvenes que poco antes lo miraban con la distancia con que se miran bichos raros. Adonde fuese que llegara alguien se le acercaba: don Estevan, le decían, señor Echeverría, y le hacían preguntas como para que él supusiera que lo habían leído o conocían a alguien que lo había leído o –muchos más– lo habían escuchado.

No terminaba de gustarle –le incomodaba tanta atención, no sabía qué hacer con ella– pero le gustaba sin duda más que la sospecha o el desdén. No era una revancha: le parecía –sin siquiera soberbia, llanamente– que los demás habían terminado por entender eso que él siempre.

–Ya le decía yo que iban a terminar por conocerlo y respetarlo, mi querido amigo.

–Y yo le decía que estaba equivocado, Juan María. Que ahora me festejan con la misma ceguera con que me desdeñaron antes.

Fuese el hechizo
del alma mía,
y mi alegría
se fue también...

La primera vez es como un golpe: oye, al doblar una esquina, a través de las rejas y una ventana abierta, a un chico con su voz de chico que canta una canción. El chico quiere sonar como si fuera una persona que sabe cantar esa canción: intenta florituras que habrá oído. A Echeverría le gusta lo que oye, lo escucha con cuidado, lo reconoce: es suyo. Un chico –siete, ocho años– canta una canción suya:

... en un instante
todo he perdido
¿dónde te has ido,
mi amado bien?

En su casa, junto a la ventana que mira al río, a la luz de esas nubes sobre el río, Echeverría lee el *Diario de la Tarde:* «"La Ausencia", canción sacada de las poesías del célebre Echeverría, arreglada a música y guitarra y forte piano; y varias piezas nuevas de minué y valza. Se venden impresas en la litografía del Comercio, calle de la Victoria número 99», ofrece un anuncio. Y la palabra célebre, faltaba más, le salta a los ojos como un gato furioso, o mimoso, o burlón. Célebre, dice, se dice en voz alta, y lo repite: célebre, por favor.

Célebre, repite.

Hay palabras que es difícil aplicarse, delicioso aplicarse, vergonzoso aplicarse, imposible aplicarse.

Célèbre, repite, en mal francés: célèbre.

Las nubes sobre el río, la lluvia ahora, siempre sobre el río.

Como si, se dice, ser célèbre en la Aldea suspendiera algo: la soledad, la indecisión, la búsqueda que no va a terminar porque no busca. Ya cumplió treinta y sigue en ese cuarto, solo, al pie de la ventana.

El escritorio de algarrobo, duro, oscuro, con papeles y un par de libros y el tarro con las plumas y el tintero; una silla de paja mejorada por un almohadón rojo, la cama en un rincón, chica pero no tanto, con un mantón de seda como colcha, el armario de espejo –el lujo de su armario de espejo–, el suelo de baldosas; en una de las paredes los estantes con libros; en otra, el retrato que le hizo Pellegrini: Echeverría convive con su imagen cada vez más vieja, más joven, más lejana.

La Ausencia es una de las más cantadas, pero está también La Diamela y La Noche y Serenata y Ven, Dulce Amiga Ven. Alguien, tiempo atrás, le había presentado a Juan Pedro Esnaola y se entendieron: Esnaola, dos años menor que él, también había vivido en París –y en Madrid y en Nápoles y en Viena. Aunque sus razones habían sido tan distintas: su familia, realista empedernida, emigró de Buenos Aires cuando el virreynato declaró su independencia –y recién pudo volver tras la amnistía del gobernador Martín Rodríguez, 1822. Entonces Esnaola, adolescente, se impuso como pianista y compositor prodigio; cuando Echeverría lo conoció era, entre otras cosas, el maestro de piano de

Manuelita Rosas, la hija de don Juan Manuel, y un rosista insistente. Mucho los separaba: la música consiguió reunirlos por un tiempo. Compusieron juntos esas canciones que ahora todos cantan; estos últimos meses ya no se ven: se respetan, todavía, pero no se ven.

El retrato es él aunque no sea.

Sin el retrato, su cuarto sería perfectamente provisorio. Con él también, un poco menos.

–Pero no joda, Estevan. Esto va para largo y no va mal.

–¿Cómo que no va mal? ¿De qué carajo me está hablando, Juan Bautista?

Alberdi, tantas veces tan ácido, trata de contemporizar. Se ríe. Repite –lo ha dicho muchas veces– que Echeverría se acostumbró a los modos bruscos de la Francia revolucionaria: que ese roce lo explica casi todo.

–A ver si aprende un poco de cortesía criolla.

Dice, y se carcajea. Echeverría no está para bromas:

–¿Usted dice esa que consiste en pensar una cosa y decir otra, querer matar a alguien y tenderle la mano?

–Esa misma le digo. ¿O no nos sirve para vivir mucho mejor?

Dice, vuelve a reírse, intenta recuperar un clima que parece perdido. Echeverría está apagado, como si estar con sus amigos le costara; como si la sombra de don Juan Manuel –el tirano, dice, casi como una obligación: siempre el tirano– no los dejara estar tranquilos.

Lo intentan. Trata de discutir con ellos si realmente prefieren que la poesía se mantenga pura, intacta en su círculo dorado –y él es quien más ferviente sostiene que sí y es, al mismo tiempo, quien la saca del círculo al transformarla en canciones populares.

–Es lo que hay que hacer, Estevan. Que la poesía esté

171

por todos lados, que se infiltre en todos lados, en el teatro, las diatribas, las canciones que cantan las muchachas. Todo es bueno para que circule la palabra, el espíritu poético.

Dice Gutiérrez, y que el pueblo escucha y canta esas canciones como jamás escucharía o cantaría nuestros poemas, y Echeverría que quizá, quizá, siempre que se tuviera mucho cuidado de que la esperanza de esa circulación no te llevara a degradar las composiciones, a hacerlas más vulgares en la espera de vulgarizarlas.

–¿A quién? ¿A usted? Confiamos en usted, Estevan. ¿Y por qué, si Goethe, si Schiller, si Béranger no se privaron de hacerlo, se va a privar usted?

–Goethe, Schiller, Béranger...

Le da miedo y un poco de vergüenza, pero lo tienta. Están, por supuesto, en la trastienda de la librería, es casi de noche, beben un tinto sanjuanino que les raspa el garguero.

–El problema es que no hay forma de hacer canciones nacionales.

Dice Echeverría, y que qué sentido tiene trabajar tanto para definir una poesía nacional si cuando escriba unas canciones, dice, que circularán sin duda mucho más que cualquier poema, van a ser tan irremediablemente extranjeras porque la Argentina entre todas las cosas que no tiene tampoco tiene una música propia, que aquí todo lo que se escucha son copias de arias y romances franceses o italianos, y Alberdi que lo corta destemplado:

–Se ve que usted nunca ha escuchado las vidalas, las zambas que se cantan en mis pagos.

Echeverría se ríe y enseguida se arrepiente: que sí, que alguna vez, pero que la verdad es que no es lo suyo, que no se siente cercano a esas canciones de los gauchos. Alberdi lo mira cruzado, le dice algo sobre qué dice él cuando dice Argentina, Echeverría respira hondo antes de contestar:

—¿Estamos hablando realmente de esto o estamos hablando de lo que deberíamos hablar?
Pregunta Echeverría, y Alberdi se levanta. Es la última vez que se verán en mucho tiempo.

No soporta la traición. A veces piensa traición; otras, blandura, otras ceguera, algunas tontería –pero, comoquiera que lo llame en cada caso, no soporta que sus amigos no entiendan lo que le parece tan indiscutible, tan evidente: que esperar algo de un tirano es una forma idiota del suicidio.

—Estevan, mi querido, ¿no le parece que anda exagerando?
—¿Yo exagerando, Juan?

No soporta la ausencia: de sus amigos, de esos momentos en que inventaban juntos, querían juntos. Pero reconoce, también –se dice que es necio pero tampoco tanto–, que no son sólo sus amigos: que la mayoría de la gente pensante de la Aldea espera que don Juan Manuel les devuelva la sensatez y el orden que ya ha faltado tanto tiempo. Lo esperan, lo desean: tratan de creer en él. Y siempre es fácil, piensa, una buena salida, creer en el poder.

—Sí, yo me voy a callar, no puedo hablar contra todo y contra todos. Pero usted, en unos años, me va a pedir disculpas.
Gutiérrez lo mira a punto del insulto. Echeverría se da cuenta de que dijo lo que no quería, de un modo que querría haber evitado, pero ya está, ya no puede hacer nada.
—En unos años, si volvemos a vernos.

O quizá lo que no soporta –lo que realmente no soporta, lo que lo lleva a no soportar nada de todo lo demás– es esta sensación de que todo ha vuelto a donde estaba treinta

173

años atrás, que los esfuerzos y sacrificios de los padres de Mayo no sirvieron para nada, que habían tomado el buen camino y se perdieron y ahora están de nuevo donde estaban: que hay un tirano como había un tirano, que la sombra de las tradiciones bárbaras retrógradas de España oscurecen como oscurecían, que las batallas y las muertes rabian como rabiaron y, que en general, hay que empezar de nuevo.

Siempre todo de nuevo.

Siempre de nuevo, como si nunca nada.

Y que no hay nada que él, Echeverría, pueda hacer. Que, en última instancia, a veces parece que no hay nada que nadie pueda hacer. Que no quiere ceder a esa melancolía pero que, por ahora, no consigue pensar de otra manera. Y que se va.

No al campo —no quiere irse tan lejos— pero sí a un establecimiento de su hermano, su secadero de cueros en el Alto, a dos cuadras del Matadero del sur, a seis o siete de su primera casa, de su casa, de su infancia, y desde allí le escribe a un amigo de entonces que se ha ido al Uruguay que ahora lo único que quiere es ganar plata: «Lo único que quiero por ahora es plata, trabajo, y plata tendré si la fortuna no me burla. Ya ve que he entrado en el camino que todos trillan aquí, y que tengo por blanco de mis aspiraciones lo único que en nuestro país da honra y provecho. Bien a mi pesar he formado esta senda, pero ¿qué hacer? A uno lo empujan mil cosas: desengaños, hombres, sucesos, y es forzoso o sucumbir o dejarse llevar por el torrente», le escribe y piensa, mientras, que es rara la burla de tener que dejar todo justo cuando todo parecía al alcance de su mano tendida.

Suena bien: lo que quiero es plata y trabajo, dice, empujado por desengaños y los hombres y sucumbir en el torrente. Plata y trabajo, como todos: lo que cualquiera puede conseguir.

Miente, sabe que se miente. En lugar de buscar la manera de ganar más –de dedicar más tiempo al negocio con su hermano, de pensar algún otro, de escribir incluso más canciones–, pasa las horas lúcidas escribiendo un poema. Las horas lúcidas, las llama: las horas en que las peleas entre su corazón y su cuerpo no lo fatigan y las peleas entre la patria y su idea de la patria no lo desalientan; la Cautiva, lo llama: es un poema largo, complejo, dramático, una historia argentina. Es, por fin, un poema largo y serio, no esos divertimentos que ha escrito hasta ahora. Y es, sobre todo, la ocasión de volver poesía sus principios: esa trampa espantosa de convertir ideas en versos.

Se dice –con la sonrisa más amarga se dice, muchas veces– que ya que sabe que no puede hacer nada para arreglar este país, lo que sí puede es tratar de contarlo.
O, mejor: ofrecerle formas de contarse.

Chicos corren por la calle embarrada y lo sorprende haber sido alguna vez uno de ellos. Piensa, intenta recordar: de sus años de chico guarda imágenes –su madre, una pizarra de la escuela, una cara que no reconoce pero está muy sucia, otros chicos corriendo por el barro– y un soldadito siempre en el bolsillo pero nada de sí: quién era, qué quería, qué temía, qué pensaba. Sabe que fue, no sabe cómo. A veces lo entristece: él era la única posibilidad de que quedara algo de ese chico que fue, y la dejó pasar.

Tiene claro que su historia debe desarrollarse en el desierto. El desierto es lo propio: esos campos interminables repletos de nada, sin árboles siquiera, pajonales y caballos salvajes y vacunos salvajes y mujeres salvajes y hombres como mujeres o caballos, tan alejados de cualquier cultura. Eso es lo propio, lo que tenemos que no tienen los otros, y así como les sacamos riquezas que nos dan de vivir, también debemos sacarles poesía para vivir mejor y que nos sirvan como base para la construcción de una literatura propia, piensa Echeverría, y piensa cómo hacerlo. Metros, rimas, estructuras: puro octosílabo reunido en décimas, la música del romance popular vuelta música culta. Los temas, por supuesto: historias del desierto, del vacío. Contar los habitantes del vacío.

Era la tarde, la hora, dice, duda: era la tarde, la hora.

Una mujer criolla robada por los indios –por esos indios que don Juan Manuel dice haber pacificado y sin embargo siguen dando guerra–, un marido que la busca desesperado, sus desdichas, su fuga, sus desastres: la Argentina. Alguna tarde, tiempo atrás, cuando todavía conversaba con Gutiérrez, su amigo le preguntó si no le parecía curioso que esta convicción que compartían de buscar temas y asuntos nacionales para hacer con ellos una literatura nacional les llegara, en realidad, de afuera: que él mismo, Echeverría, la había abrevado de algún modo en las fuentes –dijo: abrevado en las fuentes– francesas, inglesas, alemanas, que eran ellos los que habían decidido volver a sus orígenes y sus folclores y sus leyendas locales, y que si no le parecía una paradoja que buscar raíces argentinas fuera una idea europea. Y él le dijo que no, que las ideas no eran europeas o argentinas o indias o esquimales, que las ideas estaban en el mundo como las nubes en el cielo pero ahora, pensándolo de nuevo, trabajando en eso todo el día, no está tan convencido. Y le gustaría poder encontrarse con su amigo Gutiérrez, discutirlo, escuchar otra vez sus argumentos.

176

O, si acaso, mejor: era la tarde y la hora.

Escucharlo, decirle que quizá las ideas sí tienen que ser de un país –digamos: argentinas– o que quizá eso no tiene ni el menor sentido, que lo que puede ser argentino son los temas, los paisajes, los personajes, las tradiciones, los ritmos incluso del poema pero que las ideas siguen siendo universales, o quizá no, quién sabe.

Y entonces, algunas madrugadas, en la casita donde se oyen a lo lejos los gritos de las vacas al morir, los hombres al matarlas, las mujeres en cualquier momento, se ríe de sí mismo. Está aprendiendo a reírse de sí y trata de ejercerlo, ejercitarlo: le interesa. Le cuesta pero le interesa, y lo practica: ha venido hasta aquí para olvidarse de la política y que la política se olvide de él, pero lo que hace, piensa, es tan político. Escribir en argentino, sea eso lo que sea, es pura política: es disputarle la idea de lo argentino, el monopolio de lo nacional al tirano y sus copistas tristes. Decir que argentino no quiere decir brutal, no quiere decir bruto, no quiere decir católico español conservador antiguo enemigo a muerte del progreso, decir que argentino no es lo que ellos dicen.

Era la tarde y la hora, dice, repite. Era la tarde y la hora.

Y que para hacerlo, sin embargo, debe situar su poesía entre los más salvajes, en el desmadre de la naturaleza: en el espacio de ellos, el lugar de la barbarie, que sólo la civilización de las ciudades podría, si acaso, si lo consiguen, si alguna vez lo logran, educar. Usar el espacio que ellos proclaman como propio para construir algo que les escape, que los debilite; es otra vez la paradoja pero no tiene, piensa, más remedio: tiene que ser ahí, tiene que ser en esos peladales que los otros no tienen, los franceses no tienen, los alemanes o ingleses o italianos no tienen ni tendrán, lo que no tiene comparación, lo que nunca va a ser mala copia de ellos.

Tarde, ahora, era la hora, era la tarde.

Algunas noches, cuando los gritos ya se callan, oye gritos sordos. Momentos en que no se pregunta quién es sino quiénes somos. Entonces piensa que hay momentos en que un hombre no tiene derecho a decir soy sino que debe decir somos –y se siente mucho más entero, y el corazón ya no le duele y no pierde el aliento y escribe como un desaforado. Pero otras noches duda y se traba en versos como nunca se trabó y duda y más se traba y el corazón otra vez lo hace sentir como el campo de una batalla que no va a ganar nadie. Se encierra en su refugio, lee y sufre y sale poco y al centro casi nunca y una noche alguien golpea la puerta.

–Buenas noches, patrón. Aquí me tiene.

Candela ya es de catorce o quince, quién sabe diecisiete, y el cuerpo oscuro casi claro y las piernas rotundas y sonríe. Tiene una falda blanca, livianita, y una camisa blanca que le queda chica; tiene, ahora, el pelo suelto. Ha cambiado tanto y, en algún punto –ese punto que él busca, que él persigue–, sigue siendo la misma. Esa primera noche es suave, tan directa; después, muchas veces después, Echeverría pensará que si ella se lo hubiese puesto más difícil, si no hubiera dado por hecho que él tenía derecho, todo habría sido muy distinto.

Él, en un descuido, la llama Martina. Ella hace como que no lo oyó. Él piensa que podría llamarla siempre así.

Nunca se queda a dormir, nunca le pide nada, nunca le niega nada. Echeverría le hace, cada mes o dos, un regalito: una cinta de seda para el pelo, una camisa, un día una sombrilla verde claro. Candela, cada vez, lo recibe con una sorpresa que parece auténtica; a veces, después de los embates, le pide que le cante una canción, y él saca la guitarra: se sorprende, los dedos en la guitarra todavía. Echeverría le canta en voz muy baja, como quien acaricia, y ella lo mira como si fuera el mundo entero. Entonces él se dice que ella le ha enseñado a pensar que un cuerpo es sólo un cuerpo –puede ser sólo un cuerpo– pero cierra los ojos al pensarlo: para pensarlo, debe cerrar los ojos. Candela es mucho más blanca que su madre: su padre, se conoce, era criollo. Echeverría a veces se pregunta si la primera vez se la mandó Jacinta; sabe –supone– que ahora viene porque quiere.

Pero quizá sería más sabio no llamarla por un nombre, piensa: no llamarla.

Hay noches en que lee a Byron, a Píndaro, a Lamartine –con qué avidez a Lamartine–, a Shakespeare incluso como si prefiriera. Hay tardes en que vuelve a sofocarse, a sentir los golpes de su corazón contra su cuerpo, a cagarse en la mala suerte que lo hizo tan temiblemente frágil. Aunque no termina de creer –no cree– que la culpa sea de la suerte.

Es un enfermo: sigue siendo un enfermo.

–¿Me canta, patrón, la de la ausencia?
–Te la canto, negrita. ¿Tenés frío?
Usa su cuerpo sin palabras, sin que palabras se formen en su mente, usa su cuerpo con las manos, sin ideas, como quien huele una flor sin ver la flor, oye un canto sin pensar en claves. Usa su cuerpo como si un cuerpo pudiera ser un cuerpo, sólo un cuerpo.
–Yo siempre tengo frío.

179

Pasan meses, el poema está casi terminado: es una historia simple de amor y muerte, larga, osada, caliente. Echeverría lo duda y lo revisa, corrige encandilado cada verso: hay un abismo en cada verso, trampas, desafíos. Pasan meses: el poema es un desastre sin sentido, lo corrige sin pausa. Pasan más meses: el poema parece terminado. Es un alivio, es un triunfo, es una decepción: podría haber sido –debería haber sido– tanto mejor que esto. Una tarde, poco antes del ocaso, alguien lo llama con palmas desde el patio. Echeverría sale a ver: Gutiérrez. Echeverría respira hondo, compone una sonrisa; su amigo abre los brazos, se abrazan como si el tiempo no fuera pasado.

–¿Y me lo va a dejar leer?
–Claro, Juan. Por supuesto.
Le dice, y no le dice: lo escribí para que lo leyera.

Hablan horas y horas, beben, se encuentran, se reconocen, beben. Las velas arden flojas. Ya está al salir el sol cuando Echeverría le cuenta las visitas de Candela. Ya salió cuando Gutiérrez le dice que quiere ayudarlo a publicar el poema, que lo deje ocuparse, que alguien como él no tiene que perder el tiempo en esas cosas. Pero si todavía no lo ha leído, Juan. ¿Y desde cuándo necesito leer un poema suyo para saber que es extraordinario? Cuando Gutiérrez, ya amanecido, se va, se oyen fuerte los gritos de las vacas, los hombres, las mujeres.

Después, muchos años después, entenderá que lo más insoportable de los muertos es que están en todas partes. Que un vivo cuando está vivo está sólo en el lugar en el que está; que un muerto, como no está en ninguno, se hace presente en todos.

180

En todos, en cualquiera, su presencia. Martina con Candela, el pobre idiota herido, su madre todo el tiempo.

El olor, ahora, es así: carne podrida, lamparones de sangre, miedo de vacas, moho de los cueros, el humo del asado, todo mezclado con el sudor de ella. No puede estar ahí, sabe, el sudor. Necesita borrarlo, está por todos lados.

–Patrón, ¿por qué se pasa tanto tiempo escribiendo esas canciones, esas cosas?

–¿A vos no te gustan?

–Sí, cuando lo oigo cantarlas claro que me gusta. ¿Pero no tendría que hacer algún trabajo? ¿Algo que sirva?

–¿Como vos, negrita?

Le dice y enseguida se arrepiente; tarde, siempre tarde.

Alguna mañana se acerca al matadero: le gustan ese barro, los matarifes, las vacas muertas, las negras pordioseras, esos gritos que oye desde la casa como si nadie los gritara. Le gusta mirarse en la memoria: vuelve a ser aquel chico que los miraba fascinado; vuelve a planear 1822, la sombra del cuchillo. Para salvarse toma apuntes: quizás alguna vez pueda escribir un poema donde todo eso consiga algún sentido. Toma apuntes, choca contra el olor: el olor de la sangre acumulada, la muerte acumulada. Choca contra el olor, necesita escribirlo. El olor es así: el barro cuando está hecho de agua muy podrida. O así: la sangre cuando empieza a secarse al sol, ya casi negra. O así: la mierda de los hombres con la mierda de los animales. O, mejor: el barro de podrida con la sangre casi negra con la mierda de hombres y animales y el sudor de cientos y el humo de un asado.

A veces se lleva su guitarra, toca, personas lo rodean y lo escuchan, le agradecen. A veces le gustaría conversar con ellos, pero las charlas mueren enseguida. El orden es otro: él canta, ellos escuchan. Cuando trata de romperlo no funciona.

—¡Estevita!

Él lo mira extrañado, silencia la guitarra.

—Estevita, ¿no es cierto?

Vuelve a decirle el otro, la voz más vacilante. El otro es un hombrón de bigotazos, el pelo largo bajo el sombrero ancho, las bombachas, un facón tremebundo asomando del cinto, la divisa punzó tan aparente. El otro, sin embargo, le sonríe:

—Dale, Estevita, no te hagás el sota. Que medio gallina siempre fuiste, pero atontado nunca, ahijuna...

Entonces sí lo ve: Bartolo, su amigo de la infancia, su compinche de las calles del barrio. Echeverría apoya la guitarra, abre los brazos, abre la sonrisa:

—¡Bartolo, viejo amigo!

Se abrazan, se ríen a carcajadas. Bartolo se lo lleva del hombro hasta la pulpería en un confín del matadero, lo invita a vino, lo palmea muchas veces. Le dice que había oído de él, que sabe que es un personaje pero que nunca esperó encontrarlo ahí, en medio de ese barro, de su gente. Hablan entrecortado, brindan, gritan. Cuando se van calmando Echeverría le pregunta cómo le fue, cómo le está yendo, y Bartolo le dice que muy bien, que pregunte por ahí y todos le van a decir que es un hombre de peso, que es uno de los hombres de confianza del patrón del matadero, que lo respetan, que tiene tres o cuatro hijos —tres o cuatro, le dice, y otra vez se ríe.

—Y vivo bien, muy bien. Tengo mujer, mi puesto, mi platita, me respetan: decime qué más quiero. Y todo gracias al Restaurador, Estevita, que hace que los hombres como yo también vivamos como reyes. ¿Y vos? ¿De verdad te me hiciste poeta?

Las risas son tan anchas que las palabras podrían ser cualquiera. Los dos hombres se toman cuatro o cinco vinos, se palmean, se abrazan, se despiden con promesas que no deben cumplir. Echeverría lo mira irse –ancho, tan sólido, tan dueño– con algo parecido a la tristeza.

Piensa que si le hablara: si pudiera convencerlo de sentarse con él y contestarle sus preguntas, podría entender algo. Piensa que no es capaz o, quizá, que no quiere. No puede quedarse en ese exilio para siempre: vuelve a su cuarto sobre la Alameda. Sale poco: la calle lo apabulla, lo intimida. El tirano se ha instalado en el aire de la Aldea. Está por todas partes: en las patrullas mazorqueras, en las puertas y rejas y ventanas pintadas de rojo federal, en las cintas y pañuelos punzó que todos cargan, en sus guantes y peinetones y sombreros con su cara, en sus ponchos rojos casi obligatorios fabricados en Manchester, en la quema de un Judas unitario que debe abrir toda función de circo, en las miradas huidizas de algunos, las miradas altivas, desafiantes de otros. Echeverría sale poco: no quiere pasear por esas calles, no quiere toparse con los amigos que ha perdido.

Gutiérrez sí: lo visita una tarde de junio y le dice que el libro ya está por ser impreso, que van a hacer mil ejemplares y que el dueño de la Imprenta Argentina está dispuesto a adelantarles los mil quinientos pesos que le cueste: que ya se los devolverán, ha dicho, con las ventas. El libro tendrá unas 250 páginas e incluirá *La Cautiva*, un *Himno al Dolor*, un *Himno al Corazón* y media docena de canciones. Deciden que se llame, sin artificios, *Rimas*.

Brindan, se felicitan. Por la amistad, dice Echeverría. Por la poesía, dice Gutiérrez –y Echeverría está a punto de decir por la Argentina, pero no.

Espera: que salga el libro, que algo pase, que algo tenga sentido. Algunas noches, a Candela. A veces se da cuenta de que faltan dos días, tres para que venga –a veces hace cuentas y se molesta y se preocupa y se repite sus promesas.

Teme: tan a menudo teme.

Teme no poder ser como los otros. Teme no soportarse si es como los otros, vulgar como los otros, feliz como los otros y deslizarse y deslizarse y no haya fondo, teme.

Teme que haya.

Así, casi encerrado casi hastiado, exiliado en su cuarto, recibe un lunes de junio a su amigo Fonseca, que le cuenta los detalles de la inauguración del Salón Literario en la nueva librería de Marcos Sastre. Fonseca cambió mucho: está amansado, como quien ya no quiere. Cuando don Juan Manuel asumió la gobernación, él fue uno de los ocho diputados que votaron en contra de los poderes extraordinarios –y los ocho perdieron su banca días más tarde. Entonces Fonseca se recluyó en su consultorio, sus pacientes y trató de olvidarse de que allí afuera había una vida, un país. Una tarde con un par de copas le dijo que lo hizo porque su mujer se lo rogó; Echeverría no supo si creerle. Pero después se plegó con entusiasmo a la iniciativa del Salón y ahora le cuenta que ayer a la tarde, cuando lo inauguraron, los dos salones de la librería estaban llenos hasta el tope, que ya tienen como trescientos suscriptores, que no cabía la gente en la sala del fondo, que incluso el patio estaba desbordado, que hubo una banda de catorce músicos que tocó al final, que estaban todos, casi todos: todos o casi todos los porteños educados jóvenes, los formados en el Colegio de Ciencias Morales y en la Universidad, los jóvenes como ellos que sueñan todavía con ocupar su lugar en esta sociedad y devolverla al camino del progreso y transformarla, que había hijos –que estaban Juan Thompson, el hijo de doña Mariquita, y los hermanos Rodriguez Peña, los hijos de Rodríguez Peña, y Gervasio Posadas, el hijo de Posadas, y Avelino Balcarce, el hijo de Balcarce, y Vicente Fidel López, el hijo de Vicente López, y Mariano Sarratea, el hijo de Sarratea– y estaban los que eran, como ellos, hijos de nadie pero serían sus propios padres, Tejedor, Costa, los Eguía, Obligado, Acevedo, Calzadilla, Mármol, Irigoyen, Esnaola, Aberastain, Avellaneda: que estaban todos y que hablaron Sastre, Alberdi, Gutiérrez y hasta el doctor Vicente López, el viejo don Vicente, tan cercano al gobierno, que quiso sumarse a sus iniciativas, y Pedro de Angelis, el escriba oficial, que también quiso verlo, y que todos o casi todos dijeron lo que él solía decir, que todos o casi todos hablaron de la necesidad de encontrar una voz propia, de escribir con letras que pudieran ser las nuestras, buscar en nuestro paisaje y nuestras historias nuestros temas, ayudar con esas letras al progreso de la patria y que estaban todos salvo él y que su ausencia se había notado demasiado.

–Usted tendría que haber estado, Estevan. Se lo extrañó, nos hizo falta.

Echeverría le sonríe para suavizar la situación pero le dice que no fue porque estaba seguro de que nuestros amigos –dice nuestros amigos como quien dice esos traidores– elogiarían al tirano.

–Había que hacerlo, Estevan. ¿Qué quiere, que no nos dejaran abrir la Sociedad?

–Si para abrirla hay que cerrar las puertas de la libertad...

–La frase es muy bonita.

Le dice Fonseca y se queda callado y después: que entonces qué hacemos, nos vamos todos, nos inmolamos, qué. Y que Echeverría sabe que algunos de ellos –no dice nombres, los dos saben los nombres– todavía creen que el gobernador puede ser receptivo a nuestras ideas, puede hacer cosas por el bien del país.

–¿Y usted, José? A usted lo echaron por negarse a darle los poderes. ¿No le alcanza con eso?

–A mí me alcanza, claro, y me sobra. Pero ellos...

Echeverría le dice que no entiende cómo soporta que sus amigos digan esas cosas cuando a él, a Fonseca, la intolerancia del tirano le ha costado tan cara, y Fonseca le dice que cuando uno se enfrenta con la intolerancia lo peor que puede hacer es ser intolerante y Echeverría no le dice nada. Piensa que hay tolerancias y tolerancias, intolerancias e intolerancias, que su intolerancia de débil no se parece nada a la de un tirano que concentra la fuerza, pero no está seguro de poder sostener el argumento y se calla.

–Ojalá todos pudiéramos tener su templanza, José. Seríamos tanto más felices.

Felices: lo que no suena, dentro de esa canción, es felices, la palabra felices. Como de otro poema, uno perdido.

Que fue una tarde extraordinaria pero que de todas formas no se crea que el Salón es nada del otro mundo, le dice ahora Fonseca como por consolarlo, que está la misma biblioteca tan nutrida que siempre tuvo Sastre, sus suscripciones a la prensa europea, los mismos muchachos que conocemos desde siempre; que lo mejor es que va a haber un fondo para costear la impresión de obras que lo merezcan y que se anuncian una o dos reuniones por semana para discutir trabajos, escritos, ideas: que eso sí que lo necesitábamos.

–¿Y usted cree que eso va a poder durar, José? ¿Que se lo van a permitir?

Fonseca le pide un vaso de vino, brindan, beben, y le dice que depende, que hay que andar con cuidado y que tenía razón, que Sastre dijo que el «gran Rosas» es el único que puede allanar los caminos de la prosperidad nacional y rechazar toda creación extraña o anárquica que intente oponérsele y que Alberdi dijo más o menos lo mismo pero más elegante y que Gutiérrez dijo que la ciencia y la literatura españolas son nulas y debemos divorciarnos por completo de las tradiciones peninsulares como supimos hacerlo en política cuando nos proclamamos libres. Y que debemos buscar todo lo bueno, interesante y bello en las culturas europeas, pero siempre que se adapten a nuestras necesidades y exigencias, sin dejarnos deslumbrar por su brillo y oropel.

–Y el bueno de Juan María no dijo nada sobre Rosas.

–Nada, ni una palabra. Ojalá no le toque arrepentirse.

Dice Fonseca y se arrepiente.

Candela lleva dos semanas sin venir. Candela no es esclava: nació poco después del año 13, cuando la Asamblea decretó la libertad de vientres, así que es libre. Piensa en ir a buscarla pero no sabe dónde; piensa en preguntarle a Jacinta pero no se atreve. Piensa –por primera vez piensa– por qué nunca pensó que podría ser hija de su padre. Busca razones para descartarlo, encuentra, desconfía.

Un artículo largo y sañudo del *Diario de la Tarde* ataca al Salón y a sus jóvenes, los trata de petulantes y creídos: «ya pasó el tiempo en que estaba en boga la rutina envejecida y fastidiosa de tener que estudiar para aprender. No, señores, ni libro ni maestros ni escuelas...». El articulista dice que son todos vagos, pedantes, pretenciosos, que se creen que saben todo lo que ignoran. Y que si fueran consecuentes con esa idea de escribir sobre lo propio deberían usar «la lengua pampa, por ser la más nacional que tenemos». Echeverría se indigna y se alegra. Y más cuando le dicen que el autor del artículo es Pedro de Angelis, y se pregunta si de verdad son así de pedantes, de creídos. Sabe que no –demasiado sabe de sus dudas, de sus miedos, del terror a no estar a la altura– pero sabe que puede dar esa impresión. Se ríe: él, presumido; él, pretencioso. Si supieran, piensa: si supieran. Y que qué pena y qué alivio que no sepan.

Y otro, más anónimo, defiende a España y su cultura: «Mientras no logremos sobresalir por nosotros mismos, honrémonos con descender de generosos y honorables padres», dice: un argumento tan de viejo, piensa Echeverría, tan opuesto al progreso. Tan sospechoso, incluso: no habían pasado trece años desde Ayacucho, cuando los godos todavía intentaban dominarnos por la fuerza, como lo hicieron durante cuatro siglos. Y ahora, piensa Echeverría, nos tratan de extranjerizantes porque preferimos formas e ideas que pueden venir de Francia o de Alemania o de Japón, porque pensamos que las ideas no pueden tener patria. Claro que somos extranjeros: los argentinos somos extranjeros esenciales, siempre extranjeros, hijos de extranjeros, padres de extranjeros, buscadores voluntarios o involuntarios de la extranjería, condenados a la extranjería, tan extranjeros como aquellos primeros, esos colonos que vinieron a vivir así de lejos de sí mismos.

Lo convencieron: Gutiérrez, por fin, lo convenció. Una tarde de agosto, en la reunión del Salón, Gutiérrez leyó el primer canto de *La Cautiva*, que ya estaba por aparecer, y los aplausos resonaron tanto y los pedidos resonaron tanto. Y después volvió a verlo y a pedirle que fuera, y Sastre fue a pedirle que fuera, y Fonseca por supuesto y varios más –salvo Alberdi, los que importaban fueron– y Echeverría terminó por aceptar. Así que ahora lo aplauden: personas y más personas lo aplauden y él no sabe qué hacer con los aplausos, y saluda con la cabeza y con las manos y Marcos Sastre, el anfitrión, el organizador, le sonríe, se aclara la garganta, empieza a hablar.

–Yo pienso, señor Echeverría, que usted está llamado a presidir y dirigir el desarrollo de la inteligencia de este país. Usted es quien debe encabezar la marcha de la juventud;

usted es quien debe levantar el estandarte de los principios que deben guiarla, y que tanto necesita el completo descarrío intelectual y literario en que hoy se encuentra. ¿No siente usted, allá en su interior, un presentimiento de que está destinado a tan alta y gloriosa misión? A usted le toca, no lo dude: y de aquí nace mi empeño por que usted se ponga a la cabeza...

Le está diciendo, como quien recita, como quien perora, Marcos Sastre, serio, al borde de solemne. Echeverría sabe que Sastre ha hablado mal, muy mal de sus últimos poemas. Trata de no pensar en eso, de no pensar en tantos meses de soledad y sombras; el otro sigue, enfático:

–... que por favor nos haga el honor de ponerse a la cabeza de este establecimiento.

Echeverría baja la cabeza, pero todos notan que sonríe. Los aplausos crecen, las personas, docenas de personas que lo aplauden, que lo empujan a decir que sí, que lo obligan a decir que sí, que lo llenan del gozo de por fin decir que sí.

–Sí, mi querido amigo, muchas gracias.

2

«Era la tarde, y la hora...», le decían. Lo sorprendente era que ya le había pasado varias veces: «Era la tarde, y la hora...», le decían y le sonreían, como un chico que espera el caramelo. «Era la tarde, y la hora en que el sol la cresta dora...», le decían: el primer verso de *La Cautiva* se estaba transformando en su lema, su nueva identidad. Por la calle, en un café, en el Salón más todavía, lo paraban para decirle era la tarde y la hora. Aunque ahora Gutiérrez se ríe con todos los dientes y le recita la versión que escuchó anoche: «Era la tarde, y la hora / en que el sol la cresta dora / de los Andes. / ¡Flor de culo el avestruz / pa' poner huevos tan grandes!» Gutiérrez lo mira como quien teme –o espera– un exabrupto. Echeverría suelta la carcajada y después piensa que eso sí que significa algo.

–¿Y será necesario que el hombre use cien versos para decir que atardeció?

–Se ve que usted no entiende lo que es el arte de hoy, don Olegario.

La Pampa irrumpe: su presencia en *La Cautiva* es concluyente. Y aparece, casi como un efecto del paisaje, de la barbarie de la naturaleza desatada, una historia: indios que cautivan a pobres blancos indefensos, María que aprovecha la borrachera de esos salvajes saciados de sangre para liberar a Brian, su esposo herido y estaqueado, la amargura de él porque si la violaron ya no puede quererla, el orgullo de ella cuando le cuenta que el indio que lo intentó lo pagó con su vida, su escape por pajonales, montes, ríos, el incendio que los persigue, los indios que –masacrados por los blancos– no, la fuga que no cesa, el pesimismo de él, el optimismo de ella, su muerte ya exangüe y agotado, la suya ante la noticia de que también su hijo está muerto. El drama no tiene fisuras: es tajante, completo.

–Maestro, ¿y no podía salvar a alguien, a la mujer, al chico?

–¿Usted se cree que a mí me gusta que esto termine así?

El tomo tiene 240 páginas, su tapa sin alardes, sus hojas bien cortadas. *Rimas* se vende en la librería de Sastre, por supuesto, y en otras dos, a 10 pesos: el precio de una buena mula salteña o veinte almuerzos.

«El poeta había mirado en torno suyo y encontrado poesía donde antes no la hallábamos», escribió, sin firmarlo, Juan María Gutiérrez en el *Diario de la Tarde,* en un estudio detallado que terminará siendo la única nota que la prensa de Buenos Aires publica sobre las *Rimas;* constata que la Pampa ha llegado por fin al arte –y viceversa. «¡Cuánta poesía campea en la pintura de la naturaleza inculta! ¡Cuánta en el heroísmo de María y en el amor hacia su esposo!», se exalta Gutiérrez. *La Gaceta Mercantil,* el vocero oficial, no dice una palabra del libro que todos comentan en la Aldea; en esos días, en cambio, publica varios poemas anónimos que ensalzan la actuación del Restaurador en diversos episodios históricos. *The British Packet,* el diario de la comunidad inglesa, también oficialista, tampoco dice nada –y lo mismo hacen los demás, los dos o tres que quedan.

Más artículos salen en Montevideo; entre ellos uno, aprobatorio aunque admonitorio, publicado en el *Defensor de las Leyes* por un hijo de emigrados que todavía no cumplió diecisiete años. «El autor de *La Cautiva* ha demostrado que puede hacer una revolución literaria, aunque tal vez le suceda lo que a muchos innovadores que, queriendo parecer demasiado nuevos, se extravían en un caos de extravagancias del que sólo la luz de la razón los puede sacar», advertía Bartolomé Mitre. Pero concedía que «*La Cautiva* del Sr. Echeverría es una de las obras más completas y acabadas que poseemos y que más gloria dará a su autor. (...) El Sr. Echeverría ha puesto en movimiento nuestra naturaleza y ha formado un cuadro bellísimo: parécenos que oímos la fatídica voz del Yajá y el gemido de Ñacurutú, elevarse al Cóndor, trotar al Gamo, disparar al Avestruz y cruzar el Potro la inmensa llanura».

–Bueno, qué quiere que le diga. La verdad, nunca vi tantos caballos en una poesía.

–Ay, doña Elenita, no me haga contestarle.

En tertulias y salones, pese al silencio impreso, el libro se comenta, se vende, está a punto de agotarse. Y se transforma: *Rimas* no era, en principio, sólo *La Cautiva*, pero *La Cautiva* va copándolo. El primer aviso en el *Diario de la Tarde*, apenas salido el libro, ofrecía «*Rimas*, de don Estevan Echeverría»; el segundo, un mes más tarde, «*Rimas*, de don Estevan Echeverría, conteniendo *La Cautiva»;* el tercero, en febrero, ofrecía «*La Cautiva*».

–Sí, claro. Pero si por lo menos supiera medir sus versos. Un endecasílabo, un alejandrino, algún verso elegante.

–Don Olegario, por favor. No me va a decir que usted no aprecia la audacia del poeta.

Era la tarde, y la hora
en que el Sol la cresta dora
de los Andes. El Desierto,
inconmensurable, abierto,
y misterioso, a sus pies
se estiende, triste el semblante...

–Igual le digo que esa pobre mujer me pone los pelos
de gallina. Me emociona, doña Elenita, me emociona.
–Sí, tanta fuerza. Qué mujer, no, ojalá hubiera muchos
como ella. Pero qué terror esos indios, qué salvajes. Menos
mal que acá están lejos, que si no...

... más allá alguno degüella
con afilado cuchillo
la yegua al lazo sujeta,
y a la boca de la herida,
por donde ronca y resuella,
y a borbollones arroja
la caliente sangre fuera,
en pie, trémula y convulsa,
dos o tres indios se pegan,
como sedientos vampiros,
sorben, chupan, saborean
la sangre, haciendo mormullo,
y de sangre se rellenan...

–Seguro, doña Alcira. Pero mire que los nuestros también saben matar como valientes.
–Claro, pero eso es otra cosa.

... pie en tierra poniendo, la fácil victoria,
que no le da gloria,
prosigue el cristiano lleno de rencor.

Caen luego caciques, soberbios caudillos.
Los fieros cuchillos
degüellan, degüellan, sin sentir horror.
Horrible, horrible matanza
hizo el cristiano aquel día;
ni hembra, ni varón, ni cría
de aquella tribu quedó...

Y María, le dice Gutiérrez, es la módica civilización que
intenta oponerse a la barbarie –y pierde, muere.
–¿Usted lo cree, Estevan, usted cree que es inevitable?
Echeverría le dice que no tiene respuestas para eso.
Tampoco para eso.

... miró, ¡oh terror!, y acercarse
vio con movimiento tardo,
y hacia ella encaminarse,
lamiéndose, un tigre pardo
tinto en sangre; atroz señal.
Cobrando ánimo al instante
se alzó María arrogante,
en mano el puñal desnudo,
vivo el mirar, y un escudo
formó de su cuerpo a Brian...

Piensa –quizá por primera vez, se pregunta si es por
primera vez– que ha hecho algo parecido a lo que pretendía.
Lleno de fallos, por supuesto, de errores que él conoce mejor que nadie, que sufre más que nadie, que lo atenazan
muchas tardes, pero mucho más cercano, al fin y al cabo,
que otras veces.

... quizá mudos habitantes
serán del páramo aerio,

quizá espíritus –¡misterio!–
visiones del alma son.

En el Salón se han leído sus poemas pero también el *Fragmento preliminar al estudio del derecho* de Alberdi y traducciones de Lamartine y Heine y Byron y discusiones sobre Prosper Mérimée y sobre el escepticismo y sobre el progreso nacional y sobre la cría de ovejas merinas y sobre la indiferencia en materia religiosa y sobre el método pedagógico del alemán Pestalozzi y sobre el famoso *Prefacio* de Victor Hugo a su *Cromwell* una y otra vez y sobre el interior del globo terráqueo y sobre la pintura de retratos y sobre las palabras nuevas que están apareciendo –como doctrina social, teoría del porvenir, nacionalismo, romanticismo, filosofía de la historia, ley humanitaria, industrialismo– y sobre la misión de la literatura en las sociedades modernas y sobre el eclecticismo de Cousin y sobre las doctrinas históricas de Giambattista Vico y sobre la doctrina de la perfectibilidad indefinida y todos fueron discutidos por docenas de jóvenes entusiasmados pero mañana será él, y ha despertado tanta expectativa: mañana, a eso de las siete, Echeverría hará, en el Salón, su primera lectura.

–Maestro, ¿es cierto que la Cautiva es la patria?
–La Cautiva es cualquiera que vea su libertad amenazada.
–¿La patria, entonces?
–Lo que usted quiera pensar, amigo. Para eso sirve la poesía, cuando sirve.

El Salón, lo sabe, es la felicidad del espejismo. Allí, de pronto, como en un mundo que estuviera en otro mundo, todo puede ser discutido, todo debe ser discutido. Pero ha llovido fuerte más temprano; Echeverría mira por la ventana y ve pasar a demasiada gente. Algunos chapotean, otros intentan evitar charcos y barro; son muchos, son distintos. Se vuelve a su lectura –hoy, para descansar, *L'Ingénu* de Voltaire– pero los ruidos, los gritos lo distraen. Cientos caminan por la Alameda, diferentes: más que nada peones, trabajadores de las curtiembres, panaderos, carniceros, lavanderas, negros, negras. Echeverría de pronto lo recuerda: hoy ejecutan a los Reinafé. Decide bajar: no quiere pero quiere verlo.

Ése es su mundo y no es su mundo.

Camina entre los charcos, se pregunta por qué. Avanza con la corriente de personas; alguno lo atropella, alguno le susurra un insulto: sus aires de señor, su camisa tan blanca, su sombrero de copa. Otra vez se pregunta, sigue caminando.

El asesinato de Quiroga no podía quedar impune. Sobre todo, por su ambigüedad: en Buenos Aires, demasiados creían que su principal beneficiario era el Restaurador –así que se le hizo urgente encontrarle culpables, castigarlos. Y, ya que estaba, aumentaría su poder sobre las provincias: su gobierno proclamó que, más allá de los autores materiales, presos desde el primer momento, los autores intelectuales del asesinato de Facundo Quiroga habían sido los Reinafé, el entonces gobernador de Córdoba, José Vicente, y sus tres hermanos, Francisco, Guillermo y José Antonio. Rosas tuvo problemas para detenerlos: formalmente, la Argentina era una federación donde cada provincia tenía leyes, jueces y gobiernos propios, y Buenos Aires no tenía derecho a intervenir en asuntos cordobeses. Intervino: mandó unos cientos de soldados que los trajeron a la Aldea para que los juzgaran. Los acusados eran más de sesenta, y el juicio fue largo –aunque nadie dudaba de su resultado.

El Restaurador creó, para la causa, un tribunal extraordinario con un solo juez –otra vez el doctor Manuel Maza– y la orden de no detenerse ante detalles leguleyos. Tras un año y medio de diligencias unos cuarenta cómplices fueron condenados a diversas penas de presidio; a veinte, involucrados directamente en «la degollación», les tocó muerte. Todos ellos pidieron, por supuesto, la clemencia del Restaurador –que, para mostrarla, inventó una tómbola: ocho de los veinte entrarían en un sorteo; los cinco ganadores irían a presidio, los tres perdedores al cadalso. Así que, una semana antes, los ocho reos con lotería fueron llevados de la prisión a la Sala de Acuerdos del Supremo Tribunal, donde un escribano escribió en cinco papelitos «Salvó la vida por la clemencia de la Federación» y en tres «Sufrirá la pena de muerte que le impone la ley» y los metió en un cántaro. Dicen que los reos pidieron la última merced de sacar ellos mismos los papeles del cuenco pero que el doctor Maza no lo consideró apropiado; que el escribano leía cada nombre y el verdugo sacaba un papel; que cuando los cuatro primeros sacaron «Salvó la vida», los cuatro que quedaron palidecieron y se miraban y temblaban: sólo uno de ellos viviría.

Los tres desafortunados fueron ejecutados esta mañana, junto con otros siete, en la plaza de Marte, al lado del Retiro. Los llevaron en carros por la calle de la Catedral; los curiosos les gritaban y les tiraban cosas, pero los soldados cerraron los accesos a la plaza: los fusilaron en privado y miles se quedaron en los alrededores, con las ganas de verlo. Así que se volvieron cuanto antes a la plaza de la Victoria, dispuestos a conseguir un buen lugar para el número central.

Camina solo, piensa que quizá tendría que haber ido con alguien, con Fonseca o su hermano, alguien sensato. Pero que había salido en un impulso, que no tiene sentido, que no tendría que estar ahí. Que quizá fuera peligroso. Que quizá no fuera peligroso pero, de todas formas, para qué.

197

—¿Usté por acá, doctorcito? ¿No le parece que mejor se va a su casa?

—Me temo que me confunde con otro, amigazo.

Echeverría intenta abrirse paso: es curioso ver las calles familiares tan cambiadas por la presencia de los otros. No es que nunca los vea: los cruza en el estaqueadero de su hermano, en el matadero, en su barrio de infancia pero aquí, en medio de las casas más pomposas, de las iglesias con volutas, ya llegando a la plaza, quedan raros. Y han venido tan pocas mujeres decentes, pocos hombres decentes, piensa: se ve que preferimos no mirar lo que querríamos que no fuera.

Sólo para que después no te lo cuenten, piensa: sólo para poder comparar lo que te digan con lo que habrás visto. No le alcanza. Lo pisan, lo codean; olores de carne sucia, despiadados.

No es fácil entrar en la plaza de la Victoria: las bocacalles están llenas de soldados. Después alguien le dirá que son como dos mil, los uniformes relucientes, las botas embarradas. Por fin llega, con mucho roce, con dificultad, frente al Cabildo: allí, con ese olor a aserrín, madera nueva, se levanta el cadalso, sus tres horcas.

—¡Soldados, atención!

Un redoble acalla cualquier ruido: veinticinco tambores. Miles de cabezas se empinan cuando se abre la puerta del Cabildo. Ahora, en el silencio más extremo, aparecen tres hombres. Dos son hermanos Reinafé; de los cuatro, Francisco ha conseguido huir y José Antonio se colgó en la cárcel la semana pasada; quedan, para el cadalso, Guillermo y José Vicente, el ex gobernador. Junto a ellos reza Santos

Pérez, el jefe de la partida asesina, el que tiró el primer pistoletazo. Los tres caminan como a rastras, los pies cargados de cadenas, un confesor con cada uno, las cabezas bajas. Echeverría piensa que es raro que lo último que quieran ver sea el suelo, sus propios pies encadenados. Los confesores les hablan en susurros, el silencio es perfecto: se oyen respiraciones, unas toses. José Vicente levanta la cabeza como quien desafía; Santos Pérez tiembla con todo el cuerpo. Hay un nuevo redoble y de pronto docenas les gritan asesinos, malditos, hijoputas, hijos de una gran puta, salvajes unitarios. A un lado de la tarima, en un estrado, autoridades los miran con alguna forma del orgullo. Echeverría busca a don Juan Manuel: nunca lo ha visto y quiere verlo. De pronto se le ocurre que quizá vino para verlo.

–No, todavía no, no ve que no ha salido. Quién sabe después sale.

Quiere verlo. Nunca lo ha visto y quiere verlo. Lo intriga, le interesa: ¿qué hay en un hombre para que tantas cosas, tantas ideas, tantos odios y tantas esperanzas se condensen en él, se deshagan en él, se construyan en él? Le gustaría poder imaginarlo: entender cómo piensa un hombre que tiene todos los poderes reunidos en su mano. Cómo hace para pensar una ley de aduanas o la ordenanza de pintar rojas las casas, la idea de una guerra contra Francia o la horca para un recalcitrante, el cumpleaños de su hija, el cierre de un periódico. Qué quiere, sobre todo, qué desea. Cómo hace para desear uno que cree que puede desear todo, cómo para creer que puede conseguirlo: que lo merece y debe conseguirlo. Si él, piensa, Echeverría, no consigue convencerse siquiera de que puede ayudar a hacer una literatura, cómo puede un hombre estar seguro de que puede hacer un país, y que cada paso que dé será el correcto en esa dirección, piensa, y que querría verlo para entender un poco más. Se dice que para entender un poco más: no está seguro. Pero entiende, ahora, que su comparación no tiene sentido: que un hombre que reúne todos los poderes de un país, que se ha pasado la vida trabajando para reunir el poder sobre un país y que lo ha conseguido, no puede compararse con ninguno de sus súbditos. Que puede parecer ordinario en esto o en aquello pero que es ciertamente extraordinario. Que puede incluso parecer un hombre, uno como los otros y que por eso, quizá, fuera mejor no verlo, no engañarse.

–No, patroncito, su Ecelencia no viene a estas cosas. No puede perder el tiempo, ¿sabe? Tiene que estar siempre atento, trabajando para alejar a nuestros enemigos, para cuidarnos a nosotros.

Los tres van subiendo al patíbulo, lentos, arrastrados; los sientan en banquitos: cada cual su banquito. Los Reinafé se mantienen erguidos, desafiantes; Santos Pérez, hundido. Los curas los persignan y se van, los dejan solos; otra vez el silencio. Frente a ellos, un pelotón de fusileros –una docena de soldados– forma, alza los rifles; un coronel les grita apunten. Pérez se endereza, empieza un grito que dice que Rosas es el asesino –y la descarga lo interrumpe. Los tres caen, Pérez patalea y lo rematan.

Las bandas militares lanzan redobles y algo que debería ser música. Otra docena de soldados sube, levanta los cuerpos, los cuelga de sus horcas: la sentencia incluye seis horas de colgajo público. Los gritos arrecian, las personas se acercan a mirarlos, se ríen, los escupen, les gritan miserables, monstruos, bandidos, hijoputas, hijos de una gran puta, salvajes unitarios. Junto al cadalso, custodiados por cuatro soldados, dos hombres jóvenes hacen croquis de la ejecución

—que deberán transformar en grabados para que la Imprenta del Estado los reproduzca por centenas y los mande a todo el país: para que todos vean cómo terminan los traidores. Los soldados ya se retiran al ritmo de sus bandas, chapoteando.

—¡Bestias, hijos de puta, salvajes unitarios!

Fue un azar: piensa que fue un azar. Que un hombre se ha pasado la vida haciendo lo que la vida le enseñó —obedecer, mandar, matar— y que de pronto recibe la orden de la persona equivocada, o de la persona correcta que después, por un azar que la excedía tan absolutamente, pasó a ser la persona equivocada, y lo paga: que Santos Pérez hizo lo que siempre. Que fue un azar: que podrían habérselo pagado, como siempre, pero se lo cobraron.

Y el vértigo, de pronto: quién, dónde, cómo estará haciendo o diciendo lo que le cueste vaya a saber qué, la libertad, la vida. Que los azares son como el corazón, su corazón: lo más cercano de lo más lejano, lo más lejano de lo que está aquí mismo; el cruce insoportable.

—¡Bandidos, monstruo, judas, salvajes unitarios!

Y, al mismo tiempo, la incomprensión profunda —la imposibilidad perfecta de entender— la vida de esos hombres de acción. Los que no hablan, los que hacen —y, al hacer, dan un rumbo preciso. Él, con sus palabras, podía haber atacado una y mil veces a Quiroga, y Quiroga podía contestar o no contestar, cabrearse o no cabrearse, vengarse o no, pero, a lo sumo, en el más bruto de los casos, esos escritos podían hacer que unos cuantos lo miraran distinto. En cambio este señor fue y le pegó un tiro, lo acabó.

A veces le duele no ser capaz de eso. A veces se pregunta por qué realmente no es capaz de eso. Se dice que está enfermo. Se dice que eso no importa tanto. Se dice que quizá sea un cobarde. Se dice que, sobre todo, tiene mucho miedo de sí mismo: de lo que puede hacer con un filo en la mano.

—¡Traidor, malditos, hijo de una gran puta, salvajes unitarios!

Echeverría mira alrededor: miles y miles en plena gritería, Viva la Federación, Que viva el Restaurador, el júbilo de tantos. Ellos también son un azar, o tantas formas del azar. A ninguno de ellos le importan sus poemas, sus discusiones, sus ideas —y son los hijos de esa tierra que le importa pintar, hacer con sus palabras: son los dueños de esa tierra, sus personajes, sus lectores incluso alguna vez, y son lo más lejano.

Lo más cercano de lo más lejano, lo más.

—Hijoeputa. ¿No serás uno de esos salvajes, vos? A ver, cajetilla, a ver cómo gritás viva la Federación. Dale, gritá, malandra.

Seis muchachos lo rodean: cuatro emponchados pelo largo, bigotes con las puntas hacia abajo, sombreros bien calados, y dos negros fuertes, bien alimentados. Un emponchado parece ser el jefe:

—Vamos, salvaje, vamos. A ver cómo gritás, salvaje, o te hacemos una boca nueva.

Dice el jefe, saca un cuchillo de la faja; sus compañeros lo acompañan con más gritos. Echeverría mira alrededor, no ve socorro. Se le cruzan por la cabeza párrafos que ha escrito: «pensar es un crimen para ellos; detestar la opresión, insolencia...». Pero no puede ser por eso; éstos no pueden saber: alcanza con verlos para saber que no pueden saber. Oye un grito:

–¡Lorenzo!

Un negro se da vuelta, los demás le siguen la mirada: Candela –falda rojo punzó, camisa blanca, su rebozo rojo– se acerca casi majestuosa.

–Déjalo, Lorenzo, es una buena persona. Es un cajetilla pero buena persona.

–¿Y vos qué sabés, negra?

–Yo sé, Lorenzo, creeme que sé.

Dice Candela; Echeverría está temblando. Palabras no le salen. Justo ahora, palabras no le salen. Pero ella no dice lo que él teme.

–Mi mamá trabajó para su familia y siempre nos trataron bien, eran buenas personas.

El jefe escupe al suelo, pasa su bota de potro por encima del gargajo, dice que bueno, por esta vez lo dejan, pero que se cuide: que los salvajes unitarios van a terminar pagando cada cuenta, que no se va a escapar ni uno. Echeverría sigue callado; Candela lo mira, da media vuelta, se va con ellos, con todo el contoneo.

Se va, la mira. Las mujeres criollas –las porteñas de las buenas familias– caminan como si les pesara, como si hubiesen preferido no tener que cargar ese cuerpo. Candela lo lleva con un placer que se contagia –o que incomoda.

Días después le contará que Lorenzo es el jefe de una asociación de africanos que su madre y ella frecuentan hace tiempo, que los africanos defienden al Restaurador con alma y vida, que nadie les dio tanto como él, nadie los quiere como él, nadie los cuida como él. Echeverría siente que sus argumentos habituales no funcionan: ¿le va a decir que los priva de sus libertades? ¿Que no respeta los mecanismos de la democracia? ¿Que los ha despojado de sus derechos cívicos? ¿Que censura diarios y revistas? ¿Que desprecia las artes y las ciencias?

–Usté no sabe, patrón, cuánto nos ayudó.

–¿Cómo los ayuda?

–¿Cómo decirle, patrón? Nos hace caso, nos trata como que existimos. Nos deja reunirnos, nos deja cantar nuestras canciones, nos manda ropas, hasta tambores manda, una comida, alguna cosa. Pero es lo que le digo: nos trata como que existimos. Ésa es la ayuda. Claro, usté no puede saberlo porque ustedes no necesitan esa ayuda. Pero nosotros sí, para nosotros es un sol.

Otra vez callado, Echeverría. Al otro día, en el Salón, va a dar su conferencia: a hablar, en público, en serio, por primera vez.

3

Dice –lee– que la más grande y gloriosa página de nuestra historia pertenece a la espada y que gracias a ella ahora tenemos patria y queremos servirla, si no con la espada por lo menos con la inteligencia, para continuar la gran obra interrumpida de la revolución. Dice –lee– que hubo tiempos en que la voz de la Patria les hablaba alto y claro:

–En otros tiempos, señores, en los tiempos de nuestra infancia, el estruendo del cañón o el repique de las campanas solía arrebatarnos del teatro de nuestros juegos infantiles. Era la voz de la Patria que nos convocaba...

Dice –lee–, y que la revolución de Mayo nos abrió la senda del progreso pero que, tras veinticinco años de ruidos y tumultos, hemos creado un poder más absoluto que el que aquella revolución derribó, que hicimos una auténtica contrarrevolución. Dice –lee– que aquel pueblo de Mayo sólo deseaba paz, orden, libertad, y que sus gobernantes le dieron revueltas, tiranía, robo, saqueo, asesinatos.

–Ya sólo se ven los rastros sangrientos de la fuerza bruta sirviendo de instrumento al despotismo y la iniquidad. ¿Cómo calificar la imperturbable serenidad con que tantos hombres vulgares se han sentado en la silla del poder y arrastrado la pompa de las dignidades? ¿Se creyeron muy capaces, o pensaron que eso de gobernar y dictar leyes no requiere estudio ni reflexión?

Dice –lee–, se escucha casi sorprendido, se pregunta si debería decirlo, dice, se escucha como si sus palabras llegaran de otra parte. Oye el silencio alrededor, no se pregunta más.

Hay silencios, y son atronadores. Echeverría dice –lee– y alrededor crecen silencios. Silencio de quienes saben que el que habla –el que no calla– se juega todo en sus palabras: el arrojo, su camino de ida. Silencio de quienes saben que las palabras que ahora escuchan, que los momentos que ahora viven lo precisan: silencio de quien oye los susurros de su miedo, las voces de su sorpresa, los alaridos de su excitación. Saben que es un momento excepcional, que vivirlo puede definir sus vidas y que definirá, seguramente, a la nación. Y que está sucediendo, aquí y ahora: que les sucede a ellos. No hay nada tan extraño como vivir algo que quedará en la historia –sabiéndolo.

Echeverría dice –lee– que conocemos tantas y tan buenas doctrinas, principios, ideas, pero que no han penetrado en las masas ni constituido un gobierno. Dice –lee– que copiamos, que imitamos, que repetimos como loros, que no tenemos un sistema filosófico propio, una literatura propia, una doctrina política propia. Dice –lee– que somos mediocres, y que por la incapacidad de nuestros dirigentes perdimos la oportunidad que se nos presentaba en el principio. Dice –lee– que por eso tenemos independencia pero no tenemos libertad, ni derechos ni leyes. Dice –lee– que nuestros padres hicieron lo que pudieron, y que nosotros debemos hacer lo que debemos. Y que para eso debemos aprender, pensar, empezar: que nuestra marcha será lenta pero segura; que habremos emprendido una obra que los hijos de nuestros hijos consumarán, dice, y la sala –los cien jóvenes que ocupan la sala– se desborda de aplausos.

Han pasado tres meses de Salón y la concurrencia está más rala. Quedan los jóvenes, los más entusiastas, los más decididos; se han ido yendo los viejos curiosos, los rosistas, los timoratos varios. Los timoratos, para honrar su condición; los rosistas, preocupados porque hay ciertas discusiones que no deberían suceder y no quieren escuchar; los viejos, disgustados por la petulancia que creen ver en los más jóvenes.

–Acá en este país los viejos se creen que nadie tiene derecho a hablar, nadie puede abrir la boca si no ha encanecido, si no ha sido canónigo, fiscal del Estado, ministro o representante.

–Espere a que nosotros seamos viejos, Juan María, a ver cuánto nos gusta que un grupo de muchachitos enardecidos nos diga que hemos hecho todo mal.

–Pero nosotros no les decimos eso.

–¿No?

–De todos modos, Estevan, nosotros no vamos a ser viejos.

–¿Siempre jóvenes, Juan?

Pero esta tarde el salón del Salón está colmado: todos –todos los que quedan– han venido a escuchar la conferencia del nuevo presidente. Echeverría dice –lee– más de una hora con una voz casi tímida, monótona, pero los hombres que lo escuchan no pueden contener el entusiasmo. Lo interrumpen para aplaudir, le lanzan gritos. Echeverría detesta hablar en público: no sabe hablar en público, nunca lo ha hecho; su voz un poco aguda, tan sentadora cuando canta, le saca fuerza, decisión, así que no le gusta oírse y menos cuando hay otros. Está asustado, menos; sigue.

Y que pertenecemos a una raza privilegiada, la caucasiana, dice –lee–, mejor dotada que ninguna de las conocidas de un cráneo extenso y de facultades intelectuales, y que por eso no está cerrado para nosotros el camino del progreso, y que sólo la educación nos llevará por ese rumbo porque, sin ella, nuestras masas tienen casi todos los vicios de la civilización sin ninguna de las virtudes que los moderan. Y que no hemos aprendido todavía, dice –lee–, a sacar todo el partido que podemos de nuestras vastas y fértiles llanuras, que tantas riquezas nos darán, porque todavía no transformamos sus frutos para venderlos por el doble o el triple, como sí hacen los extranjeros. Y que los sistemas de los economistas europeos, dice –lee–, no nos sirven porque hablan de realidades diferentes e imaginan sistemas que no funcionarían en una sociedad casi primitiva como la nuestra. Y dice –lee– que hay que empezar por medir cuánto creció la actividad económica tras la revolución y cómo y por qué, para engendrar una ciencia económica verdaderamente argentina, la única que servirá a nuestro progreso. Y que hay que facilitar comunicaciones y transportes, entregar tierra a quien la necesita y cambiar el sistema impositivo, que ahora recae principalmente sobre los pobres, dice –lee:

–¿Cuándo nuestros gobiernos, nuestros legisladores se han acordado del pueblo, de los pobres? ¿Cuándo han echado una mirada compasiva a su miseria, a sus necesidades, a su ignorancia, a su industria? Nada, absolutamente nada han hecho por ellos; al contrario, parecen decididos a tratarlos como a un enjambre de siervos. Los habitantes de nuestra campaña han sido robados, saqueados, se les ha llevado a morir por millares en la guerra civil. Su sangre corrió en la guerra de la independencia, que han defendido y que defenderán, y todavía se les recarga con impuestos, se pone trabas a su industria, no se les deja disfrutar tranquilamente de su trabajo ni de su propiedad... Se ha proclamado la igualdad y ha reinado la desigualdad más espantosa; se ha gritado libertad y sólo ha existido para un cierto número; se han dictado leyes, y sólo han protegido al poderoso. Para el pobre no hay leyes ni justicia ni derechos, sino violencia, sable, persecuciones, injusticia.

Dice –lee– pero ahora sí se deja llevar por sus palabras y docenas se ponen de pie para aplaudirlo, lo vitorean, dan gritos que no saben qué gritar, que se confunden, que se mezclan. Echeverría los mira, cierra los ojos, los escucha.

–Extraordinario. Genial. Eso es lo que yo llamo pensamiento.

Dice uno y el otro ratifica: genial, extraordinario. Tienen veinte, veintidós años, los pelos en batalla:

–Sí, pensamiento, pensamiento. Por fin alguien que piensa nuestro país como se piensan los países, los verdaderos países, los modernos.

Echeverría camina entre saludos, felicitaciones. En un rincón, Alberdi, Gutiérrez, Thompson hablan en voz baja. Echeverría, de lejos, oye palabras sueltas, algún trozo de frase. Suenan preocupados: que si el gobernador va a tolerar un discurso como éste, que si no querrá cerrarles el Salón, que si no fue un exceso o una tontería. Echeverría presta atención.

–¿Y no lo habrá hecho a propósito para forzar al gobernador a que actúe contra nosotros?

Dice Alberdi y se da cuenta de que habló demasiado alto y trata de arreglarlo con un chiste, algo de risa: se oyen risas. Echeverría, intrigado, picado, se acerca un par de pasos: Alberdi les está mostrando la carta de un sanjuanino que le mandó unos versos tan mal medidos que, dice, no son versos ni nada. El sanjuanino les escribe que es joven pero en verdad tiene la misma edad que ellos, dice Alberdi: no es que sea joven, es que es bruto, un ignorante de provincias con arrebatos de poeta, dice.

–Sarmiento, dice que se llama. Sarmiento, ¿alguien oyó ese nombre alguna vez?

Echeverría prefiere no cruzarse con Alberdi: mejor guardar las formas. Desde la salida de la revista *La Moda* sus relaciones han pasado de tibias a perdidas: Alberdi, director en la sombra, lo invitó a escribir. Le mandó el recado con Gutiérrez, siempre tan emisario, y Echeverría se negó.

–Cuando quieran hacer algo en serio, cuando quieran hablar de lo que pensamos, me avisan y voy a estar antes que nadie. Pero ahora les voy a hacer el favor de apartarme, así no los meto en esos líos que están tratando de evitar a toda costa.

Le dijo Echeverría, y se arrepintió de haberlo dicho.

Piensa que nunca supo conocer a las personas. Piensa que es mejor: que si supiera nunca saldría de su cuarto.

Escucha, mira, piensa: qué fácil habría sido nacer treinta años antes. Qué fácil no tener que pelear entre nosotros con palabras, no tener que dudar sobre quién tiene la verdad o cuál sería, discutir posiciones lealtades ventajas personales; qué fácil que todo consistiera en empuñar la espada contra un enemigo tan claro, tan preciso. Qué fácil morir por la patria, para hacer una patria. Qué desdicha la nuestra, piensa: qué desdicha.

La Moda es rara: su nombre es el nombre de una revista que publicó Girardin en París diez años antes, y confunde; la revista también parece pensada para que nadie sepa bien de qué se trata. Es raro que los jóvenes cultos, pretenciosos, revoltosos de la Aldea se dediquen a hablar de vestidos y canciones. La revista aparece en esos días –primavera de 1837– y la maneja Alberdi, pero el que figura como director es Rafael Corvalán, el hijo del edecán de don Juan Manuel, un general de su confianza: se supone que eso les garantice cierta tolerancia. La encabeza la frase obligada –¡Viva la Federación!– y se presenta como un «Gacetín semanal de música, poesía, literatura y costumbres»; entre un artículo titulado «Modas de Señoras: los Peinados» y uno sobre «Ventajas de las Feas», hay alguno que dice que en este siglo «la muger llegará a nivelarse con el hombre a través de la instrucción» u otro que discute a Tocqueville y la democracia americana. Al fin y al cabo, en ella escriben, además de Alberdi –que firma Figarillo–, Gutiérrez, Carlos Tejedor, Vicente Fidel López, los hermanos Peña, que la llenan de artículos sobre historia, filosofía, literatura, vestidos y pelucas; pero nada –ni una línea– sobre las *Rimas* de Echeverría, recién aparecidas.

–Estevan, hacemos lo que podemos. ¿O le parece que es mejor encerrarse y no hacer nada? ¿O alegrarse porque cada vez podemos hacer menos?

–¿Yo alguna vez le dije eso?

–No, nunca lo dijo, Estevan. Pero a veces...

El Salón declina. Algunos socios dicen que no cabe hablar tanto de política, que no era esto lo que se les había ofrecido; algunos han dejado de ir; algunos van con miedo; algunos, con audacia. Los periódicos –los pocos periódicos que quedan en la Aldea– no aceptan publicidad de sus actividades. Sastre se enoja con un par de amigos editores, les pregunta qué tiene de malo su dinero; sus amigos le contestan con silencios y miradas. *La Moda* tampoco publica los avisos, ni ninguna otra referencia al Salón. Uno de sus artículos explica que «la frivolidad de nuestros primeros números puede presentar visos de seducción mercantil. Es cierto que se intentó seducir lectores, pero no para sacarles dinero, sino para hacerles aceptar nuestras ideas. Es una desgracia requerida por la condición todavía juvenil de nuestra sociedad...».

–A veces parece como si usted prefiriera no embarrarse; que elige la pureza aunque eso lo condene a quedarse quieto, a quedarse callado. Que su orgullo le importa más que las posibilidades reales de hacer algo.

–¿En serio me ve así, Juan? Ya no sé qué decirle.

Echeverría se ríe casi divertido –vindicativo, amargo, divertido– la mañana en que lee, por ejemplo, en *La Moda* que «el color punzó es emblema de la idea federal; es a la vez un color político y un color de moda: lo lleva el pueblo en sus vestidos y el poder en sus banderas, contando así con una doble autoridad de que sería ridículo pretender substraerse. Esos que repugnan el color punzó debieran ver que lo lleva el Pueblo, que es mejor que ellos, y que honra todo lo que toca...».

–Que el pueblo honra todo lo que toca, dicen ustedes. Que el pueblo es mejor que nosotros y honra todo lo que toca.

–Y sí, Estevan. ¿O no está de acuerdo?

–¿Usted sí, Juan María?

La Moda publica en cada número dos o tres columnas como ésta, con la esperanza de congraciarse con el gobernador, asegurar su subsistencia. Echeverría le pregunta si cree que el pobre hombre encerrado en una jaula con un oso debe ir cortándose los dedos, las orejas, los brazos para dárselos al oso y que el animal, entonces, no lo ataque. Gutiérrez lo mira como si no entendiera algo. Echeverría lo saluda muy cortés: con una cortesía que sólo pone más distancia –y camina rápido hacia ninguna parte.

Sus amigos –o lo que sea que son. La sensación de no tener amigos, la soledad de nuevo. El país –su país, nuestro país, la Patria– lo vuelve a separar de todo: como si le gustara, como si ella lo disfrutara, piensa, y se ríe al pensar que la está convirtiendo en una mujer gorda, una mujer seductora insoportable gorda muy mandona. No es mujer, no es el país: es algo en él que lo separa, de todo lo separa. Se pregunta si no debería seguirlos: olvidarse y seguirlos. Cree –siempre cree– que tiene razón y que tener razón le cuesta un precio; por momentos trata de preguntarse si de verdad tiene razón, pero no se somete al examen: ¿qué haría si descubriera que está equivocado? ¿Si algo en su razonamiento lo obligara a pensar que está equivocado?

Que si será mejor equivocarse acompañado que tener razón solo. O equivocarse solo que acertar acompañado. Si supiera, por lo menos, qué significa equivocarse, qué acertar.

Vuelve a su encierro, a su ventana; a veces querría que Candela lo visitara más pero, por supuesto, no imagina pedírselo.

Candela trabaja de sirvienta en una casa de familia, doce, quince horas al día. Le dan un franco por quincena: suele usarlo con él. Echeverría no sabe: nunca le preguntó por qué esos días, por qué va cuando va, qué hace el resto del tiempo. Preguntarle, piensa, lo rompería todo en mil pedazos. Se dice que es respeto, ella cree que es desdén.

–¿Y te gusta que venga?

Echeverría se sorprende por el tuteo.

–Me gusta, sí.

Le contesta, pero no le pregunta si le gusta a ella: para qué.

El amor, piensa, si alguien pudiera definirlo, vendría a ser el estado que justifica toda clase de obviedad: que glorifica la obviedad, piensa, pero no quiere pensar que las personas se arman un amor para poder ser todo lo que en general no se permiten: bobos glorificados. No quiere pensarlo, rechaza la idea.

¿Qué son —se pregunta después— los pensamientos que uno alberga pero no querría?

Una tarde ella le pregunta qué haría si se quedara embarazada. Es como un golpe, como si de pronto un animal saltara de la cama; Echeverría se queda mirándola; no tiene respuesta. No quiere decirle —le parece innecesariamente cruel decirle— que nunca lo pensó. Y, peor, que ni siquiera tiene ganas de pensarlo: que no le parece una cuestión que tenga que pensar.

Sí piensa, se pregunta, cada vez más, quién es el padre de Candela. Ella, alguna vez, le ha dicho que tampoco lo sabe, que a quién le importa —pero su cara no decía lo mismo. Y le dijo que para qué tratar de averiguarlo, si la única persona que podría saberlo —quizás— es Jacinta, su madre, pero también es la persona más interesada en mentirle: que para qué preguntarle a alguien cuya respuesta no va a poder creer. Echeverría pensó en preguntarle: quizá, si se lo pregunta él, la esclava le conteste la verdad —por miedo, por respeto. No lo hace.

La sospecha siempre es menos cruel que la certeza. O viceversa.

—¿Y si alguna vez no vengo más?
—¿Por qué?

Le contesta; el juego es obvio, pero él no quiere jugarlo. No quiere confusiones. Por ella, se dice, no quiere confusiones.

Pero a veces se mira revolcarse. A veces, alguna madrugada en que Candela estuvo y ya se fue, se queda desvelado, desparramado en todo el ancho de su cama estrecha, y no puede sacarse de la cabeza las imágenes de sí mismo un rato antes: de sí mismo entrándole a Candela por detrás, digamos, ella como una perra, o de sí mismo recostado en almohadones, el cuerpo semierguido y ella por encima, moviéndose para que él se quede quieto, o de sí mismo revuelto con una urgencia que nada más le sabe despertar. Aunque a veces ella le dé miedo o, mejor: él con ella, el desenfreno que le da con ella. Tiene que recordar que es un enfermo, piensa, portarse como tal: cuidarse —y no dejarse llevar por una negra.

Y a veces, alguna de esas madrugadas en que se queda desvelado, se le vienen a la cabeza imágenes de sus amigos o conocidos. Gutiérrez, Alberdi, ni que hablar Fonseca, recostados casi castos sobre una esposa proba, quieta, preocupada por el riesgo de mostrar su entusiasmo ante algo que debe ser deber, y también: sus amigos o conocidos nadando en el cariño, en el respeto, en la compañía de una mujer que es parte de ellos, que es tan inseparable de ellos como una pierna —sana, rota, reumática, fornida pero pierna—, tan confiable para ellos como sus propias piernas, tan indistinguible. Y lo extraña y piensa en Candela a cuatro patas, y lo extraña y piensa en las tetas de Candela sacudidas, y lo extraña y piensa y viene y va.

No sabe qué es pero sin duda es otra cosa. No puede ser amor. Amor se tiene con alguien con quien se tienen cosas en común: nombres, historias, una cultura, un porvenir posible. Amor es una construcción, no un revoleo.

Lo tranquiliza, algunas veces, imaginarles su envidia si lo vieran. Le hace gracia que no puedan –seguramente no pueden– imaginar su propia envidia, la de él: cómo querría vivir esa tranquilidad, esa distancia que supone, supone, vivir con una esposa, curadas o anuladas las urgencias de la carne. Vivir como un hombre todo el tiempo, sin ceder a los imperativos animales. No tener que pagar ese tributo: no rebajarse más.

Pero una tarde se le ocurre que quiere salir a caminar por la Alameda con Candela: del brazo con Candela. esa exhibición inocente, casi simple, que consiste en pasear por la calle con una mujer del brazo. Decir, a todos, nadie en particular, decir: esta mujer es mía. Se lo dice, ella se niega. Otro día se lo vuelve a decir, ella se niega. Le insiste otro, ella empieza a ceder. Ya no le insiste.

Ellos hablan de amor –todos hablamos de amor–: nadie nos explicó de verdad lo que era amor, se dice. Hablamos de algo –todos hablamos de algo– suponiendo que hablamos de lo mismo.

Se pregunta si se darían la mano palma contra palma o enlazarían los dedos.

Es verano, la humedad y el calor despiadados, la podredumbre en las esquinas, sus olores, el corazón que le duele, la desazón que casi siempre. Tiene que recordar que es un enfermo.

Y recuerda –a menudo recuerda– una larga charla con Fonseca: que el matrimonio es una negociación sobrentendida, la tolerancia mutua, le decía, con aire de quien sabe más por viejo que por diablo. Que el matrimonio son dos que, como saben que se están mutuamente destinados, empiezan por aceptar los fallos, las carencias del otro y que, poco a poco, van viendo cómo el otro se degrada. Pero no dicen nada: saben que ellos mismos se degradan también, y que el otro se calla a su vez. Que la piedad está garantizada porque la ejerce quien la espera, le decía Fonseca.

–Pero debe ser insoportable pasarse la vida con alguien que, al verte, ve a ese que eras y ya no.

–¿Usted conoce una forma mejor?

Le preguntó Fonseca, y Echeverría le dijo que no: que él no conoce nada.

Esperando que se decida de una vez por todas, que se rompa de una vez por todas. Un enfermo: su final presente todo el tiempo.

Marcos Sastre empieza a recibir insinuaciones cada vez más directas: que no le conviene seguir con el Salón, que ni siquiera con la librería, que puede pasarle algo, que los mazorqueros están muy molestos con ese nido de petimetres y que el gobierno ya no los controla. Otros socios reciben las mismas advertencias, y cada vez van menos. El 17 de enero de 1838, el *Diario de la Tarde* publica –ahora sí– un aviso de Sastre. Dice que «indispensablemente, por tener su dueño que establecerse en el campo», el Salón y la librería van a rematar todas sus existencias: dos o tres mil libros, cuadros, pinturas, objetos de arte, caprichitos, muebles. Los avisos siguen, cada vez más acuciantes: uno de los últimos dice que se van a vender los libros que queden a cualquier precio que no sea inferior al del papel de empaquetar.

Pero recuerda una mañana, rara, en que Fonseca lo invitó a tomar unos mates a su casa y estaban su mujer y sus dos hijos y Fonseca levantó en brazos al más chico y él vio la cara de la esposa al verlos, y la envidia que tuvo de esa cara, la desazón de saber que no ha sabido producirla. O por lo menos una de esas miradas de devoción, de entrega, una de esas miradas sin reservas que hace tanto no le dan. Quizá Candela, pero entonces aparta la mirada, como si algo se ensuciara.

Y, al mismo tiempo, lo extraño, lo irritante de esa ternura por sí mismos que tienen los hombres cuando se reproducen. Como si, al hacerlo, perdieran toda razón, dejaran de medir las consecuencias. O como si precisamente ése fuera el atractivo: un acto que, al menos por un lapso, suspende el peso de sus consecuencias.

A veces piensa qué habría pasado si hubiese disparado, aquella noche. Nada, sabe. Que quizá nunca pensó en disparar, aquella noche.

Su hermano viene al centro, lo busca en su habitación, lo invita al circo. Echeverría se sorprende: ¿por qué al circo? Porque me han hablado de una compañía nueva, unos italianos, en el Retiro, quiero verla, ¿vienes? Echeverría no tiene muchas ganas, pero es tan raro que su hermano se lo proponga que le dice que sí. Su hermano no suele ir a espectáculos –y ahora un circo. No quiere juzgarlo pero piensa: el circo es justo para él.

Que si acaso hacer un hijo sería puro egoísmo: alguien que lo recuerde cuando ya nadie. Pero que no puede hacer eso: no va a vivir mucho más, no puede hacer un hijo para dejarlo desamparado en este mundo de enemigos.

Camino al circo –al Retiro– cruzan una procesión: ocho muchachos vestidos de gauchos ricos en caballos, sus bolas y sus lazos, abren paso para un trono rodante, tirado con cuerdas por docenas de hombres; sobre el trono un retrato de cuerpo entero de don Juan Manuel pintado al óleo; personas se descubren a su paso, algunas se persignan, algunas se arrodillan; cohetes, bombas, cantos, vivas al Restaurador y a la Mazorca y a la Santa Federación, mueras a los salvajes unitarios; muchachos que le pegan rebencazos a un señor que, al paso de la efigie, se queda sentado en el zaguán de su casa, no se para.

Le pregunta, una vez más, si no piensa sentar la cabeza. Echeverría se ríe: ¿sentar la cabeza? ¿Vos alguna vez probaste? ¿Por eso me querías llevar al circo? Su hermano se ríe también, prefiere no insistir, entiende.

En las gradas del circo hay cientos de personas. Para empezar un hombre musculoso bigotudo se planta en el centro de la pista y grita Viva la Santa Federación Mueran los Salvajes Unitarios con un acento raro, quizás italiano. Después sube a un caballo blanco y cabalga de pie y, sin frenar el galope, se viste y se desviste y se vuelve a vestir sobre el lomo del potro. Los cientos gritan, se ríen, una banda toca canciones vocingleras. Después dos niños se suben a una cuerda suspendida muy alta y caminan por ella, siempre al borde del desastre: la posibilidad del desastre –el paso en falso, la caída, el estallido de un cuerpo contra el suelo– resulta fascinante: los cientos se callan, silencio puro nervio. Los niños sobreviven. Después un hombre gordo, vestido con sólo unos bombachos blancos, la panza que le desborda muy peluda, come fuego: estopas encendidas. Las personas le gritan chistes, te vas a asar, a la carne hay que quemarla por afuera gringo cachivache. Después cuatro mujeres rubias bailan un cielito; las personas baten palmas, gritan.

–No hay palabras.

Dice Echeverría, y su hermano lo mira sin entender del todo.

–Que no hay palabras, que acá nadie dice nada. Es puro gesto, movimiento, nadie habla. Consiguieron eliminar cualquier palabra.

Echeverría piensa –no quiere pero piensa– que muchas de estas personas deben ser las mismas que estaban en la plaza el día de las ejecuciones. Piensa: esos miles y miles que nunca leerían sus poemas –o, seguramente, ningún otro: esos miles que parecen vivir en un mundo tan distinto del suyo y que, al mismo tiempo, definen en más de un modo el mundo que considera suyo; esos miles sin cuya participación ninguno de sus sueños podría realizarse, pero que parecen soñar sueños tan diferentes, piensa. Si no debería hablar más de ellos, mezclarse más con ellos: volverse uno de ellos, piensa. Si el verdadero país, al fin y al cabo, no son ellos.

–Ni una palabra. ¿Te das cuenta?

José María, su hermano, lo mira sin palabras.

–Quería hablarte de un negocio.

–No me digas que para eso me trajiste acá. ¿No era mejor hablar en otro lado?

José María se ríe, le dice que qué importa, que estuvo revisando la propuesta de Fonseca y le pareció bien, que los términos son justos, que él va a poner la plata que nos falta para comprar esos padrillos, que con cinco buenos toros y diez buenos carneros que anden cogiéndose a cuanta vaca y oveja se les cruce el campo va a ser otra cosa, y que el hombre es honesto, se conoce.

–Claro que es, Jose. Es mi amigo, mi médico, lo conozco de siempre.

–Por eso, me parece que lo mejor es que firmemos.

Echeverría duda un momento todavía. Tiene tan poco capital y se le iría entero en ese arreglo, las mejoras del campo de Giles. Su hermano lo mira con su cara más de hermano mayor, le dice que no se va a arrepentir: que acá en nuestro país lo único seguro son las tierras, que el que no tiene tierras no existe.

–Mirá a don Juan Manuel, hermano. Sin tierras él tampoco sería nada. Y lo sabe y hace todo para estar bien con los que tienen. Vas a ver, capaz que hasta te sirve.

El payaso va vestido como el famoso Eusebio de la Santa Federación, el bufón de don Juan Manuel, sus ropas de general de pacotilla. Echeverría dice que qué bien lo imita, si no se enojarán.

–No lo imita, señor. Es él.

Le dice un hombre de la fila de abajo. Y le explica que el pobre Eusebio está tan loco desde que aquel hachazo le partió la cabeza que a veces viene y hace su numerito. Eusebio es bajo, enclenque, hundido en su levita roja muy bordada, sus charreteras oro, su sombrero con plumas de ñandú teñidas de colores. Las personas se ríen, lo aclaman, le tiran sus sombreros. Echeverría se pregunta para qué quiere un bufón don Juan Manuel. Se contesta: para poder creerse que permite la burla, para mostrar que ni siquiera él es intocable, para sugerir que quienes lo burlan o lo enfrentan son enanos patéticos.

–¿Y el Restaurador le permite venir a mostrarse al circo?

–El Restaurador le permite cualquier cosa. Es su loco favorito, no sabe las cosas que le hace hacer. Una vez, dicen, lo tuvo dos horas sentado sobre un hormiguero.

Le dice el señor de abajo, cincuentón, pocos dientes, y se ríe:

–Semanas pasó hasta que pudo sentarse de nuevo, pobre,

de cómo tenía el culo. Pero dicen que para compensar lo nombró Conde de Martín García. ¡Conde de Martín García! Y otra vuelta, Señor de las Malvinas. ¡Señor de las Malvinas! Echeverría respira hondo, le pregunta a su hermano si se pueden ir. Bufones del señor gobernador, dice, en voz muy baja –o sin ninguna voz.

–Bufones, eso es lo que somos.

Candela, una noche, le dice que si ella no es esclava, que si ella tiene la libertad de venir a verlo, es porque el Restaurador liberó a los pobres negros, los volvió argentinos. Echeverría, una vez más, se calla.

A veces teme que alguien la haya mandado: que su presencia –su insistencia– sean el plan de alguien. En este lugar, se dice, todo parece ser el plan de alguien. Para tranquilizarse, se dice que él no es tan importante.

La calle está ocupada: los mazorqueros son amos y señores. La Aldea está –parece– calma: nadie dice las palabras que no debe. Salvo los franceses –el cónsul de los franceses–, que insisten en sus reclamos. Los ingleses pueden entrar mercaderías con muy pocos impuestos; los franceses querrían. Los ingleses están exceptuados del servicio militar; los franceses querrían. El gobierno les contesta que no es lo mismo un país –Inglaterra– que reconoció temprano nuestra independencia que uno –Francia– que tardó más de veinte años. Y encima, dice, acá los franceses no son tantos: hay mayoría de europeos –catalanes, napolitanos, sardos, belgas, suizos– que se hacen pasar por franceses para obtener ventajas, para tener quien los defienda. Pero que no somos idiotas: una partida de mazorqueros se lleva de su botica a Tiola, el talabartero del Retiro, que dice que es francés pero es napolitano, y lo degüella a la entrada del Cabildo; dejan tirada su cabeza, se llevan el resto adentro de la cárcel y al fin lo tiran en una fosa de desconocidos. Cuentan que andaba repartiendo unos papeles contra Rosas, que los hacían en Montevideo y los entraban de contrabando a Buenos Aires.

Candela es el placer, el orgullo de la sorpresa permanente. Lo mira, cada vez, como si algo en él la sorprendiera. Como si no pudiera dejar de sorprenderla. Como si fuera cada vez la primera, primero cada vez.

Piensa en el circo: días después, todavía se pregunta si al fin y al cabo somos eso. Si ése es el país que él decidió que iba a contar —como si fuera otro. Si una cosa es el deseo y otra esa realidad: si al pensar una literatura para un país que no existe —al menos todavía, que todavía no existe—, no falsea esa literatura, no falla en su tarea. Si no es cierto que ellos son la patria, la verdadera patria. O que, al final, ¿quién es la patria? ¿Ellos la patria, nosotros los extraños? ¿Será que hay que aceptarlo? ¿Y entonces aceptarse como la antipatria, los que queremos hacer una patria diferente? ¿Que la patria no tiene por qué seguir siendo lo que es, que la patria es un error, que la patria debería ser otra?

Quizás ése sea el truco: que la patria nunca es lo que es, siempre lo que debiera. Y que siempre está a punto de ser, la inminencia de una revelación —dirá, tanto más tarde— que nunca se produce.

La promesa.

Le cuentan que metieron preso al señor Bacle: que le interceptaron unas cartas que había mandado a amigos en Chile consultándoles la posibilidad de migrar hacia allá. Echeverría se queda anonadado: don Hipólito Bacle es un hombre muy viejo, imprentero, topógrafo, geógrafo, conocido de todos sus amigos, enfermo del corazón y los pulmones, y ahora está en una celda. Lo acusan de espiar, dicen que no es francés sino suizo, ginebrino. Echeverría siente las balas cerca.

Pero no sabe qué decir cuando –marzo del 38– el almirante Leblanc, el jefe de los quince o veinte barcos de la flota francesa fondeada en Montevideo, amenaza con bloquear el puerto de Buenos Aires. Don Juan Manuel libera a Bacle; el viejo, quebrado por la cárcel, muere unos días más tarde. Las amenazas de los franceses se redoblan; don Juan Manuel dice que su gobierno, «tan insignificante como se quiera, nunca se someterá a entregar sobre la boca del cañón privilegios que solamente pueden concederse por tratado».

El almirante declara el bloqueo. Muchos se lanzan a proclamas: la Patria está en peligro, debemos defenderla contra los realistas extranjeros, todo es válido para derrotarlos. Los defensores, ahora tan legítimos, tan súbitamente necesarios, dicen, además, que es obvio que los franceses están de acuerdo con los salvajes unitarios. Echeverría se encierra más que nunca: el mundo se le intrinca. Él, que siempre ha defendido ciertas ideas francesas como fuente de progreso para la Argentina, ahora debe aceptar que son los franceses los que atacan su país; él, que casi siempre ha pensado que lo peor para el progreso de su país es el gobierno de don Juan Manuel, ahora debe defenderlo contra los franceses. Y muchas personas, que no caen en la tentación de sutilezas, lo ven como un aliado de los agresores: escritor, cajetilla, antirrosista, afrancesado.

Tiene miedo de bajar a la calle.

Llega el otoño y el gobierno dice que no hay plata –que el bloqueo está sangrando las arcas del Estado– y que debe suprimir los sueldos de los profesores de la Universidad, los empleados de la Casa de Expósitos y la Sociedad de Beneficencia, los maestros de las escuelas, los médicos de los hospitales. En la Aldea corren los rumores: que varias provincias quieren aprovechar la situación para sacudirse el poder de Buenos Aires, que se preparan ya levantamientos.

El 21 de abril de 1838, el número 23 de *La Moda* incluye en su primera página un artículo sin firmar –de Alberdi– titulado «El asesinato político». «Casio Bruto levantando el puñal sobre la cabeza de César era un miserable asesino, un cobarde...», empieza, y se pregunta «qué derecho tiene el obscuro ciudadano para maquinar en silencio el asesinato del magistrado supremo», y discute la idea del magnicidio como si fuese necesario discutirla y, por supuesto, la condena enfático: «No es honor ni generosidad rasgar con el acero el pecho indefenso; es bajeza, es ruindad, es infamia. Sólo el pueblo puede mandarlo bajar.» La condena es completa pero el tema es inquietante –y don Juan Manuel se inquieta: ese mismo día le dice a su edecán que le diga a su hijo que su revista ha dejado de existir. El hijo anuncia el fin en una notita en el *Diario de la Tarde* y dice que pronto publicará otro periódico que se llamará *El Semanario de Buenos Aires* y que será «puramente literario y socialista: nada político». El *Semanario*, es obvio, no aparece.

Echeverría se calla, evita los encuentros: le parece indigno alegrarse de tener razón, burlarse del caído. Le resulta detestable la facilidad con que podría caer en la tentación de jactarse de haber sabido cuando los otros no. Le sorprende la cantidad de veces en que preferiría haberse equivocado. Algo está mal, piensa, en la forma en que piensa: cuando él acierta todos pierden –también él.

Pero piensa que ahora, por fin, todo está claro.

se ha pasado días y días tratando de no hacer lo que está haciendo, pero no —y ahora corrige y corrige sus versos, los hace más y más furiosos:

Compañeros, salud; al fin exento
de esperanza o temor, mi pensamiento
rompe el sueño fatal que le oprimía,
y en medio del silencio pavoroso
osa hablaros con eco poderoso,
de patria y libertad la musa mía.
¿Y podré acaso refrenar mi lengua
cuando el luto y la mengua
de la mísera patria estoy mirando?

Aunque, por momentos, alguno de ellos lo moleste porque no le parece bien terminado —y se diga que no importa, que no está en un concurso de ritmos y de rimas. Que hay momentos en que uno —que él, incluso— no puede permitirse la belleza. Que hay momentos:

¿Cuando a la faz del mundo impunemente
una turba venal, necia, impudente,
instrumentos estúpidos de un hombre,
hoy se atreve a vender nuestros derechos
conquistados con sangre y con mil hechos

dignos de admiración y de renombre?
No, salga al fin mi incorruptible acento,
y convierta en corage al desaliento.
y subleve el espíritu abatido
contra todo poder que injusto oprima,
y este fuego sagrado que me anima
castigue al opresor y al oprimido.

Hasta que llega a esa estrofa, la primera que se le ocurrió, la que lo llevó, como en cascada, a todo el resto:

El pensar es un crimen para ellos,
abrigar alma noble, demencia,
detestar la opresión, insolencia,
pronunciar libertad, rebelión.
¡Maldición! ¿Pretendéis, miserables,
poner freno al fugaz pensamiento?
¿No sabéis que terrible y violento
rompe al cabo cual fiero huracán?

Echeverría sigue anotando, corrigiendo. Transpira, le duele la cabeza; se sonríe un momento cuando piensa en aquella ilusión de que podría dedicarse a escribir de sus asuntos. Hay países que no te lo permiten, se dice, o que te obligan, y suelen ser los mismos: los que no te permiten quedarte en tus asuntos porque los suyos te reclaman y al mismo tiempo te obligan a quedarte en tus asuntos para que no te ocupes de los suyos, se dice y se sonríe otra vez y se seca el sudor de la frente todavía y sigue, estrofa tras estrofa, hasta la última, donde les pide a esos compañeros que sean «el muro donde se estrelle el efímero poder» del despotismo. Y entonces decide dejar de buscar un título elegante y remitirse al más directo: «A la juventud argentina». Una apelación, un llamado, pero no al pueblo argentino, no a los argentinos, no a los hombres; a la juventud, a los que todavía no están del todo corrompidos, piensa. Y que tendrá que hacerlo circular como pueda, una octavilla, un manuscrito, porque, por supuesto, no habrá periódico que se atreva a publicarlo –porque el gobierno los cierra uno tras otro: dos años atrás había cuarenta, ahora quedan siete. Y que de ningún modo podrá firmarlo con su nombre. Pero ensaya una firma: D.A.D.L.C., escribe, y sabe que algunos sabrán leerlo como «Del Autor De Los Consuelos». Es un riesgo, pero está dispuesto.

Problemas IV

Desde el primer momento decidí que Rosas no debía pesar demasiado en este libro. Pero nadie sabe cuánto es mucho, cuánto demasiado, y, al fin y al cabo, los hombres fuertes de la historia hacen todo para impedir que se cuente sin ellos. O sea: que no se pueda entender, por ejemplo, la historia de Esteban Echeverría sin poner en escena —poner en escena— las circunstancias políticas que la fueron modelando, y esas circunstancias se llamaban, sobre todo, don Juan Manuel de Rosas.

Rosas hacía y decía cosas que le valdrían la condena inmediata de cualquier tribunal contemporáneo. Sus amenazas muy públicas y oficiales a sus adversarios políticos, por ejemplo —«que de esta raza de monstruos no quede uno entre nosotros, que su persecución sea tan tenaz y vigorosa que sirva de terror y espanto a los demás que puedan venir»—, suenan, ahora, criminales. Pero siempre se puede argüir que así eran los tiempos, que aquellos a los que prometía espantos y terrores no habrían dudado en aplicárselos a él y que, al fin y al cabo, defendió a su patria. Así se zanjan, en general, las discusiones sobre Rosas: que defendió a su patria.

No hay nada más indefenso que una patria.

La pobre, tan frágil quebradiza, siempre necesitada de defensores y defensas.

Y más tan jovencita, claro, patria niña.

(Aquí cualquier autor anotaría una anomalía: que la patria no tiene diminutivo, que no se puede decir patrita, patrilla, patruela, patriecita. Aunque es cierto que tampoco aumenta: ni patrión ni patriazo, un suponer. La patria, que son tantas, como palabra es una sola.)

Aquella patria era violentamente nueva: no tenía treinta años. Digamos: para un lector contemporáneo, el gol de Maradona a los ingleses o el surgimiento de internet no son más viejos que la Argentina para Echeverría.

Los momentos de aparición de una nueva nación muestran como ninguno las flaquezas de la superstición nacionalista. En esos días, sin ir más lejos, ser argentino suponía creer que esos señores de Montevideo o Potosí, que tan poco tiempo antes eran compatriotas, ya no lo eran –y, por lo tanto, podían ser enemigos según las nuevas reglas y las nuevas fronteras.

Por eso –también por eso, porque hay que construir una idea nueva– los inicios de cualquier país son más dados al efluvio nacional. Las primeras letras son pomposas: tienen que demostrar que son palabras. Las primeras acciones de una patria, más: «Se levanta a la faz de la Tierra / una nueva y gloriosa nación / coronada su sien de laureles / y a sus plantas rendido un león.» ¿Cómo puede una nación ser gloriosa si es nueva? ¿O porque es nueva hay que gritarle glorias, por si acaso?

El nacionalismo suele ser la salida más fácil: para reconfortarse, encontrar un lugar, saber quién es, qué es uno. Yo no sabría quién soy pero lo sé: yo soy un argentino. O sea: yo soy una mínima parte de algo que parece real, hay muchos como yo, yo formo parte. La superstición de lo nacional es la manera más inmediata de contestarse las preguntas que mejor no hacerse.

En la historia argentina, si Belgrano quedó inscrito como el honrado a toda prueba, si San Martín como el guerrero sin ambiciones personales, si Sarmiento como el padre del aula, Rosas es el patriota o patriador: el que la defendió de los ataques extranjeros. Rosas está blindado por la superstición de lo nacional. Aun los críticos más feroces de sus modos explícitamente dictatoriales reivindican su defensa de la patria.

La superstición nacional es decisiva; en este caso, sirve para cerrar cualquier discusión: sí, era un tirano, un represor, un reaccionario, un bruto, pero defendió a la Argentina contra los extranjeros. La superstición nacional se asienta en la idea de que un gobierno nacional siempre es mejor que uno extranjero: que es mejor que te explote o reprima alguien que habla tu mismo idioma, grita los mismos goles, se refugia en las mismas historias.

Por algo se dice que nunca vienen solas: la superstición de lo nacional suele llegar acompañada por la superstición de lo popular. Rosas trabajó mucho ese prospecto: «Me pareció que todos cometían un grave error: se conducían muy bien para la gente ilustrada pero despreciaban los hombres de las clases bajas, los de la campaña, que son la gente de acción. Usted sabe la disposición que hay siempre en el que no tiene contra los ricos y superiores; me pareció pues muy importante conseguir una influencia grande sobre esa clase para contenerla o para dirigirla, y me propuse adquirir esa influencia a toda costa; para ello me fue preciso trabajar con mucha constancia, con muchos sacrificios, hacerme gaucho como ellos, hablar como ellos y hacer cuanto ellos hacían, protegerlos, hacerme su apoderado, cuidar sus intereses, en fin, no ahorrar trabajo ni medios para adquirir su concepto...», le había escrito a su amigo Santiago Vázquez en 1829. El pueblo puede ser decisivo día tras día, en las calles; la superstición de lo popular sostiene a largo plazo.

La quintaesencia de la superstición de lo popular es esa frase: «el pueblo nunca se equivoca». En una democracia, la frase es una tautología: en una democracia, las mayorías tienen razón por definición, porque se define la razón democrática como aquello que piensan las mayorías. De ahí, la traducción posible: «la mayoría nunca se equivoca».

Vale la pena –siempre vale la pena– pensar lo contrario. Pensar «la mayoría siempre se equivoca». Decir siempre siempre es un error, decía el otro, pero me interesa pensar esa idea: la mayoría siempre se equivoca. Es productiva si se piensa con un mínimo de perspectiva histórica: la mayoría es –suele ser– la fuerza de conservación. El pueblo de Roma estaba claramente a favor de la esclavitud, o mejor: nunca en su vida se preguntó si estaba a favor o en contra de la esclavitud porque le parecía tan natural como la lluvia. El mundo estaba hecho así, había libres y esclavos y los había habido siempre y siempre los habría. El pueblo –la mayoría– lo sabía y despreciaba a los tres o cuatro idiotas que decían lo contrario.

Es un ejemplo. Otro, más cerca: la mayoría –todos los hombres y casi todas las mujeres de nuestro país y del mundo– en aquel siglo XIX suponían que el sufragio universal era universal para los hombres, faltaba más, no se vaya a creer –y que las mujeres estaban muy bien criando y cocinando y callándose la boca cuando había que hablar de cosas serias.

Los ejemplos podrían multiplicarse. Todo lo que ahora nos parece abominable fue, en algún momento, razón mayoritaria: todo el mundo sabía que el mundo era así porque así debía ser, porque así había sido y sería. Y si fue cambiando –si ya no hay esclavos que se llamen esclavos, si no se puede pensar un voto sin mujeres– fue porque hubo minorías que no se resignaron a la idea de que debían callarse porque fueran pocos. Que no aceptaron la razón estadística. Que no pensaron que el pueblo nunca se equivoca.

Es cierto: hay momentos en que las mayorías dejan de conservar y cambian todo. O un poco. Pero suele ser porque hay minorías que pensaron mucho antes lo que ellos hacen entonces. Es antipático, es elitista, es la historia.

Es un problema: yo no digo que todos los pocos tienen razón –o la tendrán a largo plazo. Pero sí digo –creo que digo– que todos los muchos se equivocan. Que los muchos suelen ser una fuerza de conservación de ciertos errores. Que lo que el pueblo cree absolutamente hoy es lo que dejará de creer mañana o pasado.

Eso creían, pobres, aquellos muchachos, y pagaron por eso.

Echeverría, en cualquier caso, sí que pagó por eso.

La Pelea

1838

1

Nunca lo piensa mientras dura. Pero después –tantas veces, después– pensará con angurria en esos días felices, amargos, vertiginosos en que había encontrado una misión, una razón para su vida. Después –pocos años después–, ya casi viejo, en su destierro, recordará cargado de nostalgia ese momento en que sabía para qué vivía. Y tratará de recuperarlo aunque después –esos años después– se preguntará si realmente había sido así, si su memoria, una vez más, no estaría volviendo mármol lo que había sido barro.

Gutiérrez, Alberdi, Thompson, López habían venido una mañana, serios, contritos, al borde de solemnes, a pedirle algo así como disculpas. No con todas las palabras pero casi: que él había tenido razón desde el principio, que ellos se equivocaron, que en esos días de desencuentro lo siguieron respetando.

–Aunque estuviéramos en posiciones encontradas, Estevan, usted sabe que siempre lo hemos seguido como a un guía.

Echeverría reprime una sonrisa: posiciones encontradas, dicen, encontradas. Ellos simulan que no lo notan y le dicen que necesitan su saber y su coraje para emprender otro camino, algo radicalmente nuevo.

237

–¿Algo como qué?

–De eso se trata, Estevan. Lo que queremos es pensarlo con usted.

Echeverría mira al suelo: no quiere que le vean la cara.

En esos días de junio muere el caudillo de Santa Fe, general López; don Fructuoso Rivera, antirrosista, gana el control de la Banda Oriental; las penurias que provoca el bloqueo francés se vuelven más extremas; aparecen leyendas en algunas paredes de la Aldea, «¡Viva el 25 de Mayo! ¡Muera el tirano Rosas!». Muchos suponen que el tiempo del Restaurador ya se termina.

–¿Saben quién es Mazzini?

Alberdi sabe –todos saben, pero Alberdi lo dice–: ese italiano que fundó la Joven Italia, un rebelde que intentó varios levantamientos que terminaron mal pero que no se rinde, que ahora anda exiliado por el mundo, ya no sabe si en París o en Ginebra o en Londres, un amigo de ese otro italiano que Rosas tiene preso en Entre Ríos, Ganibaldi. Echeverría le dice que Ganibaldi estaba preso pero ya no está, que primero se escapó y lo capturaron y le dieron tormento pero que al fin, como no sabían qué hacer con él, lo soltaron y ahora se ha vuelto al Brasil, a Rio Grande do Sul. Pero que eso no importa: que lo que importa es que aquí también hace falta una asociación de jóvenes que se juramente para pelear por el bien de la patria, por la libertad.

–¿Para pelear? ¿Pelear cómo?

Pregunta Thompson, levemente inquieto. Están en el café de siempre, donde hacía tanto que no se encontraban. La sala está sombría: no andan los tiempos para gastar en velas o faroles –y el gobierno ha regulado el uso. Tampoco hay muchos parroquianos: desde que empezó el bloqueo los porteños salen menos. Echeverría, por primera vez en tantos meses, se siente pletórico, lleno de fuerzas, atorado de ideas; olvida –por un momento olvida– su corazón enfermo, sus pesares. Y dice que pelear es una forma de decir, que no lo tomen al pie de la letra: que deben pensarlo muy bien, porque lo que está claro es que tienen que pensarlo distinto:

–No podemos organizarnos para buscar el poder, porque no tenemos ninguna posibilidad de conseguirlo: no tenemos armas, no tenemos peso político, no tenemos la fuerza. Lo que debemos hacer es preparar las ideas que se harán necesarias cuando la tiranía por fin caiga.

Dice, y los cinco lo escuchan tan devotos. Son hombres: tienen mujeres, trabajos, hijos, un pasado, deudas, altas ideas de sí mismos pero ante él vuelven a ser los jovencitos que lo escuchaban, pocos años antes, como al rey mago que llega desde las tierras de Oriente con su mirra y su incienso, con su estrella que guía.

–Porque, mis amigos, las tiranías siempre caen: nuestro deber es estar preparados, usar este tiempo que nos roban para no perder el tiempo después, cuando volvamos a ser libres.

Y que deben reunirse para debatir cuestiones, todas las cuestiones que les parezcan útiles: si es necesario un banco nacional, qué hay que hacer para garantizar la libertad de prensa, cómo organizar la milicia, de dónde deben salir y adónde ir las rentas del Estado, cómo deben trabajar los jueces de paz, qué hacer para fomentar la industria agraria; tantos asuntos que nadie piensa, dice, que en nuestra pobre patria nadie piensa.

–Pero el gobierno no lo va a permitir.

Dice Juan Thompson, una sombra de susto en la voz, y Echeverría piensa que suena como el hijo de mamá que nunca va a dejar de ser.

–Imagínese que no se entere.

–¿Cómo vamos a hacer para que no se entere, Estevan?

Dice, afable como siempre, Gutiérrez: que acá no pasa nada sin que lo sepa la Mazorca. Y Echeverría le dice que hay maneras y maneras: que claro que lo van a saber pero que lo que van a saber será que un grupo de jóvenes se reúne, come, festeja, conversa; que lo que no sabrán será por qué ni para qué y que, en el peor de los casos, preferirán permitir que suceda antes que llevárselos presos, ¿no es así? Alberdi se ríe incómodo: no está muy convencido.

Cinco tazones de café vacíos sobre una mesa de madera mal pulida: pulida por el tiempo de esa manera descuidada en que el tiempo suele hacer las cosas. Cinco hombres entre veinte y treinta y tantos imaginando que tienen el tiempo de su lado.

Sabe que mantener en el secreto unas reuniones de treinta o cuarenta jóvenes –los más brillantes, los más conspicuos– en una aldea donde todos se conocen, donde cualquier persona nueva llama la atención, es imposible.

Pero lo ha pensado mucho y está convencido de que no los van a molestar porque en medio de tantas complicaciones don Juan Manuel va a preferir no sumar otra, y porque no tiene por qué creer que quieren oponerse a su gobierno porque ellos siempre dirán que al contrario, que lo que quieren es ayudarlo a gobernar mejor, y porque insistirán desde el principio en que no tienen ninguna intención de pasar a la acción, que lo que quieren es simplemente reunirse y pensar y debatir por el bien de la Patria y harán todo lo posible por no mostrarse, por no hacerlo público y notorio, por no plantarse en plan de desafío. Y también porque don Juan Manuel debe entender que si los ataca les da fama y reconocimiento y los pone a su altura, y porque le resulta más fácil decir ah sí esos muchachos traviesos y dejarlos que hablen sus tonterías total no molestan a nadie, y porque –aunque sea una razón que a Echeverría no le guste recordar— algunos de los muchachos son los hijos de sus amigos y aliados en el poder, como Juan Thompson y Rafa Corvalán y Vicentito López, y porque de últimas ellos tienen el futuro a favor y el tiempo por delante y cuando el gobernador termine de caer, ellos, que son jóvenes, que son activos, que tienen ideas, que tienen energía, van a ser el recambio que el país necesita, y eso no lo puede impedir ni don Juan Manuel ni la Virgen de Luján con todos sus arcángeles, dice, y que por supuesto hay que mantener ciertas formas, hacer como si todo fuera de verdad secreto aunque sepamos que no puede serlo para que no parezca una provocación pero si nos mantenemos dentro de esos límites no va a haber problemas, dice, y Gutiérrez le dice le parece, Estevan, en voz muy baja, circunspecto, como quien prefiere no decir lo que tendría que decir.

—Claro que me parece. Y van a ver que una vez más va a ser como les digo.

Pero después, ya noche, sentado a la ventana, mirando el viento en las hojas del ombú, escuchando a los perros, aburriéndose con el tedio del guardia, esperando a Candela que vendrá o no vendrá, se dice que quién sabe.

2

No fue; no debía ser el día. En algún rato de soledad decide que quiere hablar de ella con alguien; alguien sin dudas es Gutiérrez. Su hermano le haría reproches ñoños, bienintencionados; Fonseca le recomendaría que no se agitara, que se cuidara el cuerpo por lo menos. Gutiérrez, en cambio, es alguien que escucha –que cuando le cuentan algo no precisa demostrar que él podría contar lo mismo pero un poco mejor– y Echeverría no necesita dialogar, no necesita intercambiar: necesita decirlo.

–Me tiene envenenado, Juan María.

Cree –supone– que si lo dice se va a volver más controlable. Y, puesto a hablar, decide hablar en serio: le cuenta que la espera, que la recuerda cuando tarda en venir, que lo tiene hechizado: que es como un diablo que le adivina y le cumple los deseos.

–Hace todo, cualquier cosa que quiero.

Dice, y Gutiérrez no responde: no sabe qué decirle.

–Quizá sea porque ellos no tienen alma, Juan María.

–¿Que quién no tiene alma?

–Ellos, los morenos.

–¿Y quién dice que no tienen alma?

–Bueno, para empezar, los españoles. ¿No se acuerda de

la polémica de Las Casas, cuando discutieron si los indios o los negros tenían alma...?

–Sí, claro, pero fue hace siglos y eran los españoles.

–Quizá tenían razón, los españoles; en algo pueden tener razón. Pero yo no digo el alma en el sentido religioso. Digo que quizá pueden hacer lo que hacen porque no tienen alma en el sentido laico, no tienen todas esas obligaciones y reglas y conveniencias que nosotros tenemos. Que son más libres, digo, por haber sido siempre esclavos.

–Pero Este...

Gutiérrez le dice pero Estevan pero se interrumpe. Iba a decirle que lo raro era que hablaran de estas cosas o, incluso: que los hombres serios no hablan de estas cosas; le parece mejor no decir nada.

Su piel: Candela tiene la piel maravillosamente suave y las manos como cuero viejo, hinchadas, agrietadas. Cuando se ven, Echeverría trata de no mirar, de no tocar sus manos. Candela sabe, las esconde.

Hace frío, y el frío justifica los capotes pero no los temblores. Van llegando de a uno –dos o tres como mucho– y entran mirando a los costados; tres o cuatro aparecen con sus propios negritos faroleros y las miradas de sus compañeros les hacen entender que no debían. La casa está en la calle de Santa Lucía, silenciosa, oscura: es la casa de Gervasio, el hijo de don Gervasio Posadas, el que fue director supremo, el que pasó como cinco años preso en tiempos de Pueyrredón y de Rondeau.

Se conocen –todos se conocen–, pero esta noche se saludan de una forma distinta, más distante, casi solemne –apretones de manos, miradas contenidas–: como si se estuvieran descubriendo. Como si se dijeran ah, vos, con quien corríamos lavanderas en los bajos de la Recoleta también estás acá, dispuesto; como si dijeran uy, y yo que pensé que lo único que te importaba era la plata de tu suegro; como si dijeran ya, ahora sí que somos adultos y somos hermanos. Como si se dijeran, en silencio, cosas nuevas.

Sus ojos: Candela tiene los ojos oscuros siempre húmedos, una emoción que se contiene. Candela sabe, la contiene.

Una mujer grandota, gorda pero no negra, y un chico que debe ser su hijo pasan mates; los muchachos colocan las quince o veinte sillas en la sala de la casa, todas mirando a la pared donde está el cuadro del arcángel vestido de soldado, su arcabuz en la mano. Quince o veinte se sientan; el resto busca lugar de pie, trata de acomodarse. Echeverría da un paso al frente, se para delante del arcángel, tose.

—Amigos míos, no saben el orgullo que me produce ver que somos tantos y tan buenos los que hemos respondido al llamado de la Patria.

Dice, con la voz todavía un poco ahogada por la emoción, la responsabilidad, y que por supuesto ustedes saben que somos esa generación de la que todos desconfían. Que los federales nos miran con ojeriza y nos acusan de unitarios porque ven que nos ponemos frac y nos reconocemos en los libros y no estamos dispuestos a ningún vasallaje; que los unitarios nos desdeñan porque nos creen federales y complacientes y dedicados a las frivolidades.

—Nadie entiende, nadie quiere entender, amigos míos, que somos los herederos legítimos de Mayo, hombres nuevos, sin compromisos o, mejor, debería decir, sin más compromisos que buscar por todos los medios, con todo compromiso, el bienestar y el progreso de la Patria.

Dice Echeverría, y que la mira principal de la Asociación debe ser ampararse de la opinión, ya por medio de la prensa, ya de la tribuna, en cuanto cambie el estado de cosas actual y la revolución levante otra vez la cabeza, y que para estar en condiciones de conseguirlo deben, dice, formarse un sistema de doctrina política que abrace todas las cuestiones más útiles y necesarias a nuestra sociedad, dice, y se pregunta si está diciendo lo que quiere o se está dejando llevar por el lenguaje y la pompa y la circunstancia extraordinaria y mira, delante de sí, las caras tensas, concentradas, felices, preocupadas, expectantes. Piensa que algunos de ellos saben lo que están haciendo, lo que se están jugando, y otros seguramente no, pero que todos los movimientos se han hecho siempre con personas que saben lo que hacen y personas que no, personas que llevan y personas que se dejan llevar —por el azar, el entusiasmo ajeno, la ignorancia, la mímesis, el tedio, el afán de aventura, los descuidos. Que es curioso, que incluso en Mayo debía haber algunos que estuvieran en esas calles sin saber bien por qué —y por un momento piensa en tratar de averiguar quiénes serían. No podrá: sabe que no podrá, que eso también es un lujo que ahora no puede permitirse.

Entonces se pregunta cuánto durará ahora —y, mientras, sigue hablando.

Su voz: Candela tiene la voz un punto ronca, como si no fuera ella quien hablara. Como si hablaran con su voz historias viejas, como si ella callara. Candela sabe, se calla cuando habla.

Los muchachos dan voces, aplauden, vitorean; ya no sienten el frío. Echeverría habla como si no necesitara pensar qué va a decir: frases que se le van haciendo, como un viento. Los que estaban sentados se levantan: no pueden escucharlo tan hundidos. El salón está eléctrico.

—Ya pasó la edad verdaderamente heroica de nuestra patria. Ahora no nos pide una idolatría ciega sino un culto racional; no gritos de entusiasmo sino la labor de nuestro entendimiento. Ya no retumba el cañón de la victoria, ni un tumulto glorioso despierta en nosotros espíritu marcial y nos abre el camino a la gloria, pero tenemos patria y queremos servirla. Somos ciudadanos y como tales tenemos derechos que ejercer y obligaciones que cumplir. Fácil sería encontrar un sentido en el bullicio de los placeres y la disipación, pero la vida es demasiado corta para malgastarla en frívolos pasatiempos. Y la razón, llamando a nuestra puerta...

Habla y habla: media hora, quizá más, habla de la libertad, la igualdad, la democracia, de la revolución –moral, no material– que deben emprender:

–Antes que apelar a las armas para conseguir ese fin, será preciso difundir, por medio de una propaganda lenta pero incesante, las creencias fraternizadoras, reanimar en los corazones el sentimiento de la Patria amortiguado por el desenfreno de la guerra civil y por los atentados de la tiranía...

Dice, y que no se trata de favorecer una revolución material que podría traer consigo la anarquía y la aparición de nuevos caudillos, sino una revolución moral que camine en el sentido del progreso, y que en el ejército también hay muchos oficiales jóvenes patriotas, y que en la provincia hay hacendados que también abrazarán su causa, y que en el interior hay una juventud dispuesta a unirse a ellos, y que basta con que entiendan que no se trata de cambiar personas sino de regenerar la patria por medio de un dogma común, dice, pero también habla de cuestiones concretas de gobierno, de economía, de organización política y social, y de cómo su tarea –la tarea de la nueva generación, la tarea de los jóvenes de Mayo– consistirá en precisar esos proyectos, darles un sentido práctico y real más allá de los discursos filosóficos abstrusos, juguete de unos pocos, y el viento sigue, sopla.

–Pediremos luces a la inteligencia europea, pero con ciertas condiciones: el mundo de nuestra vida intelectual será a la vez nacional y humanitario. Tendremos siempre un ojo clavado en el progreso de las naciones y el otro en las entrañas de nuestra sociedad.

Echeverría se sorprende escuchándose: es como si todo lo que ha pensado, lo que ha ido entendiendo en su vida pugnara por salir, por ocupar un lugar en el mundo. Es como si algo por fin le sucediera, y son palabras.

Su lengua: Candela tiene la lengua como un animalito que consigue ser tantos animales, uno que lame uno que hurga uno que empuja uno que moja mola monda monta, tantos. Candela sabe –como pocos– que no puede ser una si quiere seguir siendo.

Cuarenta, cincuenta muchachos se sorprenden también: están electrizados, la sala sin un ruido, el aire espeso. Echeverría se gusta, ensaya vericuetos. Al final decide que es el fin. Entonces, antes de los aplausos, callando los aplausos, Gutiérrez se levanta, se para a su lado, dice que deben elegir un presidente. No lo habían preparado, él no lo sabía; se sorprende, se deja sorprender; los muchachos, entonces sí, gritan, sin vacilar, a una, Echeverría.

Se toca con la mano derecha la carótida, para sentir si el flujo sigue, si va tan fuerte que está por romper todo. Aprendió a disimularlo: hace como si se rascara el cuello con la mano abierta pero se está apretando la carótida con el dedo índice para sentir si la sangre fluye como siempre. En los momentos decisivos se toca, intenta comprobar. En los momentos decisivos teme.

Gritan su nombre: gritan, como un reto, su nombre. Han decidido formar un grupo que llamarán Asociación de la Joven Argentina, han decidido reunirse lo necesario para elaborar un programa de acción, han decidido hacerlo con todos los cuidados que la situación sin duda les impone, han decidido ocupar el lugar que la Patria les ofrece. Están eufóricos, asustados, henchidos de entusiasmo; deciden reunirse otra vez dos semanas más tarde, el 9 de julio, para marcar la fecha con su encuentro.

Es muy tarde: las dos han dado y lluvioso, grita el sereno del Cabildo. Nunca –nunca quiere decir estrictamente nunca, en toda su existencia, en su reputa vida nunca– se había sentido así. Ya llegando a su cuarto en la Alameda –Gutiérrez, excitado, lo acompaña–, piensa, dos o tres veces, que quizás esta noche sea el punto culminante de su vida. Primero le da vértigo y regocijo y miedo; después, una tristeza sin fisuras. Después se ríe de la idea de que su vida pueda tener un punto culminante.

En esos días se pregunta –porque otros se preguntan, porque no puede dejar de preguntárselo– si lo hace por ambición. Se dice que no, que ambición sería haber aceptado el encargo de glorificar la campaña de don Juan Manuel, por ejemplo. Pero el engaño es breve: ésa era la forma vulgar de la ambición. Ambición fue no aceptarlo, creer que está para mejores cosas. Ambición fue dejar de escribir esas canciones que todos canturrean y lanzarse a esta empresa imposible, por ejemplo. Echeverría no se creía ambicioso, pero ahora le sería difícil sostenerlo. Se dice que no, que no lo es. Que tiene que hacerlo porque una vez que lo pensó, que lo creyó necesario, no puede no hacerlo. Sí puede: podría suponer que otros lo harán, pero no confía tanto en los otros, en los hombres. En sí mismo tampoco, pero debe intentarlo: sólo por eso se ha lanzado, una cuestión de dignidad –eso que algunos llaman tozudez. Se alivia, hasta que piensa que quizás, al final, ésa sea la forma más refinada de la ambición:

no decirse quiero hacer tal cosa sino decirse quiero que alguien la haga pero no se me ocurre quién si no yo mismo.

El tonto que se creía indispensable.

Y tantos tontos alrededor se lo confirman.

Pero piensa, también, que si lo hubiera pensado un poco más no lo habría hecho. Y que ésas son las cosas que de verdad importan: las que no harías si lo pensaras más.

El 8 de julio por la noche se reúnen en la quinta de los Rodríguez Peña, en los arrabales de la Aldea, bien al norte, y Echeverría se emociona recordando que aquí también se reunían, antes del 25 de mayo, Belgrano, Castelli, Paso, Vieytes y algún otro para conspirar contra los españoles, por la libertad. Están casi todos los que fueron la primera vez y seis o siete más. Echeverría les dice que deben conjurarse: unirse por un juramento que establezca entre ellos, dice, vínculos más sagrados que la sangre, el yugo de la Patria. Y que lo que los reúna, dice, debe ser el rechazo común de todo eso que deben rechazar para empezar a ser lo que querrían.

–¿Cómo que el rechazo común?

Pregunta Alberdi, y le dice que si no deberían más bien proclamar los pensamientos positivos que los unen. Echeverría lo mira, nota las miradas de los demás en él, ahoga una respuesta que podía ser brusca. Ahora es un líder:

–Para conformar nuestro ejército pacífico, lo primero es saber quién es nuestro enemigo. Pero no se impaciente, Juan Bautista, que no habrá solamente anatemas.

Dice, y les propone el juramento; lo ha copiado, en parte, del juramento de la Joven Italia de Mazzini; en parte lo ha compuesto para que sea argentino:

–He aquí el mandato de Dios, he aquí el clamor de la

patria, he aquí el sagrado juramento de la Joven Generación. Al que adultere con la corrupción, anatema.

Dice, y sus jóvenes contestan en un grito:

–¡Anatema!

–Al que incense la tiranía, o se venda a su oro, anatema.

–¡Anatema!

–Al que traicione los principios de la libertad, del honor y del patriotismo, anatema.

–¡Anatema!

–Al cobarde, al egoísta, al perjuro...

–¡Anatema!

–Al que vacile en el día grande de los hijos de la Patria...

–¡Anatema!

–He aquí el voto de la nueva generación, y de las generaciones que vendrán. Gloria a los que no se desalientan en los conflictos, y sí confían en su fortaleza: de ellos será la victoria. Gloria a los que no desesperan, tienen fe en el porvenir y en el progreso de la humanidad: de ellos será el galardón. Gloria a los que trabajan tenazmente por hacerse dignos hijos de la Patria: de ellos serán las bendiciones de la posteridad. Gloria a los que no transigen con ninguna especie de tiranía, y sienten latir en su pecho un corazón puro, libre y arrogante. Gloria a la Juventud Argentina que ambiciona emular las virtudes, y realizar el gran pensamiento de los heroicos padres de la Patria: gloria por siempre y prosperidad.

–¡Gloria!

Contestan todos en un solo grito, y se revuelven y se abrazan y se felicitan y se abrazan: han empezado algo, desencadenan una historia –y la emoción, el aliento de un futuro en construcción llena el lugar. Se abrazan más –abrazos serios, velorio jubiloso–, se llaman por sus apellidos, se miran a los ojos. La mujer gorda y su hijo pasan con sus bandejas, ofrecen chocolate.

3

Piensa que no puede durar: que deben hacer todo lo que puedan antes de que se acabe. Que en un lugar como Buenos Aires, en un tiempo como éste, entre cuarenta hombres como éstos tiene que haber por lo menos un traidor, un judas –y que más temprano que tarde va a entregarlos y la Asociación deberá dispersarse o, si acaso, cambiar radicalmente de formas y de medios o que, también, seguramente, él y unos cuantos más terminen en la cárcel. A veces se pasa un rato pensando quién será: imaginando posibilidades. Después, a veces, se avergüenza de haber pensado que tal o cual podrían; otras, no.

Tiene un encargo: la Asociación de la Joven Argentina le ha pedido, a instancias de Gutiérrez y de Alberdi, que redacte el Código que regirá sus acciones: las ideas, los principios, las medidas posibles.

Echeverría se pasa horas frente a la ventana, un papel en la mesa, la pluma seca al lado: las ideas se le escapan, no puede concentrarse. Pasan tres, cuatro días, desespera.

No lo dice –sería obsceno, piensa– pero extraña sobre todo cierta música: un buen piano, un cuarteto de cuerdas. En las tertulias puede escuchar si acaso esos valses o minue-

251

tos torpes, chabacanos. Y afuera una guitarra, cancioncitas: está empezando a detestar esos cielitos con guitarra. En París sí podía, piensa. En París todas las músicas estaban a su alcance, piensa –y se prohíbe seguir por esa línea.

–¿De qué nos quejamos? ¿De no ser suficientemente europeos? ¿De que Buenos Aires no es París? No es, no lo va a ser. Tenemos que adaptarnos a lo que tenemos, no llorar por lo que no tendremos nunca.

Le dice a Gutiérrez aunque sabe que lo dice para sí. Y Gutiérrez que lo pesca al vuelo:

–Claro, Estevan, lo entiendo. Así no se construye una nación, lamentando que sea la que es, que no sea otra.

La Aldea, estos días, rebosa de mendigos. Una –flaca, mestiza, ropa en jirones, pocos dientes– lo sigue por la calle. Le habla con voz de llanto, le dice que no tiene qué comer, que sus hijos están enfermos, que su marido murió peleando por el Restaurador en el Desierto. Cuando está por llegar a la esquina –cuando está por bajar al barrial de la calle–, Echeverría le da una moneda para librarse de ella; entonces la mendiga agradecida lo sigue un par de cuadras, sus gestos de gratitud más y más ostentosos, sus palabras más y más rimbombantes: más molesta. Echeverría acelera, piensa que ahí hay algo que debería entender.

La guitarra: lo intenta en la guitarra pero, esos días, esa desazón, sus dedos se resisten.

Ella mira el retrato que le pintó, siete años antes –sólo siete años antes–, el ingeniero Pellegrini:

–Patrón, ¿usté de verdad era tan distinto?

–¿Distinto cómo, Candela?

–No sé, distinto, más algo, distinto: como si nunca fuera a mirar a una negrita como yo.

Piensa en el judas, se pregunta. Y, después: que llamarlo Judas es darle demasiado peso. Un mensajero, un informante, el que lleva nuestras palabras a los oídos del amo. Raro saber que en última instancia, piensa, hablamos para él; raro saber que hay uno de nosotros que no está entre nosotros por lo que estamos todos sino por otra cosa y que ése es el que le da, de algún modo, su sentido final a lo que allí decimos. Ni siquiera sabemos si es uno, piensa: ojalá fuera uno. Le gustaría saber quién es y sentarse con él y preguntarle. Y después una noche se le ocurre si no sería Candela: si no será por eso que vuelve, que se interesa, que le pregunta cosas; si no estará ligada de algún modo a la Mazorca, como temió aquella vez después de las ejecuciones, en la plaza.

No la entiende. No se entiende con ella.

Qué tiene que ver ella con su cuerpo, se pregunta: qué relación entre esa muchacha analfabeta, que ni siquiera es lo suficientemente tonta como para no saber que lo es, para no saber que está confinada a las fronteras de su condición, para no saber que su única ventaja en la vida es ese cuerpo que lleva como si fuera suyo, una parte de ella, como si no fuera un azar que el mundo le ha tirado encima, y ese cuerpo. Qué tiene que ver ella —ella misma, Candela, la hija de esclava analfabeta analfabeta— con esas ancas suaves increíbles y esos labios carnosos y jugosos y esas piernas elásticas potentes y ese culo tan lleno. Qué tiene que ver, cómo hace para vivir adentro de él, qué sería de ella si tuviera que vivir en otro.

Echeverría se ríe: no puede ser que se esté haciendo estas preguntas. Después se pregunta si no debería hacerle algún regalo.

Piensa en el judas y se le hace presente el mediodía de la laguna aquella: los pescados flotando panza arriba, el olor a podrido, los nidos de cuervos y chajás con sus pichones huérfanos, el cuervo al vomitar un huevo de perdiz, un cacho de culebra. Allí pensaba todos somos iguales, recuerda ahora: somos todos iguales. Allí pensaba la muerte como la fuente de otras vidas, recuerda ahora, que la escoria produce. Ahora piensa en el judas: se pregunta cómo será ser un traidor, cómo se justifican los traidores.

A veces piensa que lo que tiene que ser será, que qué le importa —y hace todo lo que se le ocurre sin detenerse en consecuencias. Otras se cuida, trata de esquivarse, anda despacio, se contiene. Otras, en cambio, se acelera, como quien busca desafiar o terminar de una buena vez por todas. Teme a su corazón, no a los traidores.

Pero no es fácil. Ella lo ataca con esa forma más violenta de la belleza que se construye al borde. Alguien —un cuerpo, un perfil, unos rasgos— que, con sólo un subrayado más, un centímetro más, un recoveco más podría ser horrible pero se detuvo justo antes y supo mantenerse en equilibrio sobre el precipicio: esa belleza de rasgos desbocados retenidos, que cualquier mañana podría ser monstruosa.
La belleza de la amenaza permanente.

Ha tenido que salir de Buenos Aires: su hermano lo ha mandado a llamar desde el campo de Giles, lo necesita para solucionar unas cuestiones. Eso es lo que le escribe, sin más detalle: unas cuestiones. Echeverría galopa; el aire fresco, la pampa sin final, la nada, lo vuelven optimista: no puede ser que tanta inmensidad, tanta grandeza, se sometan a la minucia de un tirano. No puede ser que un hombre rija todo eso. Galopa, respira, intenta rechazar los pensamientos; respira, galopa, se siente en un mundo verdadero, donde nada de todo aquello importa, donde él tampoco importa, donde su corazón es todo suyo. Cuando llegue, Echeverría sabrá que la cuestión es él.

–Estevita, me mandó a decir el juez de paz que si no formalizamos nuestro contrato con Fonseca puede haber problemas.

–¿Problemas? ¿Qué problemas?

–¿Y vos me preguntás?

Le dice su hermano y acepta que no era urgente, que podría haber esperado pero está preocupado: que sabe de sus actividades, que tiene miedo por él, que quiere convencerlo de que deje todo. Echeverría le promete que sólo seguirá mientras esté seguro.

–¿Seguro, che? Qué carajo vas a estar seguro...

–Tranquilo, Jose. Si nosotros no queremos pelearnos con nadie, no amenazamos a nadie. Lo único que queremos es ayudar a que el país salga adelante.

Su hermano lo mira como se mira a un loco o a un enfermo final: sin esperanzas.

–Ojalá me equivoque, hermanito. Ojalá me equivoque.

Echeverría piensa que ojalá, le dice: sí, seguro.

El casco de la estancia de Giles son dos ranchos de adobe encalado, su piso de tierra apisonada, su techo de cañas y de paja. En uno de ellos vive José María, su mujer Mercedes, sus tres hijos de seis, ocho, once años; en el otro se guardan aperos y herramientas y hay un catre, una silla, una mesa, un brasero: allí duerme, cuando va, Echeverría. Allí, en siete días y sus noches, escribe el *Código o Declaración de los principios que constituyen la creencia social de la República Argentina*. Hay momentos en que no puede parar, las palabras llegan; en otros, algún atardecer, una mañana muy temprano, lo recorre una tristeza extrema: recuerda, con dolor, cuando escribía poemas.

Era un lujo, se dice, otra equivocación: creí que teníamos un país y le faltaba una identidad, una cultura. Lo que nos faltaba era un país.

Un país, se dice, importa cuando falta.

A su vuelta se vuelven a reunir en casa de los Rodríguez Peña: siempre nocturnos, siempre secretos, siempre tensos. Van discutiendo los temas del Código que quieren legar al futuro argentino: los discuten pero, en general, el que habla es él, él es el que propone, y sus discursos suelen aprobarse. Algunos se espantan –pero lo disimulan–; saben que están en minoría. Echeverría aprovecha:

–Grande, señores, sería a juicio de la Comisión el progreso de nuestra sociedad si consiguiésemos difundir el principio de la libertad de conciencia y de cultos y el de la separación e independencia de la sociedad religiosa y la sociedad civil; si nuestras leyes declarasen protección igual a todas las religiones y cultos o no patrocinasen a ninguna exclusivamente; si trazando los deberes del sacerdocio y señalándole su misión, viésemos un dia reinar en toda su pureza el cristianismo, destruida la superstición y aniquilado el catolicismo. Pero nosotros no lo veremos; una lucha de tres siglos no ha bastado en Europa para aniquilar la influencia de ese poder colosal que se sienta en el Vaticano. Gran parte de la Europa es todavía católica; la conciencia humana allí es esclava, y no cree lo que quiere, sino lo que le hacen creer los hipócritas y falsos profetas del Anticristo.

Dice, y un silencio extremo se posa en el salón; después, la tormenta de aplausos. Hay momentos así, de un poder raro: Echeverría tiene la sensación de que podría convencerlos de casi cualquier cosa. No es cierto: piensa que no es cierto, pero no está seguro. Por si acaso prefiere no probar. Ahora dice que lo más importante es conseguir que el pueblo deje de ser, como hasta entonces, un instrumento de lucro y poderío para caudillos y mandones:

–Nuestro pueblo nunca pensó ni obró sin el permiso de sus mandones. Debe aprender a hacer uso de su libertad, empezar a pensar y a obrar por sí mismo, a vivir colectivamente, a asumir el poder que los revolucionarios de Mayo quisieron entregarle. El pueblo ya no debe ser un pretexto, un nombre vano invocado por todos los partidos para cohonestar y solapar ambiciones personales; debemos asegurar que sea lo que debía ser, lo que la revolución de Mayo quiso que fuese: el principio y fin de todo.

Dice, y ahora sí el aplauso es inmediato, torrencial.

Teme no ser vulgar como los otros, feliz como los otros, loco como los otros y deslizarse y llegar hasta el fondo, que haya, que no haya, que en el fondo esté el fondo, teme.

Teme a su corazón, el enemigo.

Al salir se saludan como quienes no saben si volverán a verse; saltar a la calle es saltar al vacío. Echeverría sale tercero, cuando ya otros dos han chequeado los alrededores, y solo, para llamar menos la atención –las medidas de seguridad, el miedo, se hacen más y más serios–, y camina camino a la Alameda. Es tarde, pero el silencio de las calles es más brutal que de costumbre. Cuando se cruza con el sereno de siempre, el hombre no lo mira.

–¿Qué pasa, don Rocha, que todo está tan raro?

–¿Cómo? ¿Usté, tan fino, ni siquiera se ha enterado?

El hombre lo mira con infinita desconfianza, se retuerce el bigotón hirsuto, se acomoda el poncho federal, escupe al suelo.

–¿O será que no quiere saber? Se nos murió la Heroína, no puede ser que usté no sepa. Ustedes la mataron.

4

En su cuarto, solo, junto a la ventana, mira la Alameda tan vacía, la Aldea tan vacía. Tiene una hoja sobre la mesa, la pluma seca al lado, piensa en la muerta, piensa en la muerte, piensa en las muertes que puede traer la muerta, la violencia, piensa en Candela, se molesta porque piensa en Candela, se calienta porque piensa en Candela, se molesta. Echeverría no ha dormido y ahora, siete de la mañana, la Aldea sigue en silencio como toda la noche. Como si nadie se atreviera a hacer el menor ruido que pudiera molestar al cadáver tan nuevo. Como si no supieran, todavía, cómo moverse o cómo hablar o cómo caminar con esa muerte.

Cuando su esposo recuperó el gobierno de Buenos Aires, doña María de la Encarnación Ezcurra y Arguibel, primera dama, regente de la corte de Palermo, fue nombrada Heroína de la Federación. Y estaba en su apogeo y en su cama cuando se murió, sin previo aviso, una noche de octubre. Nadie supo qué le había pasado; la conmoción fue enorme.

–Esos hijos de puta, fueron esos hijos de puta, los salvajes.

258

–¿De verdad usté cree que pudieron?
–¿Usté no cree? ¿Usté no sabe lo que cree?

Hay sospechas: la madrugada está pesada de sospechas. Miles y miles de personas que prefieren pensar que su pena tiene un reo y que podrán castigarlo –que podrán vengarse. Miles y miles que no soportan pensar que algo así pueda haber pasado sin razón, sin culpas. Miles y miles que saldrían a colgar salvajes unitarios si alguien los azuzara.

Poco a poco, como si nadie quisiera realmente, las calles de la Aldea empiezan a llenarse. Hacia el anochecer ya son los miles: dirán –los diarios oficiales dirán, al día siguiente– que la mitad de los porteños estaban en la calle para despedir a la Heroína. Nunca antes en Buenos Aires un cadáver había juntado tanta gente.

Caminan cabizbajos, silenciosos, descubiertos, a través de la plaza. Llevan antorchas encendidas; al frente, hombres cargan el cajón magnífico, gran pieza de caoba forrada de raso blanco que terminó a marchas forzadas el inglés Fulton por encargo del mejor enterrador de la Aldea, el inglés Whitaker; se lo van pasando unos a otros para que ningún notable se quede sin el honor de haberla soportado. Alrededor están don Juan Manuel, sus dignatarios, sus parientes, sus frailes cantando la oración de muertos; detrás, los miles. Llevan flores, ramas de laurel, caras de tanto pesar, alguna lágrima; son, como el día de la ejecución, peones, gauchos, pardos, pobres; hoy, además, hay chicos, muchos chicos; algunos juegan y gritan y se llevan los gritos de sus padres. Todos caminan, los pasos arrastrados, hacia San Francisco; allí los espera el estado mayor del ejército, el cuerpo diplomático, más miles de personas; allí tendrá su nicho.

Echeverría también sale a la calle, mira, escucha.

Las muertes por la muerta: hay momentos, piensa, en que todo puede bascular, caer de un lado u otro; momentos en que nada de lo que era sirve para saber lo que será. Momentos en el aire: momentos de países en el aire.

Echeverría se esfuerza por encontrar tristeza: una mujer ha muerto, piensa, debería emocionarme. A mitad de camino, cuando la procesión deja la plaza de Mayo, se queda quieto, los deja seguir. Se dice que precisa pensar; precisa, en realidad, escaparse de ese espacio funeral –y de su insensibilidad, de su distancia. Lo horroriza –lo alivia– su distancia.

Al otro día, las autoridades competentes ordenan que todos los ciudadanos lleven luto –corbata negra, faja con cinta negra en el brazo izquierdo, tres dedos de cinta negra en el sombrero que no tapen la divisa punzó– hasta nueva orden. Y guay, anuncian, de quien no lo cumpla.

Momentos en el aire.

Se asusta con esos golpes en la puerta. Son casi las once de la noche y los golpes suenan con esa autoridad que aterra. Así que así se terminaba, piensa, y en un momento piensa tantas cosas: si se tira por la ventana y lo acaba de una vez por todas, si va a ser un alivio que se acabe, si les dice que en realidad a él todo eso no le importa nada y que se puede arreglar y que conversen, si ésta es la oportunidad que esperaba para inmolarse por la patria, si va a ser capaz, si va a estar a la altura, si va a tener los huevos. Se levanta de la cama, se pone pantalones, grita que ya va, que si no pueden esperar carajo.

–Lo que quieras, Estevita, calma. Pero a cambio me servís una buena ginebra.

Dice la voz profunda, ronca, un poco patinada –que Echeverría tarda un segundo en identificar.

–¡Bartolo! Bartolo hijo de una gran puta casi me matás.

–No sabés cuántos me lo agradecerían.

Le dice la voz del otro lado de la puerta.

Beben, se ríen, se ríen de la escena, fuman. Están sentados en la única mesa, las dos únicas sillas, los dos únicos vasos, y Bartolo le dice que después de encontrarlo anduvo averiguando y que sí, que de verdad hay gente que lo odia, que qué carajo les hiciste hermano y que él cuando los oye le da risa porque no puede creer que el tonto de Estevita y que le da un poco de orgullo porque yo te conozco de pichón, le dice, y que también le da coraje, dice, cabreo, porque no puede entender cómo no entiende que si apoyara al Jefe, o por lo menos si se quedara quieto todos viviríamos mejor, tanto mejor, le dice, y que por qué carajo no te dejás de joder con esas tonterías, Estevita, dice.

–Pero no he venido para eso. He venido porque tengo que decirte algo.

Echeverría lo mira sin saber qué ver: un hombre que no reconoce como ese chico que quería y admiraba, un hombre que no conoce pero personifica todo lo que combate, un hombre que ha venido a reírse con él, a beber con él, a decirle que lo va a ayudar con la voz cada vez más patinada:

–Ya te habrás enterado que yo no estoy en el Matadero nomás. A mí me ha ido bien en la vida, te lo dije. En la Mazorca me tienen a la buena, mando un poco.

Le dice, disfrutando. Y que unos días atrás un compañero le dijo que había un grupo de petimetres que se reunían para conspirar contra el Restaurador y que iban a hacer algo y que su jefe era el tal Echevarría, ese que dice que es poeta, me dijo, Echevarría, y casi le contesto. Y Echeverría que le juega el juego:

–¿Y qué le ibas a contestar, Bartolo?

–Nada, que se llama Echeverría y que poeta no será pero es amigo mío. Pero no se lo dije, imaginate el hormiguero.

Dice Bartolo y que en cambio le tiró de la lengua y se enteró de que lo sabían por un tipo que había delatado y que preguntó más, averiguó su nombre.

—Y no te creas que te lo digo porque somos amigos.

Le dice, y se corrige:

—... porque fuimos amigos. Te lo digo porque soy un tipo derecho: vos sabés que a mí los traidores no me gustan; si precisamos traidores es que volamos bajo. Así que es todo tuyo: háganle lo que quieran.

Dice Bartolo y levanta su vaso:

—¿Y sabés por qué, también, te lo digo? Porque sé que no sos un valiente y debés estar cagado hasta las patas.

Le dice, y otra carcajada.

Echeverría aprieta en el bolsillo el soldadito de plomo que le regaló, veinte años antes, el maestro Guaus. Se lo va a dar a Bartolo: él, que pasó tan poco por sus aulas, aprendió mucho más que tantos otros. Después, de pronto, le da miedo perderlo y se lo guarda. Bartolo se está yendo, el trago del estribo. Echeverría le da un abrazo confuso, le agradece; siente que falta algo. Cuando el otro se va recién entiende:

—Me has dado una lección, Bartolo.

Le dice, pero Bartolo ya está lejos.

Cuánto pesan, se dice, cuando no se dicen.

Se encuentran en una pulpería de la Recoleta. Carvajal, el hijo del edecán de don Juan Manuel, lo ha traído; Francisco Elizaguirre es un muchacho rubio de frente alta, despejada, piel demasiado blanca: casi frágil. Tiene veintidós, veintitrés años, la pechera muy pulcra, la chaqueta impecable. Echeverría es más alto: acodado en el mostrador lo mira desde arriba, los ojos aguileños. Toma un trago de vino, carraspea:

—¿Por qué lo hizo, Francisco?

–Yo no hice lo que ustedes creen.

–¿Qué es lo que no hizo?

–Traicionar. Yo no los traicioné. Yo quería salvarlos. Echeverría respira hondo, se contiene. Elizaguirre habla más bajo todavía:

–Se estaban equivocando mucho, yo tenía que hacer algo.

–Si quería hacer algo lo hubiera dicho, lo habríamos podido discutir.

–¿Con quién? Usted no me iba a hacer caso, maestro. Y sus amigos menos. Qué le iban a hacer caso a uno como yo.

–¿Y por eso tenía que ir a entregarnos? ¿No sabe que ellos ya sabían, que nos dejaban porque nadie hacía ruido?

–Claro que lo sabía. Pero si yo iba con la denuncia no podían seguir haciendo como que no sabían. Y con eso les salvo la vida. Váyanse, me prometieron que si se van no van a tener ningún problema. De verdad, maestro, con el tiempo ya va a ver que lo hicimos por su bien.

Duda, teme, querría decidir algo. Pero sabe que no tienen opciones.

La reunión de esta noche se hace en una casa nueva –barrio del Alto, muy cerca de su niñez y el matadero–; la mayoría de los participantes no sabe de quién es. Echeverría la ha convocado de urgencia: mañana mismo, sin tardar, sin falta. Los jóvenes van entrando preocupados, caras serias, comentarios ahogados. Todos llevan el luto obligatorio: doña Encarnación tiene cinco días muerta y nadie sabe qué puede pasar. El clima de la Aldea es ominoso; más patrullas que nunca, los insultos, el odio desplegado.

–Señores, estamos vendidos. La tiranía nos acecha. Ha habido entre nosotros algún indiscreto, por no decir traidor. Caiga la vergüenza de acción tan villana sobre el que haya violado tan fácilmente la religión del juramento.

Dice Echeverría, y ve correr por las caras relámpagos de miedo.

–Entretanto, debemos precavernos para no ser sacrificados sin frutos. Sería imprudente y temerario continuar nuestras reuniones y dar margen a una tropelía del poder. Tenemos lo principal; nos liga un vínculo indisoluble. Necesitamos ahora trabajar y madurar en silencio nuestro pensamiento orgánico. Necesitamos estar prontos para obrar en los tiempos que vendrán. Hemos reconocido una creencia común, un dogma: sabemos dónde estamos, adónde vamos y por qué camino...

Pero ahora, dice Echeverría, es el momento de separarse y seguir cada cual por su lado: las reuniones, las discusiones se han vuelto imposibles.

Al final hay abrazos, despedidas, promesas de lealtad eterna, preguntas sobre quién será el hijo de una gran puta. Algunos se van rápido, como asustados; otros tardan, estiran los últimos momentos. Gutiérrez se acerca a Echeverría, le pone una mano sobre el hombro:

–Es un principio, Estevan, ya va a ver.

–Por una vez, quisiera que usted tenga razón y que yo me equivoque.

Gutiérrez suelta una carcajada; tanto, pregunta: ¿tanto?

Puede cogerla como si fuera una puta de la Recoleta, con esa mezcla de desdén y distancia que hace del coito un acto tan puramente físico, sin mezclas, sin ambigüedades, y por lo tanto tanto más fácil de gozar, como una puta, sin compromisos ni preocupaciones pero sabiendo sin embargo que ella está ahí porque quiere, porque lo eligió, por él, no por dinero. Ninguna combinación podía parecerle más adecuada, más excitante: más caliente.

Pero hay mañanas en que se muere por tocar los huesos

de Candela: pasar a través de esa piel, esa carne, tocarla, de verdad tocarla.

Ya pasó una semana, las calles siguen sucias de restos del entierro: flores secas, banderines punzó, guirnaldas arrugadas, bosta de los caballos. Al alba, tres hombres bien vestidos caminan en medio de la mugre por la calle de barro que lleva hasta la Aduana. Entre dos cargan un baúl oscuro: Posadas y Echeverría le llevan el equipaje a Juan Bautista Alberdi.

Es el primero en irse: dijo que recibió una propuesta de Andrés Lamas y Miguel Cané que quieren publicar un diario de exiliados en Montevideo, *El Nacional*, y que acá en Buenos Aires ya no tiene nada que hacer, que quizá en la otra orilla. Echeverría pensó en decirle que si alguien no corría peligro en Buenos Aires era Alberdi, que don Juan Manuel siempre lo había tolerado, que no hacía tres meses le había mandado decir que no se preocupara –pero se calló.

Alberdi parecía entusiasmado con el cambio: dijo que ya se las arreglaría, que seguramente con el trabajo del diario no le va a alcanzar pero que puede dar clases de piano, de dibujo, que algo encontrará.

–Son las ventajas de no haber tenido nunca claro qué iba a hacer, de haber tenido que intentar de todo.

No dijo nada, en cambio, de su amante y su hijo recién nacido –y nadie se lo preguntó. Los tres hombres caminan. Hace calor, pese a la hora; Echeverría resopla, Alberdi lo reemplaza. Llueve finito, como si no importara.

–Quién lo hubiera dicho, ¿no?

–Sí, quién lo hubiera dicho.

Buenos Aires, que vive de su puerto, sigue sin tener puerto: la bajada al río, el edificio viejo de la Aduana, y de la orilla un carro o un bote para llevar a los pasajeros hasta el barco. A veinte o treinta metros del puesto de control los tres hombres se paran. Echeverría pone una mano sobre el hombro de Alberdi:

—Bueno, supongo que ya no sirve que lo intente de nuevo.

—No, Estevan. Estoy decidido. Acá no se puede hacer nada, ya lo vimos. Usted también debería pensar en emigrar.

—¿Emigrar? Eso se llama exilio, amigo mío.

—Emigración, exilio, lo que quiera. Debería pensarlo.

—Ya lo he pensado mucho, Juan. Yo no puedo exiliarme. El exilio es la muerte. Para mí, es la muerte.

—Usted sabrá, Estevan. Yo creo que no. Todavía no tengo treinta años; me queda tiempo y fuerza para empezar de nuevo en otro lado. A usted también, no se haga el viejo. Piénselo, hágalo mientras todavía nos dejan. Quién sabe en unos meses o un año ya es muy tarde.

Echeverría piensa que si supiera: si Alberdi supiera. Dos guardias de la Aduana los miran, dicen algo; Posadas les dice que lo dejen ya, no vaya a ser. Alberdi los abraza, se seca la cara, se carga al hombro su baúl. Su barco está casi dos millas río adentro; todavía le faltan, para ser libre, un par de obstáculos.

—Cuidado, tenga mucho cuidado.

Le dice Echeverría, y Alberdi lo mira como rogándole silencio. En la Aduana se apura a abrir su baúl antes que se lo pidan: bajo las ropas y los libros hay papeles que podrían costarle la vida. El *Código de la Joven Argentina*, el manuscrito de sus *Profecías*. El funcionario que lo revisa está medio dormido: adelante, jefe, que tenga buen viaje. Desde la orilla, sus amigos lo miran; cuando el bote se aparta de la orilla Alberdi, de pie, los saluda con la mano. Después se saca del ojal de la chaqueta la divisa punzó, los sigue saludando; ya está por llegar al barco cuando la tira al agua.

En la costa, Echeverría tiene una visión rara. Ha escuchado, las últimas semanas, historias de cuerpos que aparecen en las orillas, desnudos, mutilados. Dicen que son contrabandistas, otros que prófugos; no se sabe. Se ve, por un momento, flotando en esas aguas turbias. Se pregunta si no tendrá razón Alberdi: sería un chiste, piensa, se sonríe.

Dos o tres semanas después, a mediados de noviembre, flores lilas de los jacarandás, Echeverría aprieta en tres baúles sus libros y su ropa y contrata una carreta que lo lleve a Los Talas. Se va a pasar un tiempo allí, no sabe cuánto. La Argentina, piensa, será quien lo decida.

Entonces

sentado al borde de una silla desfondada, mareado por los gritos de los pájaros, enfermo de su propia enfermedad, lleno de los olores viejos de caballos y cuero y paja y carne fresca, Echeverría supone que escribir no es necesario: que quizás ése fue su error, si es que tuvo uno solo. Y que algo va a pasar y que es probable que sea nada.

Problemas V

Es difícil pensar el pasado: situarse en el pasado.

A primera vista, el pasado es un lugar donde viven sobre todo personas ricas y famosas, o heroicas y arrojadas, o épicamente desdichadas, trágicas; nunca pensamos en el pasado como momentos aburridos, cotidianos, de millones y millones que nunca hicieron nada inolvidable –y que, de hecho, ya fueron olvidados.

Del pasado, lo más difícil de entender es que cada uno de sus momentos es un presente, la culminación de miles de años, el punto más avanzado de la historia. Nos parece que cualquier momento del pasado tenía ya su pátina y su polvo: un lugar habitado por personas abrumadas por su propia antigüedad. No sabemos pensarlos modernísimos, llenos de la emoción de estar viviendo lo nuevo, lo más nuevo: de haber llegado a lo más lejos.

Victor Hugo, en el texto que más citaban Echeverría y sus amigos –el *Prefacio* a su *Cromwell*–, escribió que «el género humano en su conjunto ha crecido, se ha desarrollado, ha madurado como cualquiera de nosotros; fue niño, fue hombre, y ahora asistimos a su imponente ancianidad».

No sabemos: imaginamos el pasado como un sitio muy viejo.

Hacer pasados para usar pasados: lo llamamos historia.

Usamos el pasado para tranquilizarnos de –por lo menos– dos maneras distintas, casi opuestas: todo esto que pasa pasó siempre; ahora sí que no pasa lo que pasaba antes.

Todo esto que pasa pasó siempre. O sea: no vale la pena pelearlo, esto es así porque es así porque es así. El esencialismo, chupetín de la historia: la noción que supone que nada puede cambiar en serio porque cada cultura, cada pueblo tienen sus rasgos inmutables. La flor de la doctrina Maradona: que «estamos como estamos porque somos como somos».

Que se sostiene porque siempre es posible encontrar semejanzas con el presente en el pasado. Como cada escritor que se precie, todo hecho relevante crea sus precursores.

En esta historia la tentación abunda: abundan analogías entre estos y esos tiempos. ¿Qué hacer con ellas, cómo jugarlas para que no sean burdas? La muerte de Encarnación Ezcurra no sería lo mismo sin la muerte de Eva Duarte, más de un siglo más tarde, por supuesto. Pero también la sumisión de los indios a cambio de subsidios, el culto de la personalidad, el intento de compra del poeta, los pagos a periodistas y sus medios, los grandes fastos cívicos a cargo del gobierno, lo popular como verdadero frente a lo culto como falso, el aparato de control del Estado utilizado como organización política, las purgas en el séquito del jefe, los enriquecimientos, el uso caudaloso del fervor patriótico y, sobre todo, la sensación –que ya entonces escribía Echeverría– de que la Argentina podría haber sido un gran país pero había perdido su oportunidad.

¿Para qué sirve la sensación de que lo que pasa ahora viene pasando desde hace mucho tiempo, que todo sigue siendo –pareciendo– siempre igual? ¿Desilusión, fatalismo, maradonismo puro? ¿O la prueba de que, creyendo que cambiamos, todavía no cambiamos suficiente?

Otro uso –contradictorio– de la historia: ahora sí que no pasa lo que pasaba antes. O sea: estamos mucho mejor y cada vez mejor, hay que esperar. La confianza más o menos pasiva que te aquieta, chupetín de la historia.

No me interesa usar el pasado para pensar el pasado como un presente, sino el presente como un pasado: ponerlo en perspectiva histórica y desarmar –un poco– la mayor trampa que tienden todas las culturas: que esa cultura va a durar para siempre. Todos los tiempos creyeron que serían así para siempre: que nunca se volverían pasado. Todos los tiempos se volvieron.

Aquí, ahora –allí, entonces, Buenos Aires 1835– hay un país que acaba de dejar atrás uno de esos sistemas políticos –la monarquía, una forma del mundo– que debían durar para siempre porque así lo había querido un dios –que también tenía que durar para siempre– y que se enfrenta a la angustia de no saber qué hacer. Durante siglo y medio, esa angustia se convirtió en debate, en disputa, de distintos modelos, hasta que, hace unos veinte años, nos hundimos en una nueva forma del mundo que debería durar para siempre –y durará lo que pueda durar–: la democracia de delegación y de mercado.

Que, alguna vez, será pasado: ellos –¿quiénes, cómo serán ellos?– la mirarán con la extrañeza con que se mira lo que fue, lo que resulta tan lejano.

La historia sirve, sobre todo, para entender que todo será historia.

Pero aquella generación confiaba más en otro uso: la famosa memoria. «No sabemos por qué ha habido cierta especie de repugnancia a confirmar de una manera permanente e histórica los rasgos populares de la dictadura. Hemos pasado por una verdadera época de terrorismo que creó escándalo en América y Europa», escribió Gutiérrez en su prólogo a *El Matadero*. «Pero si se nos pidieran testimonios y justificativos escritos para dar autenticidad a los hechos que caracterizan aquella época, no podríamos presentarlos, ni siquiera narraciones metódicas y anecdóticas, a pesar de oírlas referir diariamente de boca de los testigos presenciales. Cuando éstos dejen de existir estamos expuestos a que se crea que no hemos sido víctimas de un bárbaro exquisitamente cruel, sino de una pesadilla durante el sopor de una siesta de verano.»

Aunque, tantas veces, se equivoca el que cree saber o definir qué será recordado –y qué no lo será.
¿Quién puede decir éste soy yo, señoras y señores del mañana?

El Matadero
1840

1

Debe hacerse olvidar. Se lo repite, se sonríe, se amarga: ahora su misión es que lo olviden.

Y, para eso, olvidarse. Deshacerse allá lejos: dejar de ser sí mismo por un tiempo. O, si acaso: ser y que nadie sepa.

En Los Talas los días pasan lentos: se despierta con el sol, Candela le ceba, a veces lee un rato, sale a dar una vuelta en la alazana o en el bayo; a media mañana, para hacerse útil, pregunta al capataz cuestiones de los animales, que si el rebaño de la laguna está engordando bien, que si ya esquilaron las merinas, si van a carnear chanchos este viernes, y llega incluso a darle alguna orden –que el otro acepta como quien sabe que es un juego. Al mediodía comen todos juntos: al principio su cuñada Mercedes no quería que Candela se sentara con ellos a la mesa. Mercedes es de una familia pobre pero criolla y española, con historia: la idea de compartir comidas con una negra barragana le resultaba inaceptable. Echeverría no sabe cómo fue que su hermano, al fin, venció su resistencia, pero se lo agradece. Suelen usar la vajilla de aparato –cuatro platos, cuatro cuencos, una fuente ovalada, una sopera grande– con la cara de don Juan Manuel.

–Él nos da de comer, hermano, y le gusta que no nos olvidemos.

–¿Le gusta que le pasemos la grasa por el pelo?

Después duermen la siesta. A eso de las cinco Echeverría se sienta en la galería de su rancho de adobe, a la sombra de su techo de paja, entre las moscas y tábanos y los chillidos de los pájaros, un lápiz en la mano y su cuaderno: no ha escrito mucho. Es como si ese lugar, tan calmo, tan primordial, se lo comiera.

–¿Le traigo algo, patrón?

–Nada, negrita, nada.

A la noche, en general, se va a acostar temprano. A veces se queda un rato conversando con José; otras, con el capataz y un primo suyo, juegan a las cartas. Si no, lee bajo el candil de aceite –sus ojos cada vez más exigidos–; algunas noches Candela consigue distraerlo. Hablan menos que cuando se veían cada tanto: la cercanía, parece, vuelve superfluas las palabras. Ella, una noche, en voz muy baja, casi pesarosa, le preguntó si la quería; él le dijo que no hablara pavadas. Después se arrepintió; no dijo nada, pero al otro día le llevó unas flores –que cortó de un rosal al lado del estanque. Candela lo recibió, lo miró con una especie de sonrisa, olió las rosas y las dejó a un costado.

–No se preocupe, patrón. Yo no soy de ésas.

Le dijo, y Echeverría no necesitó preguntarle cuáles eran. Patrón, lo llama ella.

Alrededor de los ranchos y corrales todavía corre la vieja zanja y la tapia de adobe que recuerda que, hace unos pocos años, esto era un fuerte contra el indio: que vivir acá era vivir en la zozobra de un ataque. Y que, si ya no es, se lo deben a don Juan Manuel, suele decirle Jose, y él se calla.

Hay circunstancias, situaciones, en que el tiempo cambia. En Buenos Aires, en medio de la agitación y la tensión y la esperanza, cada día duraba eternidades; aquí, en el tedio sereno, en el alivio de la repetición, lo que pasó hace tres meses pasó ayer; mañana y otro año se mezclan, se confunden. Se va el tiempo: Echeverría intenta retenerlo con escritos, llenándolo de su trabajo con palabras, pero los versos se le enredan. Piensa si no será una especie de signo: que ya no puede darse el lujo de ser un escritor, que ya no puede esconderse tras rimas y requiebros; que ha llegado, también para él, el momento de encontrar un campo de batalla. Que no es siquiera una elección: que el país donde quiso ser poeta ya no existe –quizá nunca existió–; que en éste, el verdadero, puede apartarse, esconderse por ahora, pero no mucho más.

–¿Y qué vas a hacer, Estevita, vas a aprender a cargar con la lanza?

–Eso sería si yo quisiera ganar, Jose.

El caballo, sin embargo, lo sigue emocionando: montarlo, conversarlo, llevarlo corto, darle espuela, lanzarlo a la carrera sin más frenos. El placer del poder, volar, hacer el viento. Y le gusta acercarse al corral –sus paredes de palos puntiagudos, caranchos en las puntas, sus huesos de animales en el suelo– cuando el primo del capataz, con su pierna y media y su muleta, doma un potro: animales tremendos, imposibles, al final bajan la cabeza. Si una bestia acepta someterse es que su voluntad fue vencida por el castigo inteligente, piensa, y piensa en los pueblos. Pero un caballo, se dice, no vuelve nunca a cimarrón. Se ve, se dice, que todavía me quedan esperanzas.

–¿Y qué es lo que querés?

–Yo, nada. ¿Vos?

–Yo tengo hijos, hermanito. Una responsabilidad, algo de que ocuparme.

El primo del capataz se llama Eufemio, y dice que la perdió cuando un caballo lo arrastró, se le enredó la soga y lo arrastró y la pierna se le rompió tanto que no hubo más remedio que cortarla. Una vez le dijo que había sido acá nomás, arreando; otra dijo algo confuso sobre una escaramuza y unos sables; otro día le dijo que a la final qué importa, que siempre es un caballo, que lo que importa es el caballo, le dijo Eufemio, yo que me he dejado la vida entre caballos.

Y que entonces lo quisieron poner a hacer cosas de mujer. ¿Cosas de mujer?, lo ataja Echeverría. Sí, a cuidar las gallinas, levantar los tomates; si hasta hubo una vuelta que quisieron que les cebara el mate. Y que entonces les dijo que él era el mismo con una pierna menos: que perder una pierna no es volverse otro.

–Y, disculpe la pregunta, ¿le dolió mucho cuando se la cortaron?

–Usté no entiende, patroncito, disculpe pero usté no entiende. Dolor no es, dolor es otra cosa; eso era un ruido. Usté no sabe el ruido que le hace el cuerpo cuando se le rompe.

Le dice, y que pensó que se iba a quedar sordo. Pero que fue al revés: que ahora escucha cosas que antes nunca.

–A los caballos, patrón, les he escuchado cada cosa.

–¿Como qué, qué cosas?

–Ay, patrón.

Le dice, y que eso no se dice.

Las veinte leguas que lo separan de Buenos Aires son un estruendo, un mundo.

278

A veces –bajo el alero del techo de paja, entre moscas y tábanos, el mate que Candela ceba tan precisa, en el silencio hecho de ruidos consonantes– piensa que hay un saber oculto, una sabiduría en todo esto: que quisiera captarla. A veces, que ésa es la trampa: una manera de la resignación.

Pero su corazón: siempre detrás su corazón, amenazándolo, diciéndole que lo haga de una vez, que lo que no haga ahora no lo va a hacer nunca. Se esfuerza en verlo, en entenderlo: como un río de montaña torrentoso, revuelto, las aguas blancas como la sangre roja, un caudal que amenaza más y más con el desborde, así lo piensa. Un movimiento que no para y está siempre a punto del desastre, así. Unas carnes gastadas intentando contener lo que no suelen contener las piedras más fornidas, así. Una energía que podría dedicarse a tantas otras cosas empeñada en derrocharse para su propio fin. El caos, el caos, el caos en ese vericueto todo el tiempo. Lo agota saber que ahí nomás, en su cuerpo, se libra ese combate idiota, la destrucción sin más excusas. Lo tranquiliza –también, de un modo extraño– saber que será breve.

Un gato montés vuela y abaraja una torcaza. La torcaza aletea, se sacude; el gato la revolea, bien mordida, para partirle el cuello. El crujido es casi imperceptible.

–¿Por qué resignación?
–No sé cómo decirlo, Jose. Pero todo el tiempo me pregunto si el trabajo del poeta será contar las cosas como son o como querría que fueran. Si sirve decir mi país es así, voy a representarlo tal cual es. Y entonces el tirano es el amigo del pueblo, los curas son los padres, este gato es la elegancia de la naturaleza. O si eso no es una agachada.
–¿Y qué querés hacer?
–Si yo supiera.

279

A veces llegan noticias de la Aldea: les suenan con sordina, como si no sucedieran en otro lugar sino otro tiempo. Pero una tarde de abril se presenta, con dos carretas y una docena de caballos, un amigo de José, un tal Rupérez, comerciante. Viene de Buenos Aires, va a Santiago y les pide permiso para quedarse un par de días. En la mesa –José propone que, por hoy, Candela no se siente con ellos, y él acepta–, Rupérez le parece inquieto, como si le costara hablar. Echeverría trata de hacerlo sentir cómodo, no sabe cómo; le gustaría verle mejor la cara, pero la luz de los pocos candiles parpadea demasiado. El capataz ha traído el asador de fierro con sus cachos de carne, lo ha clavado en el suelo; los comensales se levantan con sus cuchillos a rebanar bocados, los cortan, los agarran entre trozos de pan, los comen a mordiscos. Dos perros flacos les esperan los huesos, se pelean; Rupérez les dice que el bloqueo sigue, que faltan cada vez más cosas pero que eso no es nada, que no pueden ni siquiera imaginar cómo está Buenos Aires, que lo que ellos pudieron conocer no es nada comparado con este ambiente de tensión que se corta a cuchillo, que hay muertes casi cada noche, que la Mazorca campea sin más frenos, que mucha gente ya ni sale a la calle por si acaso. Y que tienen razón, que para muchos salir a la calle se ha vuelto peligroso, que si se enteraron de lo que le pasó al menor de los Saldías. Los hermanos le dicen que no, que aquí no llegan esas cosas; Rupérez se sirve un trago de vino de la jarra de barro y les cuenta la historia del muchacho, que un día estaba yendo desde el centro a las Barracas y se le ocurrió atravesar el matadero y que empezaron a gritarle, a insultarlo, que cómo que por qué, porque iba vestido con su chaqué y su corbata y su sombrero alto en un caballo bien plantado, y que al final lo rodearon y lo bajaron del caballo y se pasaron un rato divirtiéndose a su costa, que lo burlaban, le pegaron, lo amenazaban con las peores cosas. Las moscas zumban, los comensales manotean.

–¿Quiénes eran?

–Yo qué sé, todos, muchos. Me dijeron que eran docenas de esos desarrapados que se llenan la boca con la Federación y el Restaurador y todo ese palabrerío y en realidad son una banda de facinerosos.

Dice Rupérez y que por suerte el muchacho no perdió del todo la cabeza, que se sometió a las peores cosas –dice las peores cosas y hace una pausa y levanta las cejas, como quien dice ustedes ya me entienden–, que le hicieron las peores cosas pero al final pudo escapar con vida, aunque muy magullado, dice, muy golpeado, herido, y que él sabe que es verdad porque se lo contó un pariente cercano pero que nadie se entera de esas cosas, que esas cosas no salen en los diarios y la gente tiene miedo de decirlas; si las dice, dice, las dice en voz muy baja y sólo entre parientes.

–Y así estamos. Y así nos callamos.

Dice, y toma vino. Echeverría está a punto de palmearle la espalda.

Piensa en el matadero: ese mundo que conoce tan bien, que ha visto tantas veces cuando chico, al que volvió cuando pasó esa temporada en el secadero de su hermano. Piensa la noche, sin poder dormirse, y a la mañana siguiente piensa todavía: los gritos, los olores, los gestos sin espejo. Y esa noche, y al otro día otra vez. Piensa si ese mundo no es una especie de resumen del país que no quiere: un teatro de la tragicomedia patria. Y después piensa: ¿será preciso que piense como si declamara, que piense semejantes tonterías rimbombantes? ¿Un teatro de la tragicomedia patria?

Pero sigue pensando.

—¿Qué le pasa, patrón?

—Nada, che. ¿Qué querés que me pase?

Al cuarto día se sienta a escribir. O, en realidad, no quiere escribir: va a tomar notas. Quiere fijar ciertas ideas que le dejó la historia del muchacho. «A pesar de que la mía es historia, no la empezaré por el arca de Noé y la genealogía de sus ascendientes, como acostumbraban a hacerlo los antiguos historiadores españoles de América...», escribe, y recuerda la situación del matadero el año anterior, cuando las lluvias torrenciales impedían que llegara el ganado y no había qué faenar y los ratones se morían de hambre y la Aldea se empezó a quedar sin carne y hubo enfermedades y precios impagables y un par de curas que clamaron la cólera de Dios y redoblaron los esfuerzos del gobierno y al fin después de dos semanas entró una tropa de ganado gordo y todos se precipitaron y el primer novillo que mataron fue, todo entero, un regalo para el Restaurador que le llevó una comisión de carniceros para que el hombre no tuviera que privarse de su asado. «La visión del matadero a la distancia es grotesca, llena de animación...», anota, y sigue.

No escribe: toma notas. Va armando imágenes, escenas, situaciones. Pero no las escribe; no cuenta sílabas, no intenta rimas, ni siquiera se decide por una prosa pulida y elegante; sólo relata, sin fijarse en cómo. O sí: piensa, una vez, quizá dos veces: ¿qué pasa si lo escribo de forma tal que Candela, si yo se lo leyera, también podría entenderlo?

Después piensa que para qué, que no vale la pena.

Toma notas, no escribe.

—¿Usté sabe la diferencia entre limpiar la sangre de un ternero y la sangre de un hombre?

–No, me parece que no sé.
–Ah, usté no sabe.

Le dice Eufemio, el domador de pierna y media, y se aleja renqueando, apoyado en su bastón de rama:
–Usté no sabe.

2

A veces le da pena. La mira, sentada junto al fuego, cosiendo una camisa que ya no tiene arreglo, y le da pena. O la mira dormir como duermen los chicos, un pulgar en la boca, la placidez de quien no teme, y le da pena. O la mira mirarlo –atenta, temerosa– y le da pena. O la mira pasar –erguida, desafiante– y le da pena. Pero no sabe qué hacer con esa pena. O, mejor: tiene miedo de lo que pueda hacer con esa pena.

Eufemio llega con un avestruz, o dos o tres, cruzados en la grupa del caballo: el pulpero del pueblo le cambiará las plumas por tabaco o una limeta de ginebra. Mejor llevarle plumas, dice, que otra cosa: el hombre agarra lo que sea. Y cuántos hay por acá que roban lo que pueden para hacerse sus vicios. Echeverría le pregunta si no les da vergüenza andar robando; Eufemio le dice que por qué vergüenza, que acá todos roban, del más bajo al más alto.

–Mi hermano tenía un buen rebaño, pero vinieron y le dijeron que no era suyo, que estaba en las tierras de un patrón y que era del patrón; le dieron a elegir, o se iba y dejaba todo o se lo llevaba la partida.

Dice, y que acá para los ricos y las autoridades todos

somos vagos, que da lo mismo lo que usté haga que igual lo tratan de vago y lo corren o lo mandan Dios sabe dónde, a la frontera, y dice que su hermano no quiso averiguar y se fue a la ciudad y ahora trabaja por ahí; en el matadero, cree, pero no está seguro. Eufemio tiene la piel oscura, muy curtida, y dice que ya ni se acuerda de cuando llegó con su hermano y su madre desde el valle de Punilla, corrido por el hambre: que era muy chico, dice, y no sabía.

Hay días, semanas en que se olvida de que está enfermo, se cree otro; después, de pronto, un sofoco o un dolor se lo recuerdan. Como una mano abierta que se me pone delante y me detiene, escribirá más tarde: como un potro al que a veces su jinete le da rienda sólo para después mandarle freno, que le duela en la boca. Y entonces vuelve a pensarse como un hombre que no puede lo que otros hombres pueden –o por lo menos todo lo que ellos. Hace frío, se siente mal, quisiera que Fonseca estuviera aquí y se hiciera cargo.

Pero el olor, digamos: el olor. La bosta de los caballos del corral, la mierda de los perros, el dulce del jazmín en su estación, la tierra cuando llueve, los higos de las tunas que se pudren, el sudor de los hombres que mandan u obedecen, una mata de orégano, la carne que se asa casi siempre. El olor, digamos, esa manera de la patria.

No sólo es su médico; es, también, su socio. Le han mandado, dos meses atrás, tres docenas de terneras para el matadero; hace tiempo que Fonseca tendría que haberles hecho llegar la plata que les corresponde. José María le escribe, se la pide, no recibe respuesta.

–Algo raro debe estar pasando en Buenos Aires.

–¿Algo raro? Todo tipo de cosas raras pasan en Buenos Aires.

–Sí, pero a él. ¿Qué le puede estar pasando a él?

–Quién sabe. Esperemos que nada, pobre hombre.

Llegan noticias, más noticias: que Echagüe, el gobernador de Entre Ríos, acabó con la revuelta de Berón de Astrada, el de Corrientes –y que un coronel rosista, un jujeño de apellido Bárcena, cueró al jefe correntino y le sobó la piel con tal arte que fabricó una rienda finísima y se la mandó, con sus respetos, al Restaurador, que se la agradeció con entusiasmo.

También llegan desde Montevideo: sus amigos hacen, dicen, amenazan, esperan el ataque que el tirano nunca lanzará, complotan para creerse que ellos sí, algún día. Mientras tanto publican libros y periódicos, discuten, viajan, se reúnen, lanzan bravatas que allí deben sonar potentes pero aquí, en el desierto, parecen gritos de despecho; Echeverría los escucha a lo lejos, algunas tardes los envidia. Pero cuando piensa en la posibilidad de irse con ellos lo ataca la tristeza.

De vez en cuando –muy de vez en cuando– van al pueblo. San Andrés de Giles no fue fortín ni posta; es un rancherío con su capilla de adobe, su pulpería, una docena de casas de familia y el cementerio de un centenar de tumbas. Está prosperando: los vecinos y, sobre todo, los dueños de los campos de alrededor han puesto plata y están construyendo una iglesia de ladrillos –pero ya llevan varios años y no consiguen terminarla. El 25 de mayo los hermanos Echeverría hacen enjaezar sus mejores caballos, montan a sus mujeres –sus mujeres– en un coche y van a celebrarlo.

En el pueblo la fiesta son juegos de taba, carreras de sortijas, dos o tres cuadreras y, al caer la tarde, junto a la pulpería, la riña de gallos: dos docenas de hombres gritando como bestias alrededor de dos animales que se espolonan y se picotean. Echeverría se acerca y los mira de tan lejos, como quien no consigue pasar del otro lado; solía gustarle y esta distancia lo preocupa, lo incomoda. El dueño de un gallo derrotado saca su faca y amenaza al vencedor: le dice que ha hecho trampa. Los dos hombres han bebido, se miran, se vistean; otros intentan separarlos, todos gritan. El tumulto se deshace sin heridos: la última vez hubo una muerte, le dice uno, y al pobre cristiano que mató lo juzgaron, lo colgaron. Más tarde vienen bailes y canciones. Echeverría pide una guitarra y se sorprende: canta. Se forma corro alrededor, gauchos le piden más, lo aplauden. Echeverría se olvida, se descubre pensando –por un momento, un rayo– que está feliz, o algo.

Era la tarde y la hora, piensa, al otro día.
Se sienta bajo el alero de paja, sorbe un mate, murmura era la tarde
y la hora, y lo repite: era la tarde, dice.
Y la hora, y se sonríe: palabras llegadas de otro tiempo.

Recordarse es un riesgo, peligro que lo acecha.

Como si fuera obra de un dios vago, que se hubiera cansado antes de terminarlo, anota: que no hubiese creído necesario terminarlo. Un mundo sin esfuerzo, anota, sin relieves ni formas, sin alardes, sin más vegetación que esas pajas y juncos, pardos y verdes, donde los ríos se desdibujan en orillas de barro y las lagunas se hacen o deshacen al ritmo de un capricho indolente, donde los hombres imitan a su dios y tampoco se esfuerzan por completar el espacio con sus intervenciones. Como un dios perezoso, anota, o más bien descreído, provisorio.

–Es lo que somos, hermano. Los más ricos de entre nosotros, los más poderosos, se han pasado la vida desnucando vacas para cuerearlas y salarlas. Desnucando vacas: viendo correr la sangre de las vacas, sabiendo lo fácil que es hacerla correr, lo cómoda que corre. Vivimos de la sangre, hermano, es lo que somos.

–Tonterías. ¿Y entonces los franceses tendrían que ser sosos como el trigo y la cebada?

Un dios que se supiera pasajero.

Anota que hay lugares donde la naturaleza se abalanza, se impone; lugares donde despliega sus formas, sus colores, su presencia para mostrar quién manda: selvas, grandes montañas, ríos como mares. Aquí, en cambio, anota, la naturaleza se presenta humilde, servicial, casi servil: un espacio sin más jactancia que su inmensidad, sin exigencias, para que los hombres puedan usarlo como puedan. La pampa es la humildad de la naturaleza que se entrega como una novia bonita pero inexperta, tímida.

Que siempre habla, piensa, del progreso: se pregunta si el progreso acabará con todo esto. Si es bueno que el progreso acabe con todo esto. Si progresar es eso, y qué harán todos éstos si el progreso se instala. O, incluso: ¿qué nos distinguirá, qué va a quedarnos para ser nosotros mismos?

«Varios muchachos gambeteando a pie y a caballo se tiraban vejigazos o bolas de carne y desparramaban con ellas y su alboroto a las gaviotas...»

Furioso, escribe. O no escribe: anota.

Toma notas, recuerda el escenario, le imagina escenas. Alguna vez encontrará, se dice, la manera –y entonces sí lo escribirá. No sabe: es una historia donde no cabe la elegancia de los versos, el drama de los versos, la música estruen-

dosa de los versos; todo es barbarie, brutalidad, violencia
–que no deben ser filtradas por belleza alguna. Pero entonces qué. Un día, piensa, encontrará la forma.

«De repente una voz ruda gritó "Acá están los huevos", sacando de la barriga de la bestia y mostrando a los espectadores dos testículos enormes...»

A veces le parece que lo intenta de pura bronca, de impotencia: una impotencia como la del muchacho. Pero sabe que eso no es literatura, que es un vómito bruto, sin refinar: sus notas.

«Lo agarraron dos hombres, uno del brazo, otro de la cabeza y en un minuto le cortaron la patilla que poblaba toda su barba por bajo, con risa estrepitosa de los espectadores...»

Quizá si se muriera: si el muchacho muriera todo encajaría de otro modo, conseguiría un cierre que daría significado a todo el resto. Mejor, quizá, si se muriera.

«–Degüéllalo, Matasiete, que quiso sacar las pistolas. Degüéllalo como al toro.
–Pícaro unitario. Es preciso tusarlo.
–Tiene buen pescuezo para el violín.
–Tocale el violín.
–Mejor la resbalosa.»

Y la forma debería esquivar la tentación de la belleza: mostrarse simple, directa, fuerte –que la entiendan ellos: también ellos. La idea, otra vez: escribirlo para que ellos lo entiendan. Aunque nunca vayan a leerlo –aunque, quién sabe, lo lleguen a leer–, no es eso lo que importa: que pudieran leerlo. Aunque sean otros los que lo lean, que ellos también pudieran: quizás en esa posibilidad esté la clave.

«Entonces un torrente de sangre brotó borbolloneando de la boca y las narices del joven y empezó a caer a chorros por entrambos lados de la mesa...»

O alguna noche se lo cuenta a Candela: que lo atracan, lo tiran del caballo, lo rodean, lo burlan, lo encierran, lo amenazan –y quién sabe qué más, le dice, para graduar el efecto.

–¿Y quién lo manda a ir a meterse ahí?

Le pregunta ella, ni siquiera alarmada, ni siquiera intrigada, como quien dice si dejan la puerta del gallinero abierta qué quieren que hagan las gallinas. No es tan fácil.

Candela está molesta, como arisca. Él, en cambio, ha aprendido varios de sus olores, el misterio de conocerle gestos, saber cuándo lo va a mirar o no lo va a mirar, ante qué frase suya puede llegar a sonreírse, cómo suspirará si toma demasiado. Pero sigue molesta; él se pregunta si es por el cuento pero supone que no, que no tiene sentido. El verano no se acaba nunca, las moscas, los olores. Lo que era provisorio dura y dura; no deja de serlo pero no termina.

Otra tarde, ya cayendo el sol –era la tarde y la hora–, se pregunta si podría acostumbrarse a vivir ahí toda su vida –y la expresión todamivida, el sonido de la palabra todamivida le produce un escalofrío y una risa. Si podría vivir ahí toda su vida, si podría instalarse como su hermano en su destino, sin tantas preguntas, sin tantas pretensiones: si no será sabiduría aceptar, hacerse uno con su tiempo y su lugar, plantarse como ombú, sólido en el desierto, firme, sin frutos, sólo sombra.

Son preguntas, por ahora; no busca las respuestas, todavía; la pregunta ya es una.

Todamivida, piensa; todamivida es casi nada. Su corazón es casi todo.

Toda su vida, a veces, le parece pasado. La Argentina le parece pasado y se reprocha y se discute: que él no tenga futuro, que su vida esté tan acotada por su mal no debería llevarlo a pensar de su país lo mismo. Pero no es el único: tantos ahora que creen que la patria perdió su oportunidad, se maleó de una vez y para siempre. Desde el Tucumán, Marco Avellaneda le manda unos versos que lo resumen bien —«¿Qué es de mi patria ya? ¡Mi patria fue! / Y fueron ya sus glorias. Se acabaron / su dichoso existir y sus laureles...»— y le dan, si acaso, cierta envidia: será imposible condensar mejor esa idea de final, de la Argentina sin futuro que lo asalta. El bueno de Marco, piensa, el bueno de Marco: ahora se nos va a hacer poeta. Años atrás le había regalado la tesis que escribió, al recibirse de abogado, contra la pena de muerte en los casos de crímenes políticos. Era laboriosa, le faltaba chispa: como si hablara de algo que no terminara de entender. Echeverría, entonces, prefirió no decírselo. Eran amigos, casi amigos.

—¿Y si construimos una casa más grande, de material?

—¿Podríamos pagarlo?

—Podríamos, si vendemos un tanto de la hacienda.

—¿Y valdría la pena?

—Depende, ¿no?

Quiere a su hermano, necesita a su hermano. A veces se pregunta qué habría sido de él sin su hermano; quiere a su hermano, envidia a su hermano, compadece a su hermano. Sus tres hijos, su satisfacción, su elenco de respuestas.

291

Su facilidad para dejar de lado –¿facilidad?, ¿dejar de lado?– las preguntas.

Pero cuando intenta versos en serio parece como si su furia –su desesperación– se inmiscuyera para hacerlos banales:

«Tomad, tomad, guerreros,
los ínclitos aceros,
que darán gloria inmortal;
y al pérfido tirano
con valerosa mano
la entraña destrozad...»

Empieza por ejemplo uno, largo y repetido, que titula *Entusiasmo* y manda a un periódico de Montevideo. Sabe que no son grandes piezas; se dice que la hora no precisa misterios sino himnos de batalla.

Irigoyen no quiso presentarse en Los Talas: le pareció que podía ser peligroso y mandó un gaucho a pedirle a Echeverría que se reuniera con él en un rancho abandonado a tres o cuatro leguas, orilla del río Areco, en un monte de tunas. Echeverría galopó un par de horas, desde el alba, para encontrarlo frente a un fogón donde se tizna una pava; el mate sigue amargo. Corre julio, los campos blancos por la escarcha; los dos hombres se arrebujan en sus ponchos rojos. El fuego los entibia poco. Entonces Irigoyen le dice que se está yendo a la Banda Oriental pero que Vicente López le pidió como enorme favor que se desviara para venir a verlo y que él vino por la amistad que tiene con Vicente y el respeto que le tiene a él, la admiración, y que Vicente quiere que usted sepa todo lo que pasó, me dijo que es necesario que usted sepa todo lo que pasó.

–¿Y es cierto lo que dicen?

–¿Qué es lo que dicen?

–Que hubo un alzamiento y fue un desastre y que el pobre Ramoncito Maza terminó con la cabeza en una pica.

–¿Usted escuchó eso?

–Sí. ¿No es cierto?

–No, maestro, no del todo. Ni alzamiento ni pica, pero lo de Ramón es cierto, sí, tan cierto. Lo que me extraña es que ya haya llegado la noticia. Si no ha pasado una semana.

Irigoyen saca del cinturón su petaca de cigarros; Echeverría le pide uno. Trata de no fumar –el corazón– pero el forastero lo ha puesto nervioso. Encienden los cigarros con tizones, dan chupadas al mate.

–¿Y entonces sabe cómo empezó todo?

Echeverría dice que no, que sólo ha oído cosas sueltas, e Irigoyen le cuenta: que es cierto que hay hacendados en el Sur que querrían levantarse contra el tirano; que están hartos de soportar sus caprichos, que es verdad que el hombre les ha dado bastante pero que últimamente sólo favorece a sus amigos y parientes y les da tierras y negocios y muchos están perdiendo mucho y que ahora para colmo con el bloqueo se hace cada vez más difícil exportar y las carnes y los cueros se les pudren, pero que eso él, Echeverría, ya lo sabe. Que lo nuevo es que decidieron acabar con el asunto y que involucraron al pobre Ramón, que andaba comandando un regimiento por allá por el Sur y creía que sus hombres lo iban a seguir a donde fuera. Pero que necesitaban más apoyos para desbancar al tirano y que como el general Lavalle ya había ocupado la isla de Martín García un par de conjurados lo fueron a ver y él les dijo que sí, que se plegaba pero que necesitaban que algún regimiento de Buenos Aires también los apoyara. Y que entonces se les ocurrió hablar con un muchacho Martínez Fontes, uno que es teniente coronel que seguro que usted, le dice, lo conoce, medio pariente de Balcarce, y que mandaba un regimiento de artillería que podía decidir la cosa. Pero que en vez de hablar con él, le dice, se entendieron con su padre, que era amigo de alguno y que el viejo les dijo que sí y que hablaría con el hijo y que cuando le fue a hablar el hijo se aterró, que no sabía qué hacer, le dice, que se quedó de piedra porque si se levantaban y perdían, que era lo más probable, le dice, lo iban a terminar colgando y que la otra opción era denunciar a su tata y al que iban a colgar sería al pobre viejo y que estaba desesperado y que realmente no sabía qué hacer, dicen, le dice, pero que al final pensó que antes que nada lo que quería era salvarse y ojalá pudiera también ayudar a su padre pero que si a él lo mataban no iba a ayudar a nadie y entonces fue a contarle toda la historia al edecán Corvalán, sí, el padre de Rafa, y que ahí se jodió, le dice: ahí se jodió el asunto.

–¿Por qué ahí, mi amigo?

–Bueno, maestro, es una forma de decir. Ahí o en cualquier otro lado, donde quiera. Jodido esto estaba desde el principio hasta el final, todo jodido.

Dice Irigoyen, y que Corvalán ni se imaginó que su hijo también estaba conspirando y ahí mismo fue a contarle a Rosas, que ya andaba asustado, le dice, que tenía dos caballos siempre listos en su residencia de Palermo por si acaso, pero que la policía se movió muy rápido, dicen, que en eso sí que son muy buenos y empezaron a meter a todos presos, le dice, que antes de que corriera la voz los fueron agarrando uno tras otro, se llevaron al pobre Ramoncito Maza y a una docena más y los metieron a la cárcel. Y el hijunagranputa de Martínez terminó bien, dicen que por su traición le dieron 15.000 pesos fuertes y la promesa de no tocar al padre y que Lavalle, le dice, como siempre, no hizo nada, que se quedó mirando desde lejos y que el viejo Maza cuando se enteró de que su hijo estaba preso le agarró la desesperación, que cómo le podía pasar eso a él, que siempre había estado con el gobernador, siempre, si hasta ahora todavía era el presidente de la Corte y de la Legislatura, y que se enteró cuando estaba en el tribunal, que me contó Vicente que el viejo Maza estaba con su padre, el padre de él, don Vicente López, y que se enteraron ahí mismo, en el tribunal, y que Maza no lo podía creer, se agarraba la cabeza y se restregaba los ojos y temblaba, le dice, que él ahí y su hijo en la cárcel preso al lado, detrás de esa pared, y que hasta lo pudo ver por una ventana del juzgado que daba al patio de la cárcel y Vicente dice que el viejo Maza le dijo a su tata que no sabía qué pasaba, que quizá su hija Antonia y su yerno Valentín Alsina lo habrían metido en algún lío a Ramoncito pero que cómo se iba a meter en esos líos Ramoncito si todavía es un muchacho, si además acababa de casarse, si no tenía tres semanas de casado y su mujer es la cuñada del hijo de Rosas, la hermana de la mujer del hijo de Rosas, ese tonto de Juan, le dice, pobre, y que esa misma noche o ni siquiera noche, poco antes de la noche don Manuel estaba en su despacho de la Legislatura escribiéndole una carta a Rosas, un pedido de clemencia para su hijo, pobre, si después dijeron que fue el propio Rosas el que había dicho esa tarde en Palermo que los Maza deberían morir por traidores y ya había hombres a caballo en las calles del centro pidiéndoles degüello y el pobre viejo escribía su carta sin saber nada de eso, le dice, pero que entonces entraron dos hombres embozados y lo agarraron por detrás y lo despenaron de tres o cuatro cuchilladas y salieron corriendo. Y que imagínese el revuelo, los gritos, la sorpresa, que acababan de matar a la persona más importante de Buenos Aires después del gobernador y más cuando se supo que habían sido dos de la Mazorca y dice Vicente que él justo pasaba por ahí y vio llegar en tropel a la policía y que se fue lo más rápido que pudo y que en cuestión de minutos todas las calles se quedaron vacías, más vacías todavía, y que esa madrugada fusilaron en la cárcel a Ramoncito y se los llevaron a los dos en un carro de basura para tirarlos en una fosa común, el padre con el hijo, y que unos días después la señora de Maza, la esposa y la madre, se mató con un veneno y la hermana Salomé, pobre mujer, tuvo las agallas para pintar de negro el frente de su casa, nomás de puro duelo, le dice, y que cuando algún amigo le fue a decir que se estaba jugando la vida le dijo que la vida ya la había perdido, que lo único que le quedaba por jugarse era el honor, le dijo, y que con eso no se juega.

–Un descalabro, maestro, una desgracia auténtica. Ya no quedan más límites. Imagínese, si a los Maza les pasó eso, qué queda para nosotros, para el resto.

Le dice y que por eso Vicente le pidió que lo fuera a buscar, para decirle que se vaya, que le manda decir que aunque él sabe que usted no estaba en la cuestión nadie sabe lo que pueden haber dicho esos muchachos cuando les pegaron, que quizás alguno lo metió a usted en esta bolsa y que lo mejor sería que se fuera, hoy mejor que mañana, que desapareciera.

–¿Y adónde quiere que me vaya?

–Donde pueda, maestro. A la Banda, al norte, donde pueda.

–No se crea que no lo he pensado. Pero no: yo no me puedo ir a ningún lado.

Olvidarse es un riesgo, peligro que lo acecha.

3

Pero a veces, muy de tanto en tanto, se olvida de verdad. Apagan el candil, cierra los ojos, se pierde en esos besos y se olvida de todo: se olvida de que la negra es una negra, de que nunca va a saber si lo quiere o se resigna, de que quererla no significa nada, de que no es una mujer que pueda volverse su mujer, de que está solo, de que quiso ser el poeta de un país sin poesía, de que su corazón está inundado de su sangre y no da abasto, de que va a levantarse a tomar mates en el alero de un rancho de adobe, él, que vivió en Francia, que fue vivado y festejado, el gran poeta del río de la Plata. A veces, muy de tanto en tanto, se olvida de verdad —y quisiera saber cómo lo hace, ser capaz de repetirlo a voluntad, pero no sabe. A veces, muy de tanto en tanto, se imagina que incluso con Candela.

Se tienta, se pregunta si.

Una mañana piensa que ella debe tener la calavera más bonita de todas las que ha tenido entre las manos. Su calavera, piensa: blanca, refulgente.

Y otra vez las noticias: alguien llega a caballo con un galope un poco exagerado, con una prisa que parece innecesaria: las noticias. En ese rincón donde nunca pasa nada –donde parece que no pasara nunca nada– Echeverría recibe las noticias de los hechos que lo van conformando. A veces no son siquiera alguien que llega, no llegan a relatos: son un rumor, una pieza de un rompecabezas al que le faltan tres docenas. Poco a poco, los hermanos reconstruyen la historia de cómo el grupo de hacendados se levantó por fin en el Sur, y su desastre. Que ellos también esperaban el apoyo del general Lavalle, que sigue en Martín García, pero nunca llegó; que los aniquilaron. Se enteran –poco a poco– de que entre ellos había amigos o conocidos suyos, y terminan de conocer la suerte de Pedro Castelli, militar de la Independencia, hijo de Juan José, cuando alguien trae un ejemplar ajado de la *Gaceta* que reproduce una carta de Prudencio Rosas, el hermano del tirano, dirigida al «Señor Juez de Paz y comandante militar de Dolores, D. Mariano Ramírez:

»Con la más grande satisfacción acompaño a V. la cabeza del traidor forajido unitario salvaje Pedro Castelli, jeneral en jefe titulado de los desnaturalizados sin patria, sin honor y leyes, sublevados, que ha sido muerto por nuestras partidas descubridoras, para que V. la coloque en el medio de la plaza a espectacion pública, para que sus colegas vean el condigno castigo que reciben del cielo los motores de planes tan feroces. La colocación de la cabeza debe ser en un palo bien alto; debiendo ésta estar bien asegurada para que no se caiga, y permanecer así mientras el superior gobierno no disponga otra cosa, debiendo V. transcribir esta nota a Su Excelencia nuestro ilustre Restaurador de las Leyes, para su satisfacción. Felicito a V. por este suceso tan interesante para nuestra sagrada causa federal y para todo el continente americano. Dios guarde a V. muchos años.»

Esta noche –ya es noviembre, jacarandás en flor– los hermanos se quedan hasta el alba junto al fuego, limeta de

298

ginebra, unos cigarros; en medio de silencios largos, tratan de recordar momentos en que las cabezas de sus amigos no terminaban en la punta de un palo. Había, dice José María; aunque ahora resulte difícil de creer, Estevita, hubo bastantes.

Después, unos días o semanas después, alguien les cuenta que Castelli no quería encabezar el movimiento, pero que no supo desoír el pedido de los suyos. «Ya que mis amigos se empeñan en hacerme degollar...», dicen que dijo, y tomó el mando.

Son las dos: por un lado, la amenaza de tener que quedarse aquí varado años y años, una vida; por otro, la amenaza de tener que huir de aquí precipitado, en cuanto pase alguna de esas cosas que están pasando todo el tiempo. O, si no: resignarse a quedarse sabiendo que es muy probable que no pueda quedarse; aceptar humilde lo que no van a darle.

Lo fascinan sus pies. Sus pies siguen siendo monstruosos: aun en un cuerpo de la belleza de Candela, los pies son animales retorcidos, agonizantes, asquerosos, con sus cinco cabezas indecisas y sus durezas y rugosidades y desniveles sin sentido; aun en un cuerpo de la belleza de Candela son bestias desatadas. Echeverría los mira con el terror de que por fin consigan desprenderse, avanzar, lanzarse en el ataque decisivo.

–¿No podés usar las alpargatas que te traje?

–Estoy incómoda, patrón, no me acostumbro.

La civilización, supone, anida en los zapatos –que ella no sabe usar, que los separa.

Las muertes crecen silvestres esos días: ahora es Juan Cruz Varela, que todavía no había cumplido cuarenta y cinco años, en Montevideo. Aunque sólo tenía diez más que

Echeverría, Varela había sido el último literato de la generación anterior, un neoclásico hispanizante, su reverso, y un unitario sin ninguna duda, político a la antigua. Pero su muerte en el exilio lo impresiona y piensa que debe escribirle un poema. Últimamente, piensa, los poemas parecen ser cosas que piensa. Igual lo intenta, y lo titula *A don Juan Cruz Varela, muerto en la expatriación*:

«Pobre al fin, desterrado
de su patria querida,
el poeta argentino
dijo adiós a la lira,
dijo adiós al vivir.
Triste destino el suyo:
¡en diez años, un día
no respirar las auras
de la natal orilla,
no verla ni al morir!»

Escribe más, intenta el homenaje, se incomoda: mientras escribe, mientras se duele por el colega muerto, mientras piensa en los que están allí, mientras se pregunta si debería irse él también con la excusa de que allí podría hacer lo que aquí no, mientras oye más allá relinchos, el canturreo de Candela, se felicita por haber elegido quedarse en la Patria, pese a todo.

Unos meses –otra vez el verano, las moscas, las galopadas matutinas, las vacas que se le hacen más y más familiares, los versos más esquivos– parece como si de verdad todo estuviera detenido. Hay –siempre hay– rumores y relatos, pero nada sucede.

Toma más notas, ya no escribe. La historia del muchacho en el matadero del Alto le ocupa la cabeza. Le parece un reflejo de lo peor de la Argentina: una metáfora, se dice, de lo peor de la Argentina –de lo que no creía que la Argentina era. Pero: que si está aquí, si él está aquí, en este campo perdido en medio del desierto, a veinte leguas del teatro más próximo, de la biblioteca más próxima, a veinte leguas de cualquier lugar de civilización, es porque la Argentina no es lo que creía. Si está aquí, en la Argentina más honda, más brutal, es porque estaba equivocado. Está aquí para perderse –en la Argentina más honda, más brutal– pero también está aquí para ganarse la vida –en la Argentina más honda, más brutal. La más honda más brutal lo refugia, lo alimenta: a ella debe su vida –de más de una manera.

–¿Sigue pensando en eso?
–¿En qué?
–En esa historia que me contó, la del muchacho que se había perdido.

Toma notas y se hace más y más preguntas que hasta hace poco le habrían sonado necias, que no habían merecido su atención: ¿tiene sentido escribir sobre ellos si ellos nunca lo leerán? ¿Tiene sentido escribir de un modo que sólo puedan leer los que ya saben? Alberdi le diría –se sorprende, una tarde, pensando lo que Alberdi le diría– que la solución es educar a todos para que todos puedan leer un buen poema. ¿Voy a estar, por una vez, de acuerdo con Alberdi? O quizás eso sea sólo una parte de la respuesta, la parte convencional de la respuesta, y la otra parte, la innovadora, la que me corresponde, piensa, consista en inventar formas nuevas, distintas: formas abiertas para todos, formas que ellos también puedan leer. Quizás esta historia podría serlo; quizá no. Quizá buscar esas maneras nuevas sería entregarse a las fuerzas oscuras: adaptarse a lo peor, resignarse a lo más negro. Prefiero pensar, todavía –piensa que prefiere pensar todavía–, que esa literatura que debemos

301

inventar, esa cultura argentina debe servir para enaltecer a la Argentina, para cantarla y elevarla, no para acomodarse en sus rincones más oscuros. Pero no sabe –piensa, pero no sabe– si al empecinarse en contar con la elegancia de unos pocos no estará traicionando lo que cuenta.

–¿Y al final qué le pasó?
–¿Qué, Candela?
Ahora, en el campo, a veces se descuida y la llama Candela.
–Al muchacho ese, ¿qué le pasó al final?

Que si vale la pena pensar una cultura que corresponda a esta Argentina que sí existe o eso sería contribuir a que siga siendo como es, a que sea cada vez más como es, que se hunda más y más en sus pantanos.

Y, entonces, lo que no quiere decirse: que mientras él buscaba una manera de ser argentino, una cultura, el tirano y los suyos la inventaron.

Que su error fue pensar; que los otros hicieron.

Piensa, se dice y contradice, toma notas. Las preguntas lo encierran: no consigue escribir sin contestárselas. Por momentos piensa que nunca más podrá. A veces intuye –sin decírselo– que para volver a escribir no tiene que contestarse estas preguntas sino olvidarlas, deshacerlas. ¿Cómo se hace para deshacer las preguntas que uno se hace? ¿Se puede volver a poner el huevo dentro de la cáscara? Hay quienes lo aseguran. Pobres ilusos, piensa: hay quienes lo aseguran.

–¿Cómo fue que terminó, patrón?
–No sé, eso no nos contaron.
–Vamos. No me va a decir que usté no sabe...

Debe darle la noticia más dura: su madre, Jacinta, la esclava de tantos años, ha muerto en Buenos Aires. Echeverría espera que caiga la noche –por alguna razón, imagina que esas cosas deben decirse por la noche– y trata de ser considerado. Están bajo el alero, callados, escuchando los grillos y el viento:

–Che, Candela.

–¿Patrón?

–¿Hace mucho que no tenés noticias de tu madre?

–¿De mi madre? ¿Desde cuándo hablamos de mi madre?

Candela no ha terminado de decirlo que ya entiende: en la cara se le ve que entiende. Se queda muda, congelada, los ojos muy abiertos. Echeverría no necesita usar las palabras que temía: le dice que esta tarde ha llegado la noticia. Le dice: la noticia. Candela cierra los ojos, aspira hondo, no dice más nada: no le pregunta cómo fue, qué pasó, dónde, quién se lo dijo. Después entra al rancho pero no se echa en la cama; se sienta en el suelo de tierra, en un rincón, chiquita, acurrucada, los brazos alrededor de las rodillas. Echeverría está a punto de sentarse a su lado, de abrazarla; se queda de pie, mira las sacudidas de su llanto. De tanto en tanto, Candela dice algo: sola, tan sola, pobrecita sola.

–¿Te puedo traer algo?

–¿Qué me va a traer, patrón? ¿Una madre, una vida?

Se quedan callados, en sus mismos lugares, rato largo. De pronto, Candela parece reaccionar:

–¿Y la enterraron en madera?

–No sé, yo no estaba.

–Ya sé que usté no estaba, patrón, qué va a estar. Le pregunto si sabe cómo la enterraron.

Echeverría no sabe: le dice que no sabe. Candela le dice que madera, que ojalá que madera, que su madre se pasó la vida pidiendo que por favor, que por lo menos la enterraran en un cajón de pino.

–Ya sé, a mí también me lo dijo. Muchas veces.

–¿Y?

–¿Y, qué?

Se toca con el dedo la carótida –visible, sin disimular–, para sentir si el flujo sigue. Le parece.

4

—¿Usté qué espera de la vida, patrón?

Ella sigue diciéndole patrón: en cualquier sitio, en cualquier circunstancia. Él pensó tantas veces decirle que le diga Estevan; no lo hace.

—Patrón, ¿no me escuchó?

La escuchó, claro, pero le sorprende escucharla. No sabe qué decirle, cómo contestarle. Todavía, cuando habla con ella, piensa que tiene que decirle las cosas de una manera peculiar: para que las entienda. No sabe, gana tiempo:

—¿Y vos?

—Vivir, nomás.

—¿Y qué es vivir?

—¿Cómo, usté no sabe?

Echeverría no le contesta. No sabe si seguir adelante puede abrir una herida —ella, su falta de futuros, su odio o su resignación, sus impotencias— o si es lo que ella espera: que él la escuche. Tampoco sabe si quiere escucharla: si quiere abrir ese camino. Se calla: una vez más se calla. Y al rato la llama. Ella está echando agua de un balde sobre el suelo de tierra para refrescarlo.

—Me gustaría saber qué espero. La verdad que no sé.

Le dice y no le dice —piensa en decirle, no le dice— que

quizá podría dejar todo, ocuparse del campo, hacer un hijo, escribir lo que tenga por escribir para él, no para el mundo o la patria o la gloria tan falsa. Se calla, Echeverría.

Fonseca no les paga: no manda la plata que les debe. Echeverría se pregunta –manda a preguntar– si le ha pasado algo. Le contestan que no, que lo han nombrado profesor, que está muy bien. Le escribe dos cartas más, no le contesta.

Y entonces de nuevo los rumores: que Lavalle por fin se ha decidido, que dejó Martín García, que anda dando vueltas por las cuchillas de Entre Ríos, que la flota francesa lo ha traído por el río hasta San Pedro, que ya desembarcó, que ha pasado Arrecifes. Ahora sí, los pagos de Giles se alborotan: parece que la historia se digna por fin llegar a ellos. Cuando les dicen que el ejército de Lavalle ya acampó en el pueblo los hermanos Echeverría se hacen preparar caballos buenos, salen a la mañana muy temprano. En el camino hay una cantidad exagerada de avestruces pero no los persiguen. Hay animales que no entienden el mundo donde viven.

–¿Qué querrá? ¿Tenés alguna idea?
–Ojalá que él la tenga. Dicen que no le pasa casi nunca.
–Yo escuché que era al revés, José. Que tiene demasiadas.

El pueblo está revuelto por las tropas: algunos pobladores han huido; otros buscan amistad con los soldados. El campamento está a la entrada, pero muchos recorren los ranchos para comprar una gallina, unos huevos, una pata de chancho. Algunos prefieren no comprarlos: se oyen insultos, gritos. El general Lavalle –el pelo largo blanco, la barba blanca bien cortada– está sentado en un banquito a la puerta de la capilla de adobe: fuma una pipa larga y fina, mira el caos como desde su palco del teatro. Los hermanos

Echeverría acercan sus caballos; un oficial, parado junto al general, se inclina y le dice algo al oído; el general se levanta, los brazos muy abiertos: bienvenidos, dice, y al hablar la pipa se le escapa de la boca.

—¡Pero si es el maestro Echeverría! ¡Qué gusto conocerlo, don Estevan!

Echeverría le sonríe, tímido: lo impresiona estar frente a un hombre que, aunque no tiene diez años más que él, acompañó a San Martín a Chile y a Perú, derrotó a los brasileños en Rio Grande do Sul —y que tiene, además, ese porte aristocrático que recuerda enseguida a su chozno más famoso, Hernán Cortés. Pero enseguida piensa que si no fuera por su obcecación, por su ceguera cuando mató a Dorrego, la historia habría tan sido distinta.

—General, por favor, el gusto y el honor son todos míos.

Una hora más tarde, Lavalle, los Echeverría, Juan Antonio Gutiérrez y una docena larga de hacendados vecinos están reunidos en la pulpería, alrededor de una mesa de madera mal lijada y unas jarras de vino. El pulpero lleva años prosperando con la compra de hacienda robada; es un vasco fornido, los pelos entrecanos, las manos como aspas de molino, que trae jarra tras jarra, solícito, obsequioso. Una hija rubia, flaca, doce o trece años, lo ayuda, tímida, provocadora. El general golpea mucho la mesa con el puño; Echeverría piensa que debe tener miedo o, por lo menos, brutas dudas. Después se distrae un momento pensando si miedo y dudas pueden considerarse parte de lo mismo o son cosas radicalmente distintas. Después, que si fuera sincero o valiente o si acaso más desprevenido le diría que debería haber llegado hace un año, general, ahora todos los que podrían haberlo apoyado desde el Sur están muertos o fugados, la cabeza de Castelli en una pica, general, porque usted tuvo dudas. El general grita y golpea como si arengara:

–¡La hora de la venganza ha sonado! ¡Vamos a humillar a esos bárbaros, a esos cobardes asesinos! Y que no imploren nuestra clemencia; es preciso degollarlos a todos, purgar a la sociedad de esos monstruos. ¡Muerte, muerte sin piedad...! ¡Derramaremos a torrentes su sangre inhumana, para que esta raza maldita de Dios y de los hombres no tenga sucesión! Los hacendados se miran: algunos espantados, otros entusiastas. La pulpera rubita cree que nadie la ve y se tapa los oídos. Echeverría cambia una mirada con su hermano: como cuando, tantos años atrás, el maestro Guaus decía una tontería. Las bravatas del general le suenan bobas, huecas –y se pregunta si preferiría que le sonaran ciertas.

–¡Más vino, nena, ya te dijimos que más vino!
–¿A mí me habla, general?

Lavalle se ha calmado un poco: les explica que su plan consiste en retomar lo antes posible la marcha sobre Buenos Aires, que no tiene la menor duda sobre la victoria, que esos poltrones van a huir como ratas cuando lo vean llegar, que se hacen los maulas pero que nunca se enfrentaron a un verdadero soldado, que sus caballos van a abrevar en la fuente de la plaza de Mayo pero que, para marchar tranquilo, necesita tener las espaldas bien cubiertas y, sobre todo, dice, necesita sentir que no está solo: la gente decente, dice, de la zona tiene que respaldarlo. Un Rafael Pividal, uno de los hacendados con más tierras, alza su vaso y brinda por la libertad y todos brindan; Pividal dice que estarán muy felices de lanzar una proclama, una declaración, como quiera que la llamen: un testimonio de su compromiso. Y Lavalle le sonríe, alza su vaso otra vez y dice que qué bien y que ya que está entre nosotros nuestro poeta nacional, que quién mejor para escribirla. Entonces todos levantan sus vasos, brindan por eso, golpean con los puños la madera de la mesa.

Echeverría alza su vaso, baja la cabeza –como quien agradece un honor que le hacen.

Preferiría no hacerlo. Tiene tan claro que si pudiera no lo haría, tan claro que no puede. No confía en el manejo de este matasiete pero, al mismo tiempo, sabe que es la única opción: que si su campaña no resulta pasarán años hasta que otro lo intente. Y que no puede negarse a escribir lo que le piden: que si lo hiciera se pondría en una posición indefendible. Durante años intentó no estar con unos ni con otros –ni con los viejos unitarios exiliados ni con los federales prepotentes–, pero ese tiempo ya pasó. Y aunque decidió vivir en el campo, lejos de todo, para mantenerse lejos de esa pelea, esa pelea fue a su encuentro y no puede esquivarla; será, si no la asume, para todos estos hombres, sus vecinos, un rosista o un cobarde. Debe escribir lo que le piden, tomar partido, jugarse todo a una baraja en la que no confía. Y rezar –si encuentra a quien rezar– por que la historia le demuestre que estaba equivocado.

Pero sería curioso –piensa después, ya en su rancho, mientras anochece– que haya venido hasta acá para no enredarme en todo esto y que tenga que enredarme precisamente porque estoy acá. ¿O deberé creer que esto me habría sucedido de todos modos, estuviera donde estuviera? Si lo creo –se dice, se burla–, podría llamarlo mi destino.

–Me cago en esta puta suerte.

Farfulla, y Candela le pregunta qué le pasa. Echeverría le dice que nada, que él, como todos, imaginó por un momento que podía decidir su vida.

–¿Y no hubiera sido mejor que directamente lo siguieras a la guerra? ¿No era mejor eso que quedarse acá, donde cualquier día te pueden venir a buscar unos gauchos mazorqueros?

–Ojalá pudiera, hermano, pero no. Aunque vos nunca me creas del todo, no puedo.

Le dice, y que por más que ahora parezca sano, saludable, tiene días en que no puede con su cuerpo y que qué más quisiera que enrolarse por fin en un ejército, casi en cualquier ejército, reemplazar con hechos las palabras que lo tienen harto –e incluso, no le dice, silenciar a los que creen que en verdad lo suyo no es tan grave o es más grave: que lo hace por cobarde.

–Perdón, Estevan. Disculpame, en serio.

–No es nada, Jose. Igual, mientras Lavalle siga avanzando, no creo que se atrevan a jodernos.

Que sí, que lo preferiría, que si tiene que jugar su suerte con la del matasiete al menos querría hacerlo en uno de esos campos, quinientos jinetes de un lado y otro lado, mil caballos retumbando la tierra y mil hombres gritando para espantar el miedo y pasárselo a otros, diez minutos de choques y de chispas, la forma en que los hombres deciden lo que realmente les importa. Y no seguir en este rancho entre las moscas, el frío, las miradas más y más torvas de Candela, la incertidumbre: la conciencia de que otros, ya muy lejos, ahora, están haciendo lo que quieren con su vida.

Pero escribe, para que nadie quede exento, para que nadie pueda mirar para otro lado: «Nos, los abajos firmados, vecinos y hacendados del partido de San Andrés de Giles, estando en el pleno goce de nuestra libertad, merced al heroico esfuerzo del Ejército libertador, y teniendo en consideración que la autoridad que Rosas reviste proviene de una verdadera usurpación, pues que ni la Sala tuvo derecho para otorgársela, ni el pueblo se la otorgó sino compelido por el terror y la violencia; que Rosas es por consiguiente un audaz usurpador y un intruso y abominable tirano; que en diez años de usurpación y tiranía ha diezmado la población, perseguido y asesinado a los más beneméritos patriotas, fomentando para reinar la anarquía y llevado la guerra á las Provincias hermanas y sumerjido la República, y especialmente la provincia de Buenos Aires, en la miseria y degradación mas espantosas...»

Escribe y, ya que escribe, escribe lo que esperan que escriba: qué sentido tendría no vaciar la copa hasta las heces, intentar variaciones, escudarse en quién sabe qué pruritos de escritor. Escribe con esa voz que, al fin y al cabo, también podría ser la suya –terminará por ser la suya– que don Juan Manuel «es un abominable tirano usurpador de la soberanía popular» y que «habiendo caducado su autoridad» los firmantes reasumen sus derechos de soberanía y que la Francia es «nuestra verdadera amiga en la reconquista de la libertad» y que «el general Lavalle es el bravo libertador de la Provincia» y que le reconocen «autoridad plena para dictar las providencias» y que firman «esta acta, resueltos a sostener con nuestro brazo y a sellar con nuestra sangre lo que en ella declaramos. En San Andrés de Giles, á veintiséis del mes de la Regeneración, mil ochocientos cuarenta años».

Y la hace circular, y la mayoría de los hacendados –algunos con más ardor que otros– la firman, y esperan las noticias.

De nuevo –más que nunca– es el espectador cegado de su historia. Lavalle y los suyos ya deben haber llegado a Buenos Aires, ya deben haber hecho –ya tienen que haber hecho– eso que está por definir su vida, y él no lo sabe todavía. Pasarán varios días de ese tiempo entre tanto: algo que sucedió y es como si no hubiera sucedido; una suerte que ya está echada y sin embargo para él está en el aire, puede caer culo o caer taba.

O no caer, dice, se ríe: deshacerse en el aire, como si fuera mía.

Unos días después le llega la noticia de que los hombres de Lavalle –el ejército de Lavalle, dicen, pomposos, como si el nombre les fuera a cambiar algo– están instalados acá nomás, a quince leguas, en Merlo, a seis de Buenos Aires, a un día de Buenos Aires, y que en cualquier momento se ponen en marcha y aplastan al tirano para siempre. Echeverría está nervioso, no puede escribir, casi no come, mira al horizonte.

Que no le queda tiempo para nada, que debe aprovecharlo al máximo y, al mismo tiempo, que ese mal que lo apura no lo deja apurarse. Que cualquier esfuerzo puede ser fatal; su corazón: el enemigo más perfecto.

–¡Se fueron!
Grita, y grita otra vez:
–¡Se fueron!
–¿Qué, quiénes se fueron? ¿Cómo que se fueron?
Su hermano llega con el caballo reventado, baja de un salto, le grita que se fueron. Echeverría, con los nervios a flor de piel, le dice que se calme, que tome aire, que le cuente las cosas despacito. José María le dice que es lo que le dijeron, que la tropa de Lavalle se había ido de Merlo; Echeverría lo interrumpe: que si ya está marchando sobre Buenos Aires.
–No, querido, qué marchando. Se fueron, se escaparon. Se retiraron, dicen.
Que se han ido para el lado de Santa Fe, bordeando el Paraná, que ya deben estar por lo menos a la altura de San Nicolás, quién sabe. Que Lavalle nunca se decidió a atacar la ciudad porque le dijeron que tenía demasiada gente en contra, que desde el fusilamiento de Dorrego era un muerto político, que nunca iba a poder tomarla y gobernarla y que él pensó que podía darlo vuelta pero que no sabía, que se quedó en su campamento de Merlo y dudaba y que iban

a verlo amigos y le decían que no, que el chiste es que encima se llamen amigos, y que alguno le decía que sí y que dudaba y que mientras dudaba el gobierno tuvo tiempo de traer soldados desde el Sur y que cuando Lavalle quiso acordarse ya don Juan Manuel tenía cuatro o cinco por cada uno que él tenía y que al final decidió levantar campamento y salir para el río.

–¿Y qué va a hacer?

–¿A vos te lo dijo, Estevan? A mí tampoco. Es un cabeza de chorlito. Nunca tendríamos que haber confiado en él.

–Yo nunca confié en él.

–Ahora es fácil decirlo.

–No, Jose, en serio. Pero claro, tendría que haberlo dicho antes. Ahora sí que no sirve. Ahora estamos jodidos.

El Restaurador, recuperado el control del norte de la provincia, le manda una orden escrita a mano a su coronel Lagos diciendo que «ya no es tiempo de ninguna consideración ni miramiento con los salvajes, asquerosos unitarios. Es necesario que así los trate V.S. persiguiéndolos y castigándolos de muerte, sin ninguna consideración barriéndolos como con una escoba, limpiándolos como un potrero, hasta que esas tierras queden purgadas de semejantes salvajes sin dios, sin patria ni bandera. Que a todo el que agarre de los de copete o que se dicen y titulan de decentes debe V.S. en el acto fusilarlo, perdonando sólo a los pobres paisanos que se considere que sólo han sido arrastrados por la fuerza. Que todos sus bienes, tierras y ganados queden embargados para repartirlos a los federales, fieles hijos de la libertad...».

Los hermanos Echeverría tardan menos de un día en ordenar sus cosas: Mercedes, la esposa de José –que imagina que va a volver pronto–, se quedará a cargo del campo. Echeverría, en cambio, piensa en una ausencia larga. No sabe cuánto, pero sabe que no podrá volver mientras el tirano siga gobernando. Duda en llevar sus notas sobre la historia del muchacho unitario. Piensa que lo más sensato es tirarlas, quemarlas: sabe que si lo agarran con ellas es muy probable que lo cuelguen. Lo convence pensar que es un detalle: si lo agarran sin ellas también, seguramente.

Candela lo mira prepararse –reunir papeles, tres camisas, sus botas de montar, los pantalones negros, su sombrero de copa, dos docenas de libros– recostada contra la pared de adobe de la galería. Él no le pide ayuda, y es un signo. Al fin, ella le pregunta la pregunta que ha estado ensayando todo el día:

–¿Lo voy a acompañar, patrón?

–No, acá voy a tener que ir solo.

Ella escucha lo que ya había visto y se calla un momento. Después, con la voz tan bajita:

–Estoy preñada.

Echeverría la mira, en la cara una especie de enojo.

–Lo siento.

–¿Qué quiere decir lo siento?

–Que lo siento. Volvete a Buenos Aires, ya veremos. Le voy a escribir a unos amigos, ellos se van a ocupar de que puedas tener la criatura en buenas condiciones. No te preocupes, no te va a faltar nada.

–¿Nada, Echeverría?

El 11 de septiembre de 1840 José María y Estevan Echeverría llegan a la corbeta francesa *L'Expéditive,* anclada en el Paraná muy cerca de San Pedro. Un amigo unitario, Salvador María del Carril, los había recomendado al capitán Halley, a cargo de la nave. Cuando el capitán descubre que Echeverría es un poeta de cierta relevancia lo recibe con todos los honores, lo sienta a su mesa y no tarda en levar anclas para llevarlo hasta la Colonia del Sacramento, en la República Oriental del Uruguay, del otro lado.

Entonces

frente al fuerte de la Colonia, poco antes de desembarcar, en el vaivén suave del río, se sienta sobre una sogas en la cubierta de la corbeta y saca del bolsillo un lápiz –corto, muy mordido– y una hoja de papel arrugado y escribe que «¡No hay cosa más triste que emigrar! Salir del país violentamente, sin quererlo, sin haberlo pensado, sin más objeto que salvarse de las garras de la tiranía, dejando a su familia, a sus amigos bajo el poder de ella, y lo que es más, la patria despedazada y ensangrentada por una gavilla de asesinos, es un verdadero suplicio, un tormento que nadie puede sentir sin haberlo por sí mismo experimentado. ¿Y dónde vamos cuando emigramos? No lo sabemos. A golpear la puerta al estranjero; a pedirle hospitalidad, a buscar una patria en corazones que no pueden comprender la situación del nuestro, ni tampoco interesarse por un infortunio que desconocen y que miran tan remoto para ellos como la muerte. La emigración es la muerte; morimos para nuestros allegados, morimos para nuestra patria, puesto que nada podemos hacer por ellos. La eternidad devora al tiempo, el tiempo devora a la vida, y la vida se devora a sí misma».

La Colonia es un pueblo de dos o tres mil personas, muchos perros. Allí, tan cerca y tan lejos, pasará los primeros meses de su exilio. Los días más claros, desde lo alto del faro, llega a ver Buenos Aires.

Yo viví en la calle Echeverría. O, mejor dicho: mi padre recién separado vivió en la calle Echeverría y yo tenía mi habitación allí y allí, una noche del 72, mis quince años, lo fue a buscar una banda de policías para desaparecerlo antes de que ese verbo fuera lo que fue, y nuestra perra, Clota, lo salvó a ladridos y mordiscos. Pero nos fuimos pronto –mi padre se fue pronto– de esa casa y además aquella calle Echeverría, en Belgrano –Echeverría en Belgrano–, no evocaba en absoluto a ese poeta que me habían hecho leer en el colegio: las personas, cuando se vuelven calle, se deshacen de todo lo que fueron, se convierten en una contingencia de sonidos.

Quedaba, sin embargo, más allá, un escritor Echeverría, lectura obligatoria, personaje dudoso: su barba unitaria me parecía rebuscada, levemente ridícula, uno de esos hombres que le prestan demasiada atención a su aspecto en una época en que yo tenía todos los prejuicios contra los hombres que prestan atenciones a su aspecto. Y en que, además, tenía –ay de mí– algunas prevenciones contra lo letrado: los letrados de entonces queríamos tenerlas.

Y no volví a ocuparme de él hasta hace poco –¿cuánto es poco para un chico con padre, cuánto es poco para un señor maduro?–, cuando me invitaron a presentar, en una feria mexicana, el relanzamiento de una colección de clásicos universales: una de esas cosas que uno acepta por descuido y vanidad ligera. La noche anterior al acto me dieron, para que preparara mis palabras, tres o cuatro de los doscientos títulos que la colección ya había publicado; uno de ellos era *El Matadero*. Al leerlo se me impusieron dos comprobaciones: Echeverría era el primer cronista argentino, el primero que intentó hacer relato de sus zonas más turbias, y era, también, el primer antiperonista, uno que no necesitó a Juan Domingo Perón para empezar a serlo.

Al día siguiente busqué su biografía, con temor, con desconfianza: me pareció que estaba a punto de caer en una trampa. Empecé a rendirme cuando vi que a sus veinte años se había ido a pasar varios en París, y persistí cuando leí que se había muerto en el destierro: que fue, en síntesis, uno de esos intelectuales que hubieran querido que su país no fuese como era y a los que su país, atento, echó por eso. La trampa se cerró cuando supe que no había querido publicar *El Matadero:* que ese texto, el único que todavía se le puede leer entre tanto poema romántico fervoroso esforzado, le pareció vulgar y sospechoso, y nunca lo acabó. Esa deriva cervantina, kafkiana, volteriana –esa manera en que un escritor se equivoca sobre el valor de lo que escribe– me resultaba tan cercana que abandoné cualquier prurito o resistencia. Después, durante todos estos meses, traté de rechazar las semejanzas: escribís, me decía varias veces cada tarde, sobre Echeverría.

Aquel volumen mexicano incluía diversos materiales. Entre ellos el primer prólogo a *El Matadero*, que escribió su editor, Juan María Gutiérrez, cuando lo salvó del olvido: «El poeta no estaba sereno cuando realizaba la buena obra de escribir esta elocuente página del proceso contra la tiranía.

Si esta página hubiese caído en manos de Rosas, su autor habría desaparecido instantáneamente. Él conocía bien el riesgo que corría; pero el temblor de la mano que se advierte en la imperfección de la escritura que casi no es legible en el manuscrito original pudo ser mas de ira que de miedo.» Algo en esa justificación me hacía pensar en esa vieja sensación –perdida– de que escribir es peligroso, y me llevaba, irremediable, hacia aquel sueño de Rodolfo Walsh cruzando a pie el lecho seco del río de la Plata hacia el exilio, hacia la vida.

Escribís, me decía, sobre Echeverría.

El Destierro
1850

1

Está afuera.

Lleva años y tiene, casi siempre, la sensación de haber llegado ayer –y de no haber vivido nunca en otro sitio.

Estaba equivocado. Ahora sabe
que estaba equivocado: el destierro
no es la muerte, es
un tiempo que no sigue
los órdenes del tiempo.

Le han dicho –o ha leído, quién sabe– que hay personas que de pronto abren los ojos y no saben quién son. Nunca le ha sucedido y pagaría, piensa, por que alguna vez le sucediese: esos segundos de cualquiera, el lujo de no ser Echeverría.

O, por lo menos: el lujo de serlo en otro espacio, en otro tiempo, en un final distinto.

Y está en ese lugar, que es y no es Buenos Aires. Puede intentar vivir como si fuera: los viejos conocidos, las calles conocidas, los diarios con sus debates repetidos, el mismo clima, los acentos, el mismo río aunque menos marrón, más animoso. Pero es Montevideo: lo sorprende que lo mismo pueda ser tan diferente. Vive pobre: muy pobre. Primero en un cuartito en la calle San José, hasta que alguien en el gobierno se le apiada y le entrega dos piezas que un tal Platero abandonó para pasarse al ejército sitiador: en una pieza una mesa atestada de papeles y una tabla angosta para apoyar los libros que le quedan; en la otra, un catre de campaña y un baúl con la ropa. Está en el barrio Sur, calles de barro y ranchos, el río contra las rocas más abajo, exiliado de la ciudad donde vive exiliado.

Destiempo, antes que nada, más que mero destierro: un tiempo entre paréntesis, un tiempo que está pasando en otro lado.

Libros le quedan pocos: cuando llega debe venderlos casi todos. Un aviso en un periódico dice que se vende la biblioteca de Estevan Echeverría porque «circunstancias poco felices lo han puesto en la necesidad de enajenarlos. Creemos que los que, como nosotros, hayan leído los *Consuelos* y las dulcísimas *Rimas* de este vate que ha abierto a la poesía un camino nuevo, se apresurarán a hacerse de libros que han sido suyos». En la lista aparecen sus 25 tomos de Voltaire, sus 20 tomos de Rousseau, sus 8 de Volney, sus 6 de Aristófanes, sus 5 de Sófocles, sus 4 de Hoffman, sus 2 de Lafontaine, sus 25 de Plutarco en traducción de Amiot, su Milton, su Salustio, su Garcilaso, su Moro, su Homero, su Anacreonte, su Saavedra Fajardo. Los vende.

Más afuera.

En el destierro lo que importa es lo que alguna vez puede llegar a ser: vivir aquí a la espera de allá. Entonces, como

324

siempre, como nunca, la posibilidad de decirse que la vida está en otra parte, que no es esto: que esto es lo que hace mientras tanto. Se lo dice, lo alivia, lo sufre.

Imaginaba otra acogida. O no la imaginaba pero la esperaba: que lo reconocieran, le ofrecieran, le consultaran cosas –y estaba dispuesto a esquivar los reconocimientos, rechazar las ofertas, impugnar las consultas. No llegaron. Se siente desdeñado, traicionado, fallado, olvidado, arrinconado; se siente despreciado, saqueado, traicionado, relegado, desertado; se siente ninguneado, confundido, atacado, traicionado, despojado. Desairado, desconocido, traicionado. Escribe y no lo leen, no lo publican, no lo comentan: hacen como si no existiera. No escribe y le reprochan su silencio. Se queja y le reprochan su amargura. Se dice que no están a la altura, que son mezquinos, que pequeños –y que le cobran que no se alinea con ninguno, que los critica a todos. Que no saben ni para empezar, pobres idiotas. Ya van a ver, ya van a saber, se dice, y se dice que espera el juicio de la historia. Y después, que qué es el juicio de la historia. ¿El consuelo barato de los relegados?

De los laissés pour compte, piensa: cómo traducir laissés pour compte. Últimamente el francés lo acosa: como si fuera su último refugio, la trinchera donde resiste solo, la memoria de lo que habría sido.

Vive pobre, la ropa desastrada, los días sin comer, las noches de dormir con hambre. A veces almuerza la ración que les dan en el cuartel a los soldados; a veces, cuando consigue algún dinero, se compra un cuadernillo de papel en la pulpería, tan malo que su pluma lo desgarra, y, cuando puede, una docena de cigarritos correntinos. Fuma, triste, fuma: el lujo que le queda. Un lujo es cualquier cosa que no sea absolutamente necesaria, piensa: se pregunta si entonces, como dicen algunos, la poesía es un lujo, unos cigarros. Encarga unos zapatos –los que usa están tan rotos que lo lastiman más que lo protegen– pero, cuando el zapatero los termina, descubre que no puede pagárselos. El zapatero lo insulta de todos los colores –estafador, malandrín, argentino– y él sólo atina a pedirle perdón, que tiene razón, que se equivocó, que pensó que iba a tener plata y no la tiene y lo ha estafado pero que no es su culpa. Que qué vergüenza, usted no se imagina.

Vive pobre, está flaco: se toquetea la cara, la cabeza, se adivina los huesos con la mano.

Y alrededor el cerco: Montevideo es una ciudad rodeada, arruinada por el cerco militar, condenada a la defensa permanente, desesperada de esa defensa permanente, orgullosa de esa defensa permanente, pobre, pobre, una ciudad condenada y desesperada y orgullosa que lleva años soportando el cerco de los aliados del Restaurador: un cerco lánguido pero constante, que no intenta asaltar la ciudad sino rendirla por miseria y que la tiene, sobre todo, al borde de sus nervios. Es duro vivir esperando el ataque final, la batalla final, un final porque lo que se vive es siempre provisorio.

En Montevideo viven cuarenta mil personas y la mitad son extranjeros, pero todos los hombres son soldados, milicianos, que deben contribuir a la defensa. Él se presenta al cuartel con entusiasmo, con ideas. Le dice al capitán reclutador que por favor no lo obligue a enrolarse en un cuerpo de artilleros; que le dan náuseas esas armas modernas, que se siente capaz de matar a un hombre como se mata a una bestia de alimento, de cerca y sin destrozos, preservando su cuerpo porque lo necesitas –porque a veces, dice, matar a un hombre es tan necesario como matar a un animal para comérselo–, pero que le repugna la idea de destrozar hombres a la distancia a cañonazos. Y que si hay algo bueno en el horror de nuestras guerras intestinas, tan primitivas bárbaras, es que se sabe a quién se mata, se lo ve, se lo oye, te salpica, dice, y el capitán del Riego le pregunta si no le parece que cuando un soldado mata, cuerpo a cuerpo, los ojos en los ojos, a un soldado enemigo, sigue siendo una muerte a distancia: que quien mata no es ese soldado sino su general, su jefe, desde su puesto de comando, que ese soldado es una herramienta un poco triste, mucho más triste que un cañón pero lo mismo. Lo destinan a un batallón de infantería. Lo intenta: dos o tres veces acude al llamado del tambor que convoca a los ciudadanos a sus puestos; la tercera o la cuarta su corazón está a punto de romperse. Acepta, al fin, que no será un soldado.

Inválido: se dice que su condición, en su lengua natal, se llama inválido.

Un médico le diagnostica tisis: tuberculosis, la enfermedad romántica. Él no termina de creerlo y, al mismo tiempo, le parece una burla graciosa del destino. Extraña tanto a Fonseca –que nunca le pagó su deuda, que nunca le escribió. Pero que si estuviera aquí se haría cargo, le diría qué tiene realmente, le daría los remedios necesarios. Va a ver a otro médico, amigo de un amigo, que le dice que no está tísico, que de dónde sacó esa tontería. Que es sólo su corazón, que sigue caudaloso, desbocado. Pero que si se cuida y no hace esfuerzos excesivos puede vivir años todavía.

¿Vivir?, le pregunta. ¿Usted está seguro?

Si por lo menos tuviera un dios en quien confiar: cualquier destierro sería menos destierro con la certeza de un dios que lo esperara en todas partes, su madre que lo esperara en ese dios, una certeza sola. Si por lo menos ésa.

Sí, don Estevan, vivir. Vivir es esto.

Las guerras mezclan, equiparan. El destierro también junta y revuelve. Ahora, en Montevideo, bajo el sitio, personas con tan poco en común comparten demasiado. Él intenta mantener distancias: se dice que un enemigo común no crea amistad, que la ciudad rebosa de petimetres atrevidos, matones sin ideas que recitan ahora, en la seguridad de la distancia, lo que él decía en Buenos Aires ya hace años, cuando tan pocos lo decían, y encima le recriminan su silencio: que no alza –le dicen– la voz contra el tirano, que no llama a las armas con las armas de la imprenta.

Se pelea contra el más vocinglero, un tal Rivera Indarte. Rivera fue un rosista furioso hasta que dejó de serlo y ahora se ha vuelto furioso antirrosista, publica un diario donde cuenta asesinatos mazorqueros y le reprocha a él, Echeverría, que estuvo siempre firme, que estuvo cuando era peligroso, cuando nadie más estaba, su supuesta tibieza. Él se exaspera, se sulfura; después se dice que estos mequetrefes que se dieron vuelta están obligados a ser los más feroces, demostrar que son más decididos que ninguno y para eso qué mejor que atacar a un histórico como él, acusarlo de que no habla porque quiere acomodarse con el tirano para intentar volver, reírse de sus tribulaciones y desdichas.

Y le escribe que es mentira todo lo que dice y lo que hace no sirve, que es difícil acumular más denuncias, verdaderas o falsas, que las que él –Rivera, el otro– ha publicado en su diario *El Nacional*, más historias de crueldades y degollinas y de horrores y que sin embargo el tirano sigue allí, que no alcanza con hablar o que incluso no sirve para mucho hablar cuando se trata de repetir una y otra vez las mismas invectivas, que sin duda es más útil pensar, imaginar caminos e ideas nuevas, y cuando el otro le contesta en una carta –orgullosa, insidiosa– le responde que no se ilusione, que no le ha escrito para ocuparse de él sino de la prensa charlatana y estéril que dominó, le dice, nuestro país desde el principio. Y Rivera de nuevo le contesta, se atacan, se insultan; personas dicen bien por Echeverría, por fin alguien que le pone los puntos a ese renegado; personas dicen pobre Echeverría, para qué cuernos se mete en esas cosas.

Olvidarse es un riesgo, peligro
que lo salva.

Ya no tiene casi ningún objeto de antes, de cuando era Echeverría –ya no tiene los libros, ya no las ropas y sombreros, no los recados y cuchillos–, pero le queda ese retrato.

Entonces, algunas veces –no muchas, como quien cuida su capital menguante– mira el retrato de su madre y lo colma de alivio tener con él ese retrato. Cuando la muerte de su madre, él y sus hermanos, huérfanos jovencitos, sin dinero para encargar una pintura, sabían que si no lo hacían se perdía todo, su madre se perdía. Entonces él le rogó a un amigo que conocía bien a los Pueyrredón que les pidiera en préstamo un esclavo retratista que tenían, un tal Gayoso, y el general Pueyrredón, que solía cobrar por el trabajo de su esclavo, tuvo piedad y les dejó usarlo gratis.

Ahora, entonces, mira el retrato, los ojos severos de su madre, la boca apretada de su madre, la mueca muerta y revivida de su madre en el retrato y se pregunta qué pensaría si lo viera. Y no se dice: qué pensaría si me viera así. Pero aun sin ese así, la pregunta lo inquieta: qué pensaría su madre si viera que su hijo, el muchacho bueno que tanto prometía, tras dejarse ganar por el vicio y la cólera, tras escapar del vicio y de la cólera, cayó en la vanidad y la hubris de volverse escritor.

La pregunta está llena de respuestas. Su madre lo mira severa desde el retrato del esclavo. Él no siempre soporta esa mirada. Pero una vez, sin vérsela venir, piensa que nunca piensa en qué diría su padre y se alegra, se apacigua. Y piensa que su madre no se murió por lo que él hizo: piensa, intenta pensar, argumenta, a veces cree, que su madre no se murió por lo que él hizo.

Un dios, acá también:
en todas partes.

Los días pasan como si fueran siempre el mismo; a veces un infortunio nuevo, un recuerdo amargo, la conciencia de una imposibilidad que no había aparecido se amontonan para introducir un leve cambio y que, de esa forma, todo siga igual.

Las órdenes del tiempo.

Y de pronto piensa en el dolor como un poema o, mejor: el dolor como uno de sus poemas. Algo pasa en el interior de un cuerpo, en la comarca más inaccesible más lejana, que ese cuerpo quiere comunicar a su inquilino y lo intenta con esos gestos desmañados, confusos, impertinentes que llamamos dolor. El dolor –físico, bruto, el dolor sin metáforas– son los intentos de comunicación de ese escritor mediocre que llamamos cuerpo; dolor es él, Echeverría, tratando de contar algo que no termina de entender a un público que preferiría no saberlo.

Si por lo menos estuviera Fonseca para llevarlo paso a paso. Ha escrito que el exilio era la muerte y ahora sabe que no: la muerte es la muerte; el exilio es la disgregación de lo que alguna vez fue uno. Su vida, una, y ahora esa multitud de trozos repartidos, aquella jarra azul rota en el suelo.

La muerte es otra cosa: ni un pedazo.

Al principio, piensa, por un rato, va a ser como dormirse cualquier noche. Y cuando empiece a ser distinto, cuando la duración lo empiece a hacer distinto, piensa, no estaré allí para saberlo.

2

Una noche se sienta y se escribe una carta. La dirige a un general uruguayo Pacheco y Obes, un amigo o aliado, pero da igual: escribe para sí. Escribe contra los periodistas, por ejemplo, contra esos que se creen muy valientes porque gritan de lejos: «¿Quién tiene derecho a azuzar al combate cuando todos están en las filas combatiendo? Cuando se pelea a muerte y todo hombre empuña un fusil para defender su bolsa y su vida, ¿quién podrá detenerse a escuchar al mentido apóstol que, en lugar de enristrar una lanza, da un consejo, y en lugar de enfilarse entre los combatientes se reserva el cómodo papel de trompeta doctrinario? La prensa, pues, nada puede hoy, y si me apuran diré que escribir sin que una creencia, una mira de utilidad pública nos mueva, me parece no sólo un charlatanismo supino, sino el abuso más criminal y escandaloso que pueda hacerse de esa noble facultad; yo no he nacido para semejante oficio de ganapán: preferiría irme a plantar espárragos», escribe, y que por eso, porque cree que la prensa no sirve en esta situación, sobrelleva, dice, «con tan mansa resignación el papel oscuro e insignificante que me ha cabido, por eso me censuran y tildan por lo bajo los que no me conocen; por eso escribo, para el porvenir, poemas que mis amigos califican de inoportunos», dice.

Pero los ataques son tan bruscos que le parece necesario defenderse; la herida es que no lo reconozcan: «La verdad que bien pudiera vangloriarme de no haber sacado el cuerpo a los compromisos y de haber hecho más por la patria que los que me atacan, no aquí sino bajo el ojo vigilante de Rosas y sus seides. ¿De qué cabeza salieron casi todas las ideas nuevas de iniciativa, tanto en literatura como en política, que han fermentado en las jóvenes inteligencias argentinas desde el año treinta y uno en adelante? ¿Quién, cuando ellos se alistaban en la Mazorca y daban su voto a las leyes omnímodas de Rosas en el año treinta y cinco, protestó contra ellas enérgicamente? ¿Quién, a mediados del treinta y ocho promovió y organizó una asociación de las jóvenes capacidades argentinas, y levantó primero en el Plata la bandera revolucionaria de la Democracia, explicando y desentrañando su espíritu? ¿Quién antes que yo, rehabilitó y proclamó las olvidadas tradiciones de Mayo? ¿Quién trabajó el único programa de organización y renovación social que se haya concebido entre nosotros?»

Lo relee, corrige algún detalle: tener que escribirlo –haber pensado en escribirlo– es la derrota.

Afuera.
Bien afuera.

Lee en *El Nacional* historias sobre la crueldad de un tal Bartolomé Pereda, uno de los jefes más sanguinarios, dicen, que tiene la Mazorca. Los relatos detallan sus degüellos, sus mutilaciones, su marca personal: varias víctimas cuentan cómo las ha marcado a fuego con un hierro que les funde en la piel una R, ganado del Restaurador. Echeverría piensa que no puede ser él, sabe que sí es él. Saca su soldadito del bolsillo, el soldadito que siempre lleva en el bolsillo: la pintura del uniforme de granadero se ha borrado, es un plomo desnudo que podría ser cualquiera. Piensa que debería tirarlo de una vez por todas: perderlo de una vez por todas.

De una vez por todas.

A veces piensa que querría dormirse y despertarse en veinte años: que el futuro está demasiado lejos, piensa, y que no va a llegar a verlo. La tristeza de saber que lo que más quiero va a suceder sin mí, piensa; el alivio de imaginar que sí va a suceder. Y piensa en su nombre: se pregunta qué espera de su nombre. Se dice que quizás en otro momento, en otro lugar –en otro lugar, se dice, sobre todo, en otro país, en uno que respete a sus hijos, que no engulla a sus hijos–, su nombre podría sobrevivir. Después de todo, se dice, fui el autor del primer libro de poemas publicado en la joven Argentina: podría sobrevivir. Pero que es argentino, que su nombre se irá perdiendo en esa noche de los tiempos que es la patria.

Está oscuro, afuera, bien oscuro.
Igual que en todos los lugares.

Una tarde le comenta a su amigo Vicente Fidel López que tomó muchas notas para armar una historia que transcurre en el matadero de su barrio pero que nunca termina de escribirla, que no le encuentra la manera. López le pide que se la muestre, él se niega, él insiste, él le dice que no está escrita y que no puede, él le dice que son amigos, que se la muestre de una vez, que son amigos. López lee, callado, gestos de sorpresa; al final le dice claro, ahora lo entiendo: tendría que escribirla. Sí, le dice él, tendría pero no sé cómo, se lo dije. Pero vale la pena que lo intente, le dice López, y él se queda callado, y López entiende que lo hirió. Entonces habla, para dejar atrás el golpe: que si lamenta no tener hijos, no haber tenido hijos, le pregunta, y él no le dice que tiene una: nunca dice que tiene una, es un hombre sin hijos. Nunca piensa –casi nunca piensa– en Candela y en el hijo que tuvo, que ella tuvo, aunque José María le ha escrito para decirle que es una hija y que tiene la tez bastante clara gracias a Dios y que se parece un poco a su madre –a la madre de él, la madre de ellos– y que en su homenaje le pusieron Martina –pero él no imagina conocerla: no se ve levantando ese bebé en los brazos. Entonces dice que no, que no lamenta no tener hijos porque no tendría nada para darles, que mire la vida errante que siempre ha llevado, que mire la pobreza, que todo lo que tiene para dar lo da con sus palabras. Entonces López le dice que tanta gente que no puede darles nada igual los tiene, que es humano, y él lo mira un rato, como distraído, como perdido lejos, antes de contestarle que sí, que ése es el problema.

–¿Qué problema?

–Ése, ser humano.

Pero a veces se pregunta cómo se hace para que te importe eso que tantas veces ha llamado el mañana el futuro el porvenir: lo que no vas a ver, dentro de años y años, y si con hijos se volverá más fácil: si la idea de que tu sangre va a seguir corriendo en algún cuerpo te implica en ese tiempo cada vez menos imaginable, más lejano.

Es raro, ¿no?, le dice. Cuanto más cerca estamos del mañana más se aleja.

Sigue pensando en el futuro pero cada vez menos –o, mejor: con menos intensidad, menos confianza. Él, que vivió del futuro casi toda su vida, ahora no sabe imaginarlo. No consigue suponer qué sería distinto, de qué modo, por qué. A veces trata de pensar cómo sería vivir en un país que le gustara, en uno, por ejemplo, que cumpliera los preceptos de su Código, sus ideas –y no sabe verlo. A veces esa opacidad lo desespera: si sólo pudiera creer, de verdad creer en un futuro diferente, piensa. Piensa: un futuro donde lo que escribí ya no tuviera, nunca más, sentido.

Pero vuelve a los hijos: alguien que esté obligado a portar su memoria. Aunque sea para destruirla, para llenarla de polvo en un desván, para falsearla al reinventarla, obligados a cargar con ella. Piensa en los que tienen –casi todos sus amigos, de una u otra forma, tienen–: los envidia, no los envidia, se pregunta qué habría hecho diferente en su vida si tuviera, si hubiera tenido. Se dice que no es cierto que no tuvo; se dice que sí es cierto.

Y mientras tanto intenta: se enamora de una Eloísa, Martínez de apellido, dama oriental y joven, generosa, amable, llena de virtudes aparentes, sostén de un hospital para heridos de la guerra, que lo mira con aprecio pero no quiere o no puede o no se permite ceder a la tentación de perderse en un amor que la condenaría para siempre y prefiere mantener esa distancia amable, ese afecto condescendiente que sólo lo hace sentir más y más viejo, un hombre que ya no cuenta como hombre. A veces –cada dos, tres meses, cuando junta los pesos– baja al prostíbulo del puerto a buscar a una negra que se parece –no mucho, sólo un poco– a Candela. Una negra que no sabe su nombre.

O quizás es el momento de pagar, se dice: el momento en que querría no haber hecho muchas cosas que hizo, sí tantas que no hizo; el momento de hacerse cargo de todas ellas y pagar. Y, entonces: la nostalgia aguda –no la dulce recordación, no el cosquilleo– de los tiempos en que podía creer todavía que nada tenía precio.

336

–Hace muchos años que no me sentía tan viejo. Piensa cuando cumple los cuarenta, y se pasa el día con la frase en la cabeza, pero no encuentra a quién decírsela.

–Muchos años, hace, muchos años.

Y ese momento casi fatal en que por fin entiende el único gesto que recuerda de su padre: cuando se pasaba el dorso de la mano por el cuello, entre el mentón y la nuez, lo que hacía –como él hace ahora– era sorprenderse ante el paso del tiempo convertido en papada, acumulado.

Que los jóvenes hablan de melancolía, practican ejercicios de melancolía con delectación, con esa ligereza con que un chico lleva una mano al fuego, sabiendo que no la va a acercar lo suficiente. Que él habló tanto de la melancolía, piensa, con su sonrisa melancólica, y que ahora se escapa de la melancolía, como todos los viejos: conocemos su poder, sabemos que no podemos acercarnos a ella sin hundirnos –y hablamos de otras cosas.

Y que el mundo rebosa de bocas que ya no va a besar, de poemas que no va a escribir, de batallas que no va a perder. Que hasta hace poco todo era posible: incluso dejar de ser Echeverría, ser por ejemplo un coronel comandando una carga de caballería, un estanciero gordo y satisfecho engordando vacas satisfechas, un notario con sus seis hijos en la misa de once. Y por momentos se obsesiona: ve gente por la calle –viejos por la calle– y se pregunta cómo serían cuando jóvenes, cómo se fueron descascarando para llegar a esto. Y se pregunta qué caras tenían –él y sus amigos– hace sólo diez años, cuando creían que podían todo, cuando podían todavía. Y se mira en el espejo, deplora las sombras en los ojos, las arrugas nuevas en los costados de la boca, las manchas de la piel, y de pronto se le ocurre una idea que le parece astuta: disfrutála, se dice, es la cara más joven que vas a verte nunca. El truco no funciona.

Y se pregunta si la Argentina no está así, ya pasada la arrogancia de la juventud: las manchas en la piel, los ojos empañados, las arrugas marcadas en la cara.

Una patria que pasó y no ha sido,
habría dicho aquel poeta si.

El chiste es malo, no funciona. Un país puede creerse joven mucho tiempo, muchas veces: nunca se sabe cuál es su edad precisa. ¿Quién dice cuándo es joven, cuánto? Un país renace, rejuvenece, se procura la edad que le conviene —si tiene, se dice, quien sepa reformularle la historia, las edades.

Para inventarse, cada vez, otro futuro.
Para vivir de su alimento más usual, su combustible.

Se levanta decidido, enérgico. Ha dormido casi toda la noche de un tirón, se siente bien, piensa que tiene que hacer algo: detener la caída. Dejar de compadecerse, detenerla; levantar la cabeza, detenerla. No puede ser que él, José Estevan Antonio Echeverría, primer poeta del río de la Plata, que vivió en París, que recibió las loas y los aplausos más cerrados, que inventó el modo de cantar estas tierras, se escurra hacia la nada en un catre maltrecho. No puede ser, se dice: respira hondo y se dice que no puede ser.

Piensa sus posibilidades: aquí ya probó todo —y nada ha resultado. Aquí no lo valoran, lo desdeñan: ya verán. Como siempre, piensa, la solución es el problema: Buenos Aires. Si volviera a Buenos Aires viviría: recobraría su lugar, su casa, algún respeto, sus olores. Vería a su hermano, a dos o tres viejos amigos, a Fonseca; incluso –piensa, se deja ir– quién sabe si a Candela o, más allá: su hija. No sabe si vería a su hija: una niña que no sabría quién es. Pero eso es secundario: volver, volver a ser, recuperar su vida. Todo lo que tiene que hacer es pedirlo: al gobierno de Buenos Aires le encantará recibirlo, le harán fiestas. Quizá deba escribir algún poema a la defensa heroica de Obligado, piensa, a la nación honrada por las armas porteñas: puede hacerlo, no estará mintiendo. Piensa que puede hacerlo: que no estará mintiendo. Y entonces, ya allí, podrá dejar la crítica estéril del desterrado y volver a ser útil, dejarse de remilgos y reproches vanos y ser útil. Piensa que sí: que ha estado perdiendo el tiempo todos estos años, que se ha emperrado en su orgullo y su necedad y que tiene que dejarlos, ser modesto y razonable y hacer algo en vez de cacarear, ayudar a la patria en lugar de juzgarla: que ésa sería la conducta decente, piensa, la de un patriota verdadero. Y que esta misma tarde le va a escribir a Esnaola, que quizá De Angelis pero mejor Esnaola, una carta explicándole que por fin entendió cuál es su papel y que por favor lo ayude en este trance: Mi querido Esnaola, espero que al recibo de la presente se encuentre usted bien, al igual que los suyos y que... No, demasiado formal. Mi querido Esnaola, espero que no le extrañe recibir, después de tanto tiempo, mis noticias. Aunque no lo crea, pienso en usted con frecuencia; cuando escucho, sin ir más lejos, a alguien cantando alguna de esas canciones que compusimos juntos. Entonces, siempre, me ataca la nostalgia de esos tiempos fecundos. Pero la última vez, usted no me creerá, ayer mismo, escuchar una de esas cancioncillas que llevan nuestros nombres me hizo entender que mi desvío debía tocar a su fin. He estado equivocado... No, quizá no deba escribir equivocado. Me he dejado confundir... No, confundir suena tan inocente.

Saca papel –el único papel que tiene entre dos libros,

una hoja tosca de esas que le compra al vasco cuando puede–
y encabeza: Mi querido Esnaola, espero que no le extrañe
recibir. Después piensa que no puede escribirle en esa hoja,
que tiene que conseguir otra, que no puede dar pena. Piensa –vuelve a pensar– que no puede dar pena.

Se sienta en el borde del catre, los codos sobre las rodillas, la cabeza en las manos:
que no puede dar pena.

3

Ya pasó casi todo
pero hay algo que no ha pasado todavía.

Bebe, cuando puede, lo que puede, y lo ataca más y más
la sensación urgente de que lo que importaba de su vida ya
pasó. A veces la sensación lo paraliza; otras lo empuja a intentar cosas. De tanto en tanto sale de su modorra, intenta
cosas: volver a Buenos Aires, al pasado, llegar a alguna parte. Decide, desecha, revisa; alguna vez sí se resuelve. Piensa
–resueltamente piensa– que debe recuperar los días de
gloria y choca contra la evidencia de que esos escritos en los
que basa su idea de sí mismo, su idea del futuro, sus ideas,
los conocen tan pocos y que para que se sepa de qué habla
cuando habla, por qué calla cuando calla, debe ponerlos en
circulación, hacerlos públicos, publicarlos realmente, y entonces se pone a la tarea de revisar y relanzar aquel Código
que escribió para la Joven Argentina.

Pero no es joven y sabe que no es joven y que todo lo
que creyó sobre la potencia transformadora de los jóvenes
ya no se le aplica, que se ha quedado fuera de su propio
territorio, de las fronteras que él mismo había trazado, y
debería trazar otras pero no es fácil y además él es un deste-

rrado, uno que de todas maneras ya se ha quedado fuera de su tierra, fuera de las fronteras.

Y entonces no dice Joven Argentina sino Asociación de Mayo, y tampoco Código; busca un nombre que atraiga la atención y encuentra Dogma Socialista. Donde socialista –podría explicar, si alguien se lo preguntara– no se refiere a esos movimientos un poco extremos que empiezan a surgir en ciertos países europeos sino a lo social, lo colectivo por oposición a lo individualista, la construcción de una sociedad en armonía. Y entonces escribe –en el Dogma escribe– que la política la filosofía la religión el arte la ciencia la industria, todo debe encaminarse a fundar el imperio de la Democracia, que una «política que tenga otra mira, no la queremos. Filosofía que no coopere a su desarrollo, la desechamos. Religión que no la sancione, no es la nuestra. Arte que no se anime de su espíritu y no sea la expresión de la vida individual y social, será infecundo. Ciencia que no la ilumine, inoportuna. Industria que no tienda a emancipar las masas y elevarlas a la igualdad, sino a concentrar la riqueza en pocas manos, la abominamos».

La emoción de encontrarse en sus palabras; la desesperación de encontrarse en sus palabras, tan calladas.

El *Dogma* se publica. Busca dinero donde no lo hay, pide, rebusca, y consigue hacer una edición, mil ejemplares. Pocos lo leen; algunos lo critican, otros lo juzgan inoportuno, nadie lo aplaude como él esperaba. Por momentos acepta, otros se desespera.

Escribe a los amigos –Alberdi, Gutiérrez, Cané– que se han desperdigado por el continente, les pide ayuda para la difusión o, a veces, les ordena ayudarlo, como si todavía fuese aquel jefe que eligieron. Se queja, les dice que la prensa no le hace caso, que ha enmudecido respecto de su libro, que no ha querido o más bien ha tenido miedo de recoger el guante, dice, y que lo ayuden. Los amigos le contestan consternados que sí claro, Estevan, lo que usted necesite.

Que está afuera.

Y ni siquiera intenta esconder sus paradojas, sus contradicciones: querría que el pueblo votara pero cada vez que el pueblo llano votó en la Argentina eligió al tirano porque no está preparado, no está educado, no sabe elegir lo que le conviene, piensa, entonces piensa que sólo tendrían que votar los que sí lo estuvieran hasta que todos lo estuvieran y sabe que al decirlo contradice sus ideas de democracia e igualdad pero no encuentra la salida o encuentra, si acaso, esa salida a largo plazo: la educación. Que está claro cómo debe ser la república; que el problema son esas masas incultas que no terminan de entenderlo porque no pueden entenderlo, por bárbaras, por mal educadas, que lo que falta es construir un pueblo que sepa vivir en esa república y, para eso, sin duda, hay que educarlo. Cada vez está más convencido de que lo que se necesita para tener alguna vez la democracia verdadera son buenas escuelas, y lo dice cada vez que habla con alguien y entonces las autoridades uruguayas le ofrecen que funde una escuela para hijos de militares y emigrados y durante unos meses la actividad y el sueldo lo mantienen a flote pero las mismas autoridades la cierran poco después porque no tienen fondos y él vuelve a su desidia, a su miseria.

Y a veces se le ocurren libros, diatribas, reivindicaciones, polémicas con todos esos que no terminan de entenderlo y respetarlo –Rivera Indarte, por supuesto, y Florencio Varela y Pedro de Angelis–, y escribe pero después no encuentra el dinero para imprimirlos ni quien quiera hacerlo ni periódicos que lo hagan y sus proyectos se van deshilachando y se enrosca cada vez más sobre sí mismo, se vuelve cada vez más intratable, intolerante, hosco, y sabe que su fama de insufrible avanza entre sus compatriotas de Montevideo pero se dice que es porque no están a la altura, que no quieren reconocer su valía porque tiene cada cual sus oscuras ambiciones personales, sus rencores, su envidia sobre todo.

Una, dos veces por semana se presenta en lo de su compadre López al ocaso, a la hora de comer. Todos hacen como si fuera una visita de cortesía, Estevan que es tan amable de acompañarlos en la cena.

Sigue leyendo todo lo que puede: nadie podrá echarlo de ese territorio, se dice, aquí sí que no llegan miseria ni tiranos. Aunque nada termina de gustarle, se queja, se regodea en la queja, se tranquiliza con las quejas: su lugar, que nadie reconoce, está seguro. Pero lo sacude el *Facundo*, del sanjuanino que no sabía rimar. Lo lee, condescendiente, le encuentra fallos –le falta dogma, dice, para decir que le falta teoría–, lo critica, lo envidia como un perro. Lo consiguió: éste lo consiguió, tantos tratamos y éste lo consiguió, se dice, y no llega a decirse: un provinciano inculto, medio analfabeto. Después Sarmiento pasa por Montevideo, se encuentran, conversan, se hacen casi amigos. Al irse, el sanjuanino escribe de él que es «el poeta de la desesperación, el grito de la inteligencia pisoteada por los caballos de la pampa, el gemido del que a pie y solo se encuentra rodeado de ganados alzados que rugen y cavan la tierra en torno suyo, enseñándole sus aguzados cuernos. ¡Pobre Echeverría! Enfermo de espíritu y de cuerpo, trabajado por una imaginación de fuego, prófugo, sin asilo, y pensando donde nadie piensa».

Una vida: se ha pasado una vida intentando explicarse y el otro, en cinco líneas, lo ha pintado entero.

344

Y también pasa Alberdi, de vuelta de su viaje por Italia y Francia, y él lo envidia en silencio –pero no sólo por el viaje– y escucha las felicidades que le cuenta y se impresiona sobre todo cuando le habla de su viaje en tren: una máquina que se mueve sola, empujada únicamente por la voluntad y la razón del hombre. Piensa en la pampa con máquinas de ésas: comodidad, velocidad, eficacia para ir a ninguna parte. Alberdi le dice que no sea tan pesimista; él le dice que no le importa, que de todas formas no va a verlo. Sí que va a verlo, Estevan. No. Pero sí, hombre, claro. No, yo sé que no; y casi lo prefiero. Hay momentos, le dice, en que no entiende cuál es la astucia del progreso. La astucia, le dice, en el sentido en que lo decía el viejo Hegel, les ruses de la raison, dice, tose; que no entiende cómo puede ser que la humanidad haya vivido tantos siglos y progresado tanto para llegar a esto. Que en algo debemos estar equivocados, dice, tose más –y Alberdi suspira y está por decir algo, calla. Después le dice que ya brillamos en Sudamérica: Alberdi le dice que nosotros los argentinos brillamos en toda Sudamérica, que se ve que las personas educadas de la región están reconociendo que tenemos algo que decirles, que mostrarles, que nuestro apetito de conocimiento nos ha llevado a aprender cosas que pueden servirles y que esta dispersión a la que nos sometió el tirano también es, de algún modo, un azar afortunado que nos permite llevarles esas ideas, esas palabras a rincones adonde nunca habían llegado.

–¿Le parece?

Le pregunta Echeverría: ¿de verdad le parece? Y no quiere escuchar la respuesta: otra vez el vanidoso de Alberdi tomando sus deseos por realidades.

«Nadie puede escribir sobre el exilio, porque escribir es el exilio siempre. Antes del exilio la palabra no tenía conciencia de sí, era una sola: piedra blanca sobre piedra blanca. El buen salvaje será un ser sin memoria. Sólo es posible escribir desde el exilio, y la pregunta es hacia dónde», lee, y se indigna o, quizá: se entristece de tanta tontería pavoneada. Escribir, escribe, es fundar un país, cualquiera sea.

La *Cautiva:* de tanto en tanto vuelve a la *Cautiva*, a la tarde, a la hora, al momento en que fundó o estuvo a punto de fundar o fundará y en algún momento, distraído, se pone a recordar qué fundó qué, qué historias qué países: que Virgilio con la *Eneida* quiso legitimar el poder romano remontándolo a los ancestros más gloriosos, los troyanos, derrotados ilustres que se levantan otra vez; que para los franceses la *Chanson de Roland* es la celebración del sacrificio de un héroe que permitió, con su muerte, que la Francia existiera, que no cayera en manos de los moros; que el *Cantar de Mío Cid* dice a los españoles que su país empezó a reconstruirse por la testarudez de un caballero injustamente castigado que consiguió sobreponerse a la injusticia. Y hay más ejemplos; hace días que los piensa y los repasa y desespera: realmente desespera. De pronto lo entendió, tan estridente: qué tipo de país puede fundarse en el relato de una pareja de campesinos ignorantes que intenta huir del acoso de unos salvajes −y ni siquiera lo consigue y se muere por nada. Ahora lo sabe y no entiende cómo lo ignoró: si su *Cautiva* es una fundación, está fundando el país equivocado.

Pocas cosas le han dolido tanto:
su escrito, el escrito equivocado.
Su país, el país equivocado.

Noches y noches de preguntarse qué podría haber hecho distinto, si cayó en la trampa pintoresca, si al buscar la diferencia la glorificó, si estamos condenados a creernos pastores del desierto porque hay pastores y hay desierto, si no podemos reconocernos en modelos más dignos, fundarnos en deseos –no en cuadros de costumbres. Si no sería mejor contar quiénes somos nosotros en lugar de quiénes son ellos, los rústicos; si no sería mejor aceptar que nuestro origen no son esos bárbaros sino los barcos, los libros, las ideas. Si por lo menos hubiera dejado que Brian y María o Brian o María o su hijito vivieran, si no se hubiese dejado tentar así por la tragedia, si no hubiera definido la muerte como destino manifiesto de quienes quieren vivir en esa tierra. Si no trabajó para sus enemigos o para su desastre. Si por lo menos tuviera otra oportunidad.

Pero no: sabe que no, que vendrán otros –otro, se dice, uno, esto siempre es trabajo de uno solo–, vendrá otro y será el verdadero fundador. O no vendrá, y la Argentina estará condenada para siempre. O vendrá, y también.

Era la tarde y la hora, la noche y la hora, la hora en que ya es tarde y todo es noche: un sonsonete que le taladra la cabeza, un golpeteo.

Pocas cosas le han dolido tanto. Nada, probablemente, tanto. Vienen meses de encierro, meses en que no puede pelearse con nadie que no sea sí mismo: el escrito, el país equivocados.

Y ese día en que un joven poeta, amable, admirador, dizque amigo suyo, se atreve a preguntarle si no le pesa que ahora haya varios que luzcan más que él. Y el afecto y la piedad que cargan la pregunta, sobre todo.

Días, decía, retorcidos: parecidos, tan intercambiables.
Los efectos del tiempo en el destierro.

Los órdenes, las órdenes
del tiempo.

4

Y sin embargo muchas noches se consuela y se preocupa pensando que la poesía puede ampararlo todavía. Que su próximo poema será lo que debe ser, y entonces ya verán. Que cuando él empezó todos ésos no sabían ni balbucear y que él les enseñó el idioma y ahora lo tratan con amabilidad, con deferencia, como quien le habla al abuelo medio sordo. Pero que ahora con el *Ángel Caído* –con los cinco, seis mil versos magistrales del *Ángel Caído*– tendrán que recordar quién es, reconocer que sólo él puede plasmar en palabras esta tierra –aquella tierra–, sus hombres, sus animales, sus frutos, sus ideas, sus recovecos más profundos, sus verdades.

Aunque a veces duda. Sabe que ha abierto un camino –que quizá no fuera el que quería, que ahora nadie quiere recorrer– pero sabe también que su poesía tuvo momentos de torpeza: que fue mecánico, que le faltaron gracia y sutileza, pero fue el precio que pagó por ser pionero. Que tenía demasiadas premisas o, mejor: quiso prestar demasiada atención a esas premisas. Que a veces la misión, el peso de la misión, aplastaba su vuelo. «He vuelto como antaño a caer en hastío completo de versos y de pluma. Sabe Dios cuánto me durará. Además, ¿para qué escribir? Para amontonar papeles en un cajón... Seguro que ésta, como otras producciones mías, dormirá arrinconada por tiempo indefinido. A los que viven en países más felices que los nuestros costará creer que tal sea en el Plata la situación de los proscriptos que se esfuerzan por enriquecer la literatura de su patria. Y después no faltará quien moteje a los americanos de esterilidad, ni quien atribuya a esa causa la insignificancia de su literatura. Para que la literatura adelante en un país cualquiera no bastan hombres de ingenio: se requieren además ciertas condiciones de sociabilidad que todavía no han aparecido en América», le escribe a Gutiérrez en una carta triste.

El destierro, por definición, no es para siempre, pero siempre es una palabra que nadie sabe definir. Teme morirse allí, no volver nunca más, hacer de su destierro la muerte verdadera.

Que haya fondo, que no haya,
que no esté allí, que esté muy cerca.

Otras veces piensa que ni misión ni hostias, que tiene con su país menos deudas que las que su país tiene con él y que se quiere ir, lejos: seriamente lejos. Se imagina sobre todo de vuelta en París: como quien retrocede hasta el momento en que todo era posible todavía. París sería de nuevo luces, horizontes. Para eso necesitaría dinero o un cargo o una ayuda, así que escribe cartas, consulta a amigos, eleva peticiones. No será un grand tour como el de Byron, piensa un día; será un grand retour, se dice y, una vez más, no encuentra a quien decírselo.

Son otras cosas, todos: coroneles, maestros, abogados, curas, periodistas; sólo él es nada más que él, solamente un poeta. Debería haber sido otra cosa, capaz de hacer más cosas –pero no: es el único que no tiene oficio ni beneficio, utilidad ninguna. Está muy flaco, la piel mustia, se cansa: camina unos metros y se cansa. Tose, se marea.

Ahora que está lejos, Alberdi se permite reconocer sus deudas: le escribe que el *Dogma* es su libro de cabecera, que lo relee todo el tiempo, y que leer el libro y recordarlo a él es todo uno. Él lo nombra heredero o albacea de sus ideas: «Mi regla de criterio invariable será la democracia. Lego a mi amigo Alberdi el pensamiento, dado caso de que me falta vida para realizarlo», le escribió a Gutiérrez en octubre del 46.

Y Buenos Aires se va difuminando: contornos confusos, una excusa que se desvanece. Con cada día que pasa, más y más, su ciudad no está en otro lugar sino otro tiempo.

Sabe –ahora sí sabe– que su cuerpo está listo. Nunca estuvo del lado de su cuerpo; su cuerpo siempre fue ese intrigante que le retuvo los impulsos a golpe de corazón sobrepasado, ese desaforado que lo desafiaba con exigencias peligrosas sólo para mostrarle que no podía cumplirlas. Si no hubiese sido por su cuerpo podría haber sido tantos otros, piensa: quizá soldado, un hombre como a veces deben ser los hombres, o padre, un hombre como deben ser los hombres, o quién sabe. Su cuerpo siempre fue su enemigo larvado, su emboscado enemigo, pero ahora es más tajante, más feroz: se va, lo deja. Nunca estuvo cerca de su cuerpo pero ahora lo ve y lo llena la tristeza de verlo desastrado, perdido, tan escaso de carnes tan puro hueso tan enclenque.

Nunca estuvo cerca de su cuerpo y por eso no le importa perderlo, pensarlo convertido en polvo, criadero de gusanos. No es eso lo que le duele, lo que lo inmoviliza.

¿Qué hacer cuando se sabe que la muerte llega?

Alguien se cree que su muerte es algo muy especial, y sólo lo es para él –para el muerto, para nadie. Fuera de eso, es lo más vulgar que se puede imaginar: otro cuerpo que se pierde en la tierra.

Lo que se va a comer la tierra, dice,
que dé guerra, piensa, y piensa que no,
que lo que se va a comer la tierra, la tierra
se lo coma.
Que la guerra la dé lo que no.

Ahora sabe: ha jugado tantas veces con la muerte; ahora sabe. Desde que sabe –desde el momento en que entendió realmente, como se entienden sólo dos o tres cosas en la vida– que su cuerpo es mortal, le ha perdido el respeto. Lo cuidaba –poco– cuando no sabía: cuando no conseguía imaginar lo que no puede imaginarse. Ahora le da igual: que dure un poco más o un poco menos no le hace diferencia. Montaigne, una vez más: «Le long temps vivre et le peu de temps vivre est rendu tout un par la mort. Car le long et le court n'est point aux choses qui ne sont plus.» «Vivir largo tiempo y vivir corto tiempo son igualados por la muerte. Ya que lo largo y lo corto no están en lo que ya no es.»

La guerra, la derrota.

Y una mañana se le ocurre pensar que piensa mucho en el momento de su muerte –que tiene sentido pensar tanto en el momento de su muerte– porque es el único momento en el que no podrá pensar después. Piensa que es una muestra de lo estúpido de la presunción de los franceses, el pensamiento racional. Piensa que es una muestra de lo estúpido.

Pero a veces quisiera no ser argentino: no sentirse argentino. No sabe qué podría ser en cambio. Lo perturba, además, la idea de ser algo en cambio. Pero hay veces en que daría todo por no ser argentino.

Aunque, en general, no consigue ni quiere imaginarse nada más. Hay un muchacho, un poeta jovencito, el hijo del general Guido, que anda por la ciudad recitando un poema que dice, en medio de otros tropos, «argentino hasta la muerte». Él se ríe la primera vez que lo oye: como si eso no fuera inevitable. Después, algunas veces, piensa que habría querido ser su autor.

Y cuando quiere olvidarse de todo para recordarse en lo que en verdad le importa, cuando intenta perderse en los vericuetos de un poema, la política, se queja, las desgracias de la patria, lo desvían y lo llevan a revolcarse en la pocilga de los intereses, las pasiones y las miserias comunes, blasfemando y gruñendo, dice, como uno de esos puercos. Odia esa invasión, la más violenta. Y teme la sensación de haberse equivocado al dedicar tantos años, tantos esfuerzos, a esa patria esquiva en lugar de haberse ocupado mucho más de su verdadero país, la poesía,
que ahora le escapa
ingrata como el otro, tan
ingrata.

Pero sigue con atención de entomólogo loco cada pequeño movimiento que aparece en cualquier provincia argentina, cada conato de rebeldía que parezca amenazar al gobierno del tirano y por lo tanto acelerar su vuelta, y se desespera porque a menudo no consigue enterarse de lo que

353

en verdad pasa y se lamenta cuando piensa cuántas cosas estarán sucediendo que él ignora pero esa misma ignorancia lo mantiene ilusionado: cuántas cosas estarán sucediendo ahora mismo que ignoro, cuántas personas, cuántos planes, cuántos movimientos que en cualquier momento pueden terminar de dar vuelta la puta taba de este puto país, de convertirlo por fin en ese otro.

Que si el manco Paz que si el pobre Lamadrid que si la indómita Corrientes que si Madariaga que si Avellaneda que si Urquiza que si la flota anglofrancesa remontando el Paraná hasta la Vuelta de Obligado y las noticias agridulces de la resistencia nacional cuando la Patria está representada por el más crudo de sus enemigos y aun así sigue siendo la Patria pero entonces el alivio de pensar que los argentinos podrán alguna vez bastarse a sí mismos para hacer lo que deben, lo que él cree que deben, lo que necesitan.

Está afuera.

Se ve los pies, raquíticos, rugosos, árbol viejo caído, y recuerda cuando tenía para sí los de Candela: tan feliz, cuando pensaba que sufría. ¿Cuánto tarda un hombre en aprender que es su peor enemigo?

Está afuera y tropieza, trastabilla.
La maleza es la misma y es distinta.

¿Cuánto en convencerse de olvidarlo?

Más y más noches piensa qué debe hacer un hombre cuando sabe que su muerte llega: ¿recordar, fijar su historia, intentar lo que falta, darse gustos, rendirse? Algunas lo piensa seriamente, duda; algunas se contesta que morirse es no poder elegir nada.

La muerte ya me mató –se dice, y se sonríe cuando nota que es un octosílabo, pero resiste la tentación de empezar un poema. Si lo escribiera me estaría contradiciendo, piensa, y otra vez se sonríe. Si lo escribiera, en realidad, sería muy malo. Pero no puede resistir la tentación de darlo vuelta: Ya me mató la muerte, deletrea, y las ocho sílabas se transforman en siete: es fácil completarlo con cuatro más y armar un maldito endecasílabo, se dice: Ya me mató la muerte con sonrisas, se dice, se sonríe.

porque la muerte, dulce por taimada,
me mira con mirada enamorada
para arrastrarme al fondo de su

Camina por la calle, oye, a través de una ventana, la voz de una mujer cantando una canción al piano. Le gusta, después la reconoce: la canción es suya todavía. Llega desde tan lejos. Esnaola sigue en Buenos Aires, más rosista con cada día que pasa, más rico, más acomodado. Amigos le cuentan que sigue tocando las canciones de ambos –no quiere, no tiene forma de dejarlas de lado– pero nunca dice quién es el autor de sus palabras.

Esa vida, sabe, podría haber sido suya.

Días y días, años: el tiempo que no pasa y ya pasó.

Pero llegan noticias desde Francia: febrero del 48, una gran insurrección popular acaba de nuevo con la monarquía y el gobierno del pueblo, dicen, empieza de verdad. Echeverría se entusiasma –tan a la distancia se entusiasma– y escribe un artículo –*La Revolución de febrero en Francia*– del que consigue, con cierta dificultad, publicar un fragmento en *El Conservador* de Montevideo.

«La Familia se ha hecho casta para oprimir al hombre,

la Patria se ha hecho casta para oprimir al hombre, la Propiedad se ha hecho casta para oprimir también, porque una porción de hombres se han creído privilegiados y por su raza destinados a sobreponerse a los demás desconociendo y usurpando su inviolable derecho. De ahí la explotación del hombre por el hombre, o del pobre por el rico; de ahí el proletarismo, la forma postrera de la esclavitud del hombre por la propiedad. El proletario trabaja día y noche para enriquecer al propietario ocioso; cambia el sudor de su rostro por el sustento para él y su familia. La retribución de su trabajo no es equitativa; apenas le basta para alimentarse... El proletario no puede, en una palabra, ser nunca propietario, ni salir de su miserable condición ni habilitarse para ejercer derecho alguno social. El poseedor de los instrumentos de producción lo explota, pues lo hace servir a su provecho como un animal de carga por un mísero salario, cuando no lo arroja de sus talleres ya enfermo o impotente para el trabajo», escribe, en una descripción que no debían compartir muchos de sus amigos. Y un optimismo que hacía mucho no conocía le hace ver, no tan lejos, el final de ese orden, porque la historia, dice, es la historia de la educación de la humanidad para dejar atrás esas injusticias y «ya se acerca la Era de la completa emancipación del hombre». Pronto, dice, «la sociedad se convertirá en una verdadera asociación de iguales en derechos y obligaciones, en la cual todos, bajo el imperio de la ley divina de la comunión de las criaturas solidarias, vivirán y trabajarán por el bien y la perfección recíproca y común. Cesará entonces la guerra entre las naciones. El género humano formará una sola familia unida por el vínculo de esa misma ley...».

Se descubre, contento, preocupado, razones para querer vivir.

Piensa que quizá tenerlas sea peor.

Piensa que no puede ser peor.

Y una tarde le avisan que Gutiérrez –que ahora vive en Chile, que viaja a Europa, que pasa por Montevideo– ha llegado y lo busca. La noticia lo llena de un entusiasmo que no pensó que sentiría, corre hacia la casa de López, donde para su amigo. Se encuentran, se abrazan, se miran como quien no lo cree, intentan ponerse serios porque no es de caballeros exaltarse así con un encuentro. Gutiérrez le dice que la vida en Chile está bastante bien, que tiene un buen trabajo, que el presidente los escucha, que ahora lo han mandado en una misión a Francia e Inglaterra, y le pregunta cómo está. Él le dice que bien, dentro de lo que cabe, y trata de creérselo; Gutiérrez lo anima, le dice que lo ve mejor que nunca, le propone unos vinos. En el café de Comercio le hace dos o tres preguntas sobre su vida –los años de París, la escritura de *La Cautiva*, la pelea con Rivera Indarte– y él de pronto se incomoda:

–Che, no me estará queriendo sonsacar para preparar mi necrológica...

Le dice, y se ríe pero no se ríe. Gutiérrez rectifica: con un brío que podría parecer forzado le habla de la debilidad del tirano, esto se acaba, éste cae este año, del cincuenta no pasa, cincuenta y uno como mucho y ahí sí que vamos a poder realizar todos nuestros sueños, Estevan, cada uno. Él le dice que cómo puede estar tan seguro y Gutiérrez que ya va a ver, que tiene buena información y sabe que el régimen está podrido y que Urquiza se va a decidir pronto y que ya han tenido contactos con él y está dispuesto a cambiar radicalmente todo, que de eso le quería hablar precisamente, que entonces sí vamos a tener la oportunidad de poner en marcha todo lo que siempre pensamos y soñamos.

–Usted, Estevan, va a tener que encargarse de la educación. Está claro, nadie lo ha pensado tanto como usted, le corresponde. Y será lo mejor para la patria, no lo dude.

Le dice Gutiérrez, y él sí duda, le pregunta si le está hablando en serio, quiere que le diga que sí, que le habla en serio: siente, de pronto, una esperanza, un entusiasmo como hacía tanto no sentía.

–¿Y le parece que vamos a poder trabajar, hacer de verdad lo necesario?

–Pero faltaba más, Estevan, como se lo digo. Urquiza es un hombre muy serio y nos ha convocado. Ahí vamos a estar, no tenga dudas.

Le encantaría no tenerlas: por un rato consigue no tenerlas. Habla de los errores, de cómo van a corregirlos: que quizá se equivocaron, que si pusieron la carreta delante de los bueyes, que si para crear una literatura no se necesitaba antes un pueblo que supiera leer y que, cuando lo consigan, cuando puedan formarlo, esa literatura, esa identidad va a ir dándose casi por sí misma, dice, se entusiasma, y con ella por fin la verdadera democracia, Mayo, la igualdad, la Argentina. Toma un buen trago, se deja imaginar ese futuro, escuelas, libros, bibliotecas, maestros, votos, una nación moderna. Charlan dos, tres horas más: suponen pormenores de ese país que llega. Cuando se despiden, Gutiérrez lo abraza con una fuerza rara:

–Ya lo va a ver, Estevan, falta poco.

Esa noche duerme como hacía años no dormía.

5

Porque siempre queda demasiado poco, a todos nos queda demasiado poco —escribe—, pero a mí me queda demasiado poco.

El tiempo, en su desorden.

Sabe que no va a vivir mucho más; a veces se pregunta si querría vivir mucho más. Querría, sí, por ver si llegan esos momentos que ha deseado tanto. Pero sospecha que no va a saberlo: que nunca va a saberlo. Va a ignorar lo único que de verdad le importaría saber: lo que hará que su vida haya tenido algún sentido o, como ahora piensa, no.

Publica un último poema: nadie sabe, cuando publica un último poema, que publica un último poema. Sabe —como lo sabe, cuando publica, quien publica— que no ha conseguido lo que pretendía: *Avellaneda*, se llama, y habla del martirio de su amigo, miembro de la Asociación, decapitado en Tucumán, su cabeza exhibida meses en la plaza. Ya le había dedicado el *Dogma*, junto con otros «mártires de la Patria». Allí les escribió que envidiaba su destino. Que él había gastado su vida en «los combates estériles del alma convulsionada por el dolor, la duda y la decepción; vosotros se la disteis entera a la Patria. Conquistasteis la palma del martirio, la corona imperecedera muriendo por ella y estaréis ahora gozando en recompensa de una vida toda de espíritu y de amor inefable», escribió, y por momentos lo cree: la envidia de una muerte con sentido.

Y la conquista de un lugar eterno desde donde hablar: «¡Oh Avellaneda!, primogénito de la gloria entre la generación de tu tiempo: tus verdugos, al clavar en la picota de infamia tu cabeza sublime, no imajinaron que la levantaban mas alto que ninguna de las que cayeron por la Patria. No pensaron que desde allí hablaría a las generaciones futuras del Plata, porque la tradición contará de padres a hijos que la oyeron desfigurada y sangrienta articular Libertad, Fraternidad, Igualdad, con voz que horripilaba a los tiranos.»

Ya no piensa en la muerte; ahora piensa en su muerte. Recuerda lo que escribía de joven, paridas tenebrosas, complacientes, coqueterías de petimetre petulante. Si se hubiera matado aquella noche, piensa, o cualquiera de las noches, tantas noches. Si se hubiera matado, tantas noches.

Está flaco, dice que ya se le está viendo el esqueleto. Su ropa tiene agujeros, sus zapatos deshechos. No siempre puede afeitarse bien —no puede pagarse un afeitado— y no le gusta andar por ahí con la cara rasposa: se pasa días enteros en su pieza, leyendo, recordando, dormitando. Quiere sacarse esa barba que lo identifica, la U que le enmarca la cara, piensa: no quiero que mi última cara sea un signo, quiero que sea mi cara, piensa: quiero afeitarme la barba, piensa: espero ser capaz, dejar atrás la máscara.

Entonces recompone la vela como puede, limpiando con el cuchillo el sebo que ya tapa su pábilo, y consigue un

360

rato más de luz, quince, quizá veinte minutos. Así que raspa con urgencia, casi con furor una pluma de pato para dejarla en condiciones de escribir y pone sobre la tabla de madera de pino, irregular, tajeada, que usa como mesa un trozo de papel del bueno que le ha prestado el día anterior el bueno de Vicente López; moja la pluma en un frasco chiquito, casi vacío, y el ruido de la pluma basta sobre el papel parece un trueno: «Esta maldita cabeza anda maleando hace año y medio y ahora me hace más falta que nunca, porque como creo que me voy a despedir del mundo me ha dado la manía de dejarle recuerdos. Estoy flaco como un esqueleto, o mas bien, espiritado», escribe, y le salta una mancha porque la pluma ha chocado con un hoyito en la madera; apoya el papel en un periódico para evitar que le vuelva a pasar, y sigue: «Dicen por ahí que tengo talento y escribo como nadie y lo que nadie por acá: ¡zoncería! Yo tengo para mí que soy el más infeliz de los vivientes porque no tengo salud, ni esperanza, ni porvenir y converso cien veces al día con la muerte hace cerca de dos años», escribe a los de siempre, Alberdi y Gutiérrez, tan lejos, en Chile, del otro lado de la patria, y lo relee para ver si le ha quedado demasiado dramática.

No sé, piensa; quién sabe.

Y que lo más importante que le va a pasar en la vida es una tontería: un resbalón, un ahogo, un golpe de sangre, el corazón que no resiste. Nada, un momento de confusión, una minucia.

Días, noches, más días en que se queda casi escondido: arrinconado.

Y más y más piensa en su muerte, intenta imaginarla. Un día entiende que lo espantoso, lo realmente aterrador, es que no hay nada que imaginar: nada de nada. Y que incluso la palabra nada es un abuso de lenguaje.

Si por lo menos un dios –en quien confiar.
Un abrigo, un cobijo, una ilusión que lo lleve hacia su madre.

Y recuerda –lo acosa, le martilla la cabeza– una frase que ha leído hace tanto que ya no sabe dónde, sobre alguien «... que veía las cosas / con los ojos de quien ya no las ve...».

Entonces camina hasta la pulpería a ver si el vasco le fía dos o tres cigarros y un parroquiano le pregunta si no le encanta oír los pajaritos, si sus cantos no le recuerdan tiempos felices en el campo, y él le pregunta qué pajaritos. Los que cantan, los que hacen este batifondo, le dice, y él piensa que el parroquiano debe estar confundido o desvariando o quién sabe ha bebido tan temprano pero el hombre insiste: ¿no los oye, maestro? Y él ni siquiera dice no.

Está afuera.

Que si aprendiera a olvidar todo sería más fácil. Que hay tantos que saben olvidar como los pájaros, que sólo recuerdan algún jirón, un trozo, lo que saben que sabrán soportar. Y que él, Echeverría, recuerda demasiado.

Al fin

Esteban Echeverría se murió temprano, el domingo 19 de enero de 1851, en su cuarto de Montevideo. No eran las nueve, tenía cuarenta y cinco años. Nadie supo la causa precisa pero llevaba toda la vida enfermo, y en los últimos tiempos se lo veía muy debilitado por su vieja afección cardíaca agravada, quizá, por el bacilo de la tuberculosis, así que nadie se extrañó ni mencionó la posibilidad de que se hubiera suicidado. Tres meses después, el 1 de mayo, el general Justo José de Urquiza lanzó su campaña contra el brigadier Juan Manuel de Rosas; el 3 de febrero de 1852 lo derrotó en la batalla de Caseros.

Rosas partió al exilio tras veintitantos años de poder absoluto; los amigos de Echeverría volvieron al país y ocuparon lugares importantes en la nueva república. Juan Bautista Alberdi, el tucumano fastidioso, redactó las bases de su Constitución, proclamada en 1853; Bartolomé Mitre, el adolescente entusiasta, fue presidente en 1862; Domingo Faustino Sarmiento, el sanjuanino que no sabía rimar, lo sucedió en 1868. Juan María Gutiérrez dirigió la Universidad de Buenos Aires y se dio el gusto, en 1875, de rechazar la invitación de la Real Academia Española para integrarse a ella.

Echeverría había muerto pobre y solo; el gobierno uruguayo solventó las exequias en la Iglesia Matriz –escribió Valentín Alsina en la única nota de prensa que se publicó sobre el acto. Allí el poeta local Acuña de Figueroa improvisó unos versos en su honor:

«Divino vate, de inmortal memoria,
ilustre Echeverría,
tú en edad juvenil con alta gloria
en tu patria brillaste y en la mía;
y hoy polvo yaces en la tumba fría.»

El frío era innegable, pero no había tal tumba. Al cabo de unos días el ministro Manuel Herrera y Obes le consiguió una en un lote del cementerio de la Matriz de Montevideo, propiedad de un Fernando Echenique, escapado a las filas de los sitiadores. En 1852, terminada la guerra civil, Echenique volvió, recuperó su sepulcro y se deshizo del cadáver invasor. Allí se pierden los rastros de los restos.

Casi veinte años después Juan María Gutiérrez decidió encarar la edición definitiva de las obras de su maestro y amigo, que estaban dispersas y, en la mayoría de los casos, inhallables. A partir de 1871 publicó en Buenos Aires las *Obras Completas de D. Estéban Echeverría:* una edición de cinco tomos bien anotados y bellamente encuadernados, que se tiraron a mil ejemplares; varios cientos quedaron sin venderse. En el quinto volumen –1874– aparecía por primera vez un manuscrito que Echeverría no había querido publicar en vida; Gutiérrez lo llamaba, sin ninguna seguridad, *El Matadero*, y advertía que era un borrador, pedía disculpas:

«Estas páginas no fueron escritas para darse a la prensa tal cual salieron de la pluma que las trazó, como lo prueban la precipitación y el desnudo realismo con que están redactadas. Fueron trazadas con tal prisa que no debieron exijirle al autor mas tiempo que el que emplea un taquígrafo para estampar la palabra que escucha: nos parece verle en una situación semejante a la del pintor que abre su álbum para consignar en él con rasgos rápidos y generales, las escenas que le presenta una calle pública para componer mas tarde un cuadro de costumbres en el reposo del taller.»

Echeverría había inaugurado una tradición argentina: que sus grandes escritores mueren lejos. La respetaron, a través de los años, Sarmiento, Alberdi, Mansilla, Güiraldes, Cortázar, Lamborghini, Borges, Puig, Saer, Gelman. En 1922 su hija, Martina Echeverría viuda de Fernández, se extinguió sin dejar descendencia. En 1951, a cien años de su muerte, su *Matadero* seguía leyéndose y su *Cautiva* citándose y su nombre nombraba una calle de cada ciudad de ese país donde vivió tan poco. Había pasado el tiempo suficiente como para que ciertas búsquedas cambiaran de sentido. En esos días, en la conferencia más citada de las letras argentinas, un escritor minoritario dijo que no se podía construir una literatura nacional sobre el color local: que no podíamos limitarnos a lo argentino para ser argentinos porque «o ser argentino es una fatalidad, y en ese caso lo seremos de cualquier modo, o ser argentino es una mera afectación, una máscara».

Se diría que, al cumplir su primer siglo, esa literatura se creyó lo suficientemente argentina como para anunciar que ya no precisaba esforzarse por serlo. Esteban Echeverría, quiero creer, se habría sentido satisfecho.

Barcelona, Madrid, 2015

ÍNDICE

EL SUICIDIO. 1823

1 13
2 17
3 25
4 34
Entonces 42
Problemas I 45

LA VUELTA. 1830

1 51
2 62
3 73
4 80
5 88
Entonces 95
Problemas II 98

EL LIBRO. 1834

1 103
2 112
3 120
4 131
5 141

6 151
Entonces 158
Problemas III 161

LA GLORIA. 1837
1 167
2 190
3 205
Entonces 226
Problemas IV 229

LA PELEA. 1838
1 237
2 242
3 251
4 258
Entonces 268
Problemas V 269

EL MATADERO. 1840
1 275
2 284
3 297
4 305
Entonces 315
Problemas VI 317

EL DESTIERRO. 1850
1 323
2 332
3 341
4 349
5 359
Al fin 363

Impreso en
Reinbook Imprès, sl,
Passeig Sanllehy, 23
08213 Polinyà